AF194805

Für Traudl

Christl Friedl

Tränen waren gestern

Was dich nicht umbringt, macht dich stark

Verlag: BoD Norderstedt
ISBN: 978-3-7528-9384-7

Titelbild: © starush - Fotolia.com
Umschlaggestaltung: Julia Evseeva
Layout: Julia Evseeva

Danksagung

Von ganzem Herzen möchte ich mich bedanken bei

Johanna Ranft
Mein inneres Auge zeigt mir, dass du jetzt sicherlich deinen Kopf schüttelst, weil dir die Erwähnung deines Namens wieder einmal äußerst unangenehm ist. Aber ohne dich wäre dieses Buch nie geschrieben worden und das fände ich sehr schade.

Werner Friedl
Du bist (meistens) der beste aller Ehemänner. Darum bedanke ich mich bei dir für einfach ALLES. Du weißt ja: „Mein Therapeut hält dich für eine hervorragende Idee", und ich sowieso.

Tante Traudl (†) und Onkel Willy
Ihr habt die ersten 62 Seiten meines Manuskripts Probe gelesen und mich gerettet, als ich Dummerle diese mit einer anderen Datei überschrieben hatte. Somit ist die „Rettung" meines Buches ausschließlich euch zu verdanken. Vielen Dank auch dafür, dass ihr für Bella immer so tolle „Ersatzeltern" seid. Für alles das einen ganz dicken Schmatz.

Gabriele Cziepluch und Dr. Reinhard Kohl
Dafür, dass sie mich immer wieder aus tiefen dunklen Tälern zurück ans Licht geführt haben, werde ich immer dankbar sein.

Vorwort

Bis vor kurzem war ich noch der Meinung, dass wir eine ganz normale Durchschnittsfamilie sind. In der Zwischenzeit hat sich das allerdings fast schlagartig geändert. Leider.

Noch vor einigen Monaten hätte ich unter Garantie jeden für verrückt erklärt, der mir gesagt hätte, dass ich ein Buch über mein eigenes Leben schreiben würde. Obwohl, ich habe immer schon gerne geschrieben. Als junges Mädchen. Lustige Kurzgeschichten wie „Die rote Lola". Meine Familie war begeistert von der Fantasie, dem Humor und meiner Art, diese Geschichten vorzutragen. Mein Gott, das Kind hat Talent.

Viel Fantasie brauche ich für diese, meine eigene Geschichte allerdings nicht. Wie schon so viele Geschichten vorher, wurde auch diese vom Leben geschrieben.

Egal, wie alt man wird, so ist man doch nie sicher davor, dass das eigene vergangene Leben und auch die positiven Erinnerungen daran nicht doch noch ins Wanken geraten können. Dass man tatsächlich beginnt, viele, wenn auch nicht alle Geschehnisse der Vergangenheit zu hinterfragen. Niemals ist man sicher vor der Enttäuschung, dass das offensichtlich Positive zum Teil eine Farce war, die man erst später, sehr viel später, entlarven wird.

Ich spiele gerne. Poker. Nicht besonders gut, aber regelmäßig und viel, viel zu viel. Die Sucht danach ist nicht zu verleugnen. Der Traum vom großen Gewinn, der sich natürlich niemals erfüllen wird. Die Hoffnung stirbt zuletzt, sagt man. Wie wahr.

Es wird Zeit, diese Sucht nach dem Spiel zu ersetzen. Zu ersetzen durch die Sucht nach der Wahrheit. Nach einer Wahrheit, die nie mehr in vollem Umfang aufgeklärt werden kann, denn der Verursacher lebt nicht mehr. Er ist gestorben, im Februar 2013. Mein Vater. Rein zufällig habe ich davon erfahren.

Mein Vater, der Held meiner Kindheit, dessen Putz bereits vor langer Zeit zu bröckeln begann. Trotzdem ich nie für möglich gehalten hätte, dass nach 17 Jahren erfolgreicher Verdrängung dieses, um beim Spiel zu bleiben, Kartenhaus dann noch komplett einstürzen kann.

Dass man Menschen, die man schon sein Leben lang kennt, erst jetzt, nach 57 Jahren, richtig einzuschätzen lernt und vieles, das man immer über diese Menschen dachte, nicht den Tatsachen entspricht. Und damit meine ich nicht nur meinen Vater. Auch Mama, die von ihm bereits seit 28 Jahren geschieden ist, ist damit gemeint. Alles ist möglich, nix ist fix.

Gerade komme ich wieder vom Rechtsanwalt. Es regnet in Strömen. Das passt perfekt zu meiner Stimmung. Auch wenn er nicht mehr am Leben ist, schafft er es immer noch, mir Verletzungen zuzufügen. Mir auch noch den letzten Rest schöner Erinnerungen, die es sicherlich gegeben hat, wegzunehmen. Ich hätte nicht gedacht, dass das in diesem Maße noch möglich ist. Enttäuschung und Hass, das sind meine Gefühle. Nicht Bedauern oder Trauer, die man eigentlich empfinden sollte, wenn der Vater stirbt. Schade.

Den Kontakt zu ihm habe ich bereits vor 17 Jahren abgebrochen. Nicht, weil ich das wirklich wollte. Nein, ich wollte mir einfach keine weiteren Verletzungen mehr zufügen lassen. Ich wollte sie einfach nicht noch einmal hören, diese Worte vom eigenen Vater: „Mein ‚altes' Leben interessiert mich nicht mehr."

Aber nicht nur diese Worte, auch sein Verhalten, das ich immerhin über einige Jahre ertragen habe, waren immer wieder verletzend. Trotzdem nicht die Hoffnung aufgebend, dass der Vater noch nicht ganz verloren ist. Ganz das Papakind, das ich immer war. Warum eigentlich? Diese Frage muss ich mir heute stellen. Um an dieser Situation nicht kaputtzugehen, musste irgendwann mein Selbstschutz aktiviert werden. Offensichtlich war es ein Irrtum, dass ich seit dieser Zeit dachte, die Vergangenheit ist abgeschlossen und kann mich nicht mehr belasten. In aller Deutlichkeit kann ich das nun fühlen. Und Zorn kommt in mir hoch. Denn ihm verzeihen, das kann ich nicht. Zumindest jetzt nicht. Ein Meister im Verdrängen war ich. Bis heute. Die Vergangenheit bricht auf. Wie die Welle eines Tsunami überflutet sie mich. Mir kommt der Gedanke, dass man durch Aufschreiben aufarbeiten könnte. Genau das brauche ich jetzt.

Vielleicht kann mir das Papier die Last von der Seele nehmen, die mich im Moment zu erdrücken scheint.

Man wird sehen.

Am Morgen meines 57. Geburtstags habe ich noch nicht die geringste Ahnung, dass einer meiner Geburtstagsanrufe mich in ein völlig unerwartetes Gefühlschaos stürzen wird.

57 Jahre, ein Alter, das bei so mancher anderen Frau und neuerdings ja auch bei Männern panikartige Zustände hervorrufen würde. Nicht so bei mir. Mit dem Alter hatte ich noch nie Probleme. Seit meinem 30. Geburtstag warte ich erfolglos darauf, dass panikartige Gefühle in mir hochkommen.

Zum einen bin ich der Meinung, dass jedes Alter seine Schönheiten bereithält, zum anderen kann man das Alter sowieso nicht aufhalten. Menschen, die sich davon das Leben vermiesen lassen, bedauere ich aus vollstem Herzen. In meinem Fall kann ich sagen, dass ich mich noch nie vorher so rundherum zufrieden und glücklich gefühlt habe. Sowohl privat als auch beruflich läuft alles bestens.

Vor elf Jahren sind wir von der bayerischen Metropole München nach Markt Schwaben gezogen, wurden von allen Nachbarn sehr herzlich aufgenommen und haben uns vom ersten Tag an heimisch gefühlt.

Wir haben ein kleines Häuschen mit ebenso kleinem Garten gemietet, für das wir wesentlich weniger bezahlen als in München für unsere beiden Mietwohnungen zusammen. Natürlich ist auch genug Platz für das Wichtigste überhaupt vorhanden, eine „Werkstatt" für meinen Mann.

Aufgrund der großen Beliebtheit ist das Leben in der bayerischen Metropole in den letzten Jahrzehnten immer teurer und für „Otto Normalverbraucher" fast nicht mehr bezahlbar geworden. Wir können jetzt hier, zumindest in unseren Augen, eine wesentlich höhere Lebensqualität genießen.

Wir, das sind …

… die absolute Nummer 1

Mein Mann Werner, der mit 67 Jahren seinen wohlverdienten Ruhestand, bei bester Gesundheit, absolut genießt.

Der, wie seine geliebten Motorräder, topfit und gut in Schuss ist.

Der sich aufgrund seines fröhlichen und ausgeglichenen Wesens seine Jugendlichkeit erhalten hat und dem sein Rentenalter tatsächlich niemand abnimmt.

Der aufgrund seiner diversen Späßchen nicht nur bei Kindern und Hunden sehr hoch im Kurs steht.

Der mich nicht zuletzt, entgegen meinem ursprünglichen Vorhaben, niemals zu heiraten, dann im Laufe unserer gemeinsamen Jahre (wohl eher unfreiwillig) davon überzeugt hat, diesen Schritt doch noch zu tun.

Bereits seit einigen Jahrzehnten hieß es bei uns: tausendmal berührt, tausendmal ist nichts passiert. Bis ich eines Tages in seiner Gegenwart ein gewisses Kribbeln, das ich jedoch erfolgreich zu unterdrücken wusste, nicht mehr verleugnen konnte. Liebe auf den tausendsten Blick?

Während der Feier zu meinem 40. Geburtstag am Unterschleißheimer See kamen wir uns dann schließlich unaufhaltsam näher. Der Genuss von etlichen Gläsern Jack Daniels mit Cola war daran nicht ganz unschuldig und ließ die Hemmschwelle gewaltig sinken. Der Gedanke, dass wir Jahre später heiraten würden, ist jedoch unter Garantie bei keinem von uns beiden aufgekommen. Unser Motto war wohl eher: „Ein bisschen Spaß muss sein." Aber oft kommt es im Leben anders, als man denkt, und das ist, aus heutiger Sicht, nun wahrlich nicht das Schlechteste. Hoch lebe Jacky Cola.

Nie werde ich den entsetzten Blick meiner Freundin und ihren Satz „Das kann ja wohl jetzt nicht dein Ernst sein" vergessen, als ich ihr davon erzählte. In der Zwischenzeit hat sie ihre Meinung allerdings zu hundert Prozent revidiert. Stimmt doch, Isy, oder? Weder wir noch einer unserer gemeinsamen Freunde hätte uns damals mehr als zwei, höchstens drei Monate gegeben.

Ja, in der Tat bedienen wir wohl beide perfekt das Klischee: Gegensätze ziehen sich an. Ersetzt man jedoch das Wort „Gegensätze" durch das Wort „Ergänzungen", wird man schnell feststellen, dass gerade diese das Salz in der Suppe sein können.

Er, der langhaarige „harte" Biker. Ich, die mehr oder weniger solide Perfektionistin mit den langen lackierten Fingernägeln.

Er, der eingefleischte Hardrock-Fan. Ich, mit meinem Faible für Howard Carpendale. Country Music allerdings lieben wir beide. Ich muss gestehen, dass sich mein Musikgeschmack seinem inzwischen stark angepasst hat. So freuen wir uns jetzt schon sehr auf die Konzerte von Rammstein im Juli und Boss Hoss im November dieses Jahres.

Er, der eingefleischte Frühaufsteher, frei nach dem Motto „Der frühe Vogel fängt den Wurm". Ich, der Nachtmensch und absolute Morgenmuffel. Den Satz „Der frühe Vogel kann mich mal" könnte ich da schon eher unterschreiben. Er, der unverbesserliche Optimist. Ich mit meiner oft doch eher pessimistischen Einstellung.

Er, der absolute Chaot und unverbesserliche Schlamper, der, auch wenn er die Augen noch so weit aufmacht, keinen Dreck sehen kann. Ich, die ordnungsliebende „Sauberfrau", der „gute" Freunde des Öfteren heimlich die Dekoration in der Wohnung umgestellt haben, nur um zu testen, wie lange es dauert, bis ich es bemerken würde. Das erklärt auch, warum wir uns einige Jahre nicht dazu durchringen konnten, unsere beiden Wohnungen aufzugeben, um zusammenzuziehen. Innerlich hatte ich mich nach unserem Umzug auf eine extrem konfliktreiche Zeit eingestellt. Aber auch das kam, wie so vieles bei uns, anders, als ich dachte. Kompromisse heißt das Zauberwort, mit dem alles machbar ist.

Eines unserer diversen „Erlebnisse" ist mir dabei besonders im Gedächtnis haften geblieben und hat, nicht nur in unserem Freundeskreis, für spontane Lachanfälle gesorgt. Samstags ist bei mir schon seit jeher Hausputz angesagt. An diesem speziellen Samstag hatte ich meinen Mann gebeten, in unserem Haus für Sauberkeit zu sorgen, da ich den ganzen Tag unterwegs sein würde. Wie ich ja bereits wusste, kann er Dreck nicht unbedingt als solchen erkennen. Daher hatte ich ihn vorsichtshalber darauf hingewiesen, nicht zu vergessen, das Sieb im Abfluss des Waschbeckens im Badezimmer zu säubern.

Als ich das Bad am Abend betrete, strahlt mir das Sieb in fast überirdischem Glanz entgegen. Ganz im Gegensatz zum Rest des Waschbeckens, das noch so schmutzig war wie am Morgen. Seine Erklärung „Du hast nur vom Sieb, nicht vom ganzen Waschbecken gesprochen" muss man sich langsam auf der Zunge zergehen lassen. Leute,

Leute, da versteht man die Welt nicht mehr. Spätestens seit diesem Zeitpunkt hatte ich gelernt, dass Männer in der Tat sehr genaue und detaillierte Anweisungen brauchen. Missverständnisse dieser Art gibt es bei uns im Hause seit diesem Tag nicht mehr.

Ja, er ist schon sehr speziell, mein Angetrauter. Als er während eines Besuchs auf dem Flohmarkt ein sehr schönes altes Keramikschild mit der Aufschrift „Bitte im Sitzen pinkeln und Klodeckel schließen" findet, freut er sich wie ein Schneekönig. Umgehend bringt er es an der Wand hinter unserer Toilette an und ist dann ungelogen der absolut Einzige, der sich nicht an diese Aufforderung hält. Die Funktionalität der sich automatisch schließenden Toilettendeckel, auf die er ausdrücklich besteht, hat er anscheinend bis heute nicht richtig verstanden. Denn diese schließen in der Tat nur automatisch, wenn man ihnen wenigstens einen winzigen Stups mit dem Finger gibt. So manche Logik hinter seinen „Taten" kann verstehen, wer will, ich auf jeden Fall nicht.

Natürlich darf ich nicht versäumen, hier meine absolut liebste „Ergänzung" ganz besonders hervorzuheben. Im Gegensatz zu mir, die Kochen immer mehr oder weniger als notwendiges Übel betrachtet hat, ist er ein begnadeter Koch. Er liebt es, neue Sachen auszuprobieren, und ich darf seine leckeren Werke fast jeden Tag genießen. Ich koche nur noch, wenn ich wirklich Lust darauf verspüre. So ungefähr ein- bis zweimal im Jahr.

Somit gibt es in unserem Haus eine unausgesprochene Aufteilung der Zuständigkeiten. „Mann" ist für das zuständig, das ihm auch Spaß macht. Einkaufen und kochen. „Frau" ist für den Schmutz zuständig. Nein, Entschuldigung, falsch ausgedrückt. Also, was ich damit meine, ist, „Frau" macht den Schmutz natürlich weg. Zuständig für das Vorhandensein sind natürlich (fast) ausschließlich „Mann" und Hund.

Unter anderem liebt es mein Mann, mit einem seiner vier Bikes auf eines der, besonders im Sommer, zahlreich stattfindenden Motorradtreffen zu fahren. Mein Ding ist das noch nie wirklich gewesen. Da wir aber beide der Meinung sind, dass gewisse Freiräume einer Beziehung nur zuträglich sein können, hatten wir damit eigentlich nie ein Problem. Eigentlich.

Es war noch ziemlich zu Beginn unserer Beziehung, als ich ihn eines Samstags gegen Mittag vor der Fleischtheke eines Supermarktes fragte, was wir denn dieses Wochenende essen wollen. Nicht nur ich, auch der Metzger blickte ihn erwartungsvoll an. „Was du essen willst, das weiß ich nicht. Ich fahre in zwei Stunden ins Allgäu auf ein Motorradtreffen." Was soll ich sagen. Die absolut perfekte Antwort auf meine Frage. Noch nicht so abgeklärt wie heute, bin ich daraufhin vor der Theke ganz spontan ein wenig ausgeflippt.

Die erschrockenen Blicke des Metzgers wanderten zwischen uns hin und her. Wahrscheinlich auch für ihn ein nicht unbedingt alltägliches Erlebnis. Mit den Worten: „Dankeschön, jetzt bin ich bereits vollkommen bedient. Der Einkauf hat sich gerade im Moment erledigt", ließ ich den armen Mann stehen und verließ den Supermarkt mit wehenden Fahnen. Schweigend, etwas verdattert und ohne meinen Gefühlsausbruch auch nur ansatzweise verstehen zu können, folgte mir mein Mann zum Ausgang.

Die Diskussion im Anschluss muss ich wohl nicht weiter ausführen. Mit etwas Fantasie kann sich das zumindest jede Frau sehr gut vorstellen. Müßig zu erwähnen ist es wahrscheinlich auch, dass das nicht die letzte Diskussion dieser Art geblieben ist. Aber steter Tropfen höhlt ja bekanntlich den Stein.

Heute erfahre ich von seinen geplanten Exkursionen mindestens ein bis zwei Wochen vorher. Er hat seinen Spaß und ich genieße das „freie" Wochenende. Machbar ist das natürlich nur durch gegenseitiges Verständnis und Vertrauen. Das ist bei uns beiden, Gott sei Dank, auch heute noch in höchstem Maß vorhanden.

Natürlich haben wir in den darauf folgenden Jahren dann noch den einen oder anderen Machtkampf hinter uns gebracht. Mal mit mäßigem, mal mit größerem Erfolg. Schließlich haben wir dann 2008 in der Chapel of the Flowers in Las Vegas doch noch, ganz still und heimlich, ja zueinander gesagt.

Für Werner ist es die dritte Ehe (alle guten Dinge sind bekanntlich drei) und bei mir soll es definitiv auch beim ersten Versuch bleiben.

Meine beste Freundin hatte früher immer zu mir gesagt, dass ich der einzige Mensch wäre, bei dem sie sich absolut vorstellen könne, dass er vor dem Standesbeamten noch nein sagt und die Flucht ergreift. Da das in der Tat möglich gewesen wäre, habe ich vorsichtshalber im Vorfeld niemanden über unser Vorhaben informiert. Mit Ausnahme von Isy und Brigitte natürlich. Den Freundinnen Nummer 1 und Nummer 2, wie Werner sich immer auszudrücken pflegt. Meinen „Busenfreundinnen" konnte ich das natürlich nicht verheimlichen.

Wer anderes als der legendäre Elvis hätte in Las Vegas einer unserer Trauzeugen sein können? Wir hatten ein wirklich tolles Exemplar erwischt und eine ganze Menge Spaß. Sowohl Elvis als auch unser Fotograf, der als Trauzeuge meines Mannes fungierte, sagten uns, dass sie noch nie eine so lustige kleine Hochzeit gefeiert hätten. Wir übrigens auch nicht.

Obwohl ich mir genau diese Art der Hochzeit gewünscht hatte, war es dann doch ein merkwürdiges Gefühl, nach der Zeremonie ganz ohne Gäste dazustehen. So, jetzt sind wir also verheiratet. Und nun? Zur Feier des Tages lud ich meinen frisch gebackenen Ehemann zur Fahrt mit der gigantischen Achterbahn am Casino New York-New York ein. Wohlwissend, wie das wahrscheinlich enden würde, beschloss ich, ihn zu begleiten. Zu zweit macht es ihm wahrscheinlich mehr Spaß, dachte ich. Es kam, wie es kommen musste, bereits nach den ersten Metern schloss ich meine Augen und brüllte ohne

Unterlass wie am Spieß. Als ich das Höllengefährt nach einer gefühlten Unendlichkeit zittrig und käseweiß wieder verlassen durfte, drehte sich der Mann, der vor mir gesessen hatte, sofort um, um sich diese brüllende Irre genauer anzusehen. Und mein Mann drückte mit den Worten „Ach, wegen mir hättest du nicht mitzufahren brauchen, mir hätte das alleine genauso Spaß gemacht" sein Bedauern aus. Tja, genau deswegen habe ich ihn geheiratet, ganz spontan findet er einfach immer wieder die richtigen Worte. Als mein Magen wieder fähig war, feste Nahrung aufzunehmen, besuchten wir erst einmal ein Steakhouse und anschließend das unvermeidliche Casino. An unserem Hochzeitstag muss uns das Glück doch auf jeden Fall hold sein. Ein Satz mit X, das war wohl nix. Pech im Spiel, Glück in der Liebe stimmt also doch.

Zurück im Hotel packten wir dann neugierig eine verschlossene Tüte aus, die uns die Wedding Planer beim Abschied in die Hand gedrückt hatten. Hervor kamen je eine weiße und rote Rose mit ganz lieben Glückwünschen von Isy und Brigitte mit ihren Familien. Na, diese Überraschung war den beiden mehr als gelungen. Ein kleines Tränchen der Freude lief über meine Wange. Schön, solche Freundinnen zu haben.

Unsere Familie konfrontierten wir dann erst zu Hause mit den „nackten" Tatsachen. Ohne Vorwarnung legten wir unseren „Urlaubsfilm" ein. Schade eigentlich, dass wir die Gesichter nicht filmen konnten. Bei Mama hat es natürlich wieder am längsten gedauert, bis ihr ein Licht aufging. Dass sie uns eine Hochzeit fern der Heimat nicht übel nehmen würde, wusste ich bereits vorher. Wenn es anders gewesen wäre, hätte ich das in dieser Form sicher auch nicht gemacht. Mit großem Hallo und Gelächter nahmen wir die herzlichen Glückwünsche entgegen.

Ja, wir lachen viel und haben (fast) jeden Tag unseren Spaß zusammen. Für mich, neben Vertrauen, gegenseitigem Respekt und Verständnis sowie viel Zeit für Zärtlichkeit, ein absolut unverzichtbarer Bestandteil einer jeden funktionierenden Beziehung. Wie schon Charlie Chaplin sagte, ist jeder Tag ohne Lächeln ein verlorener Tag.

... die Nummer 2

ist unsere mittelgroße, schwarz-weiße spanische Mischlingshündin Estrella (kurz Bella genannt), die exakt am gleichen Tag wie ich geboren wurde. Inzwischen acht Jahre alt, hat sie, in Hundejahren gemessen, bis auf ein Jahr Unterschied, heute die gleiche Lebensphase wie ich erreicht. Bella, mit der ich mir endlich einen lang gehegten Kindheitstraum erfüllen konnte. Man muss sich seine Träume eben irgendwann selbst erfüllen, wenn es sonst keiner tut.

Obwohl es mich auch einige Überzeugungskraft gekostet hatte, meinen Mann, der seine Unabhängigkeit nicht aufgeben wollte, von der absoluten Notwendigkeit der Anschaffung eines Hundes zu überzeugen. Zu einem Haus mit Garten gehört einfach ein „Wachhund". Heute sind die beiden ein Herz und eine Seele und ich bin in diesem Dreiecksverhältnis langsam aber sicher auf die Position 3 abgerutscht. Hunde suchen sich ihren Führer eben selbst aus.

Dass unser Hund aus einem Tierheim kommen würde, war für uns beide von Anfang an klar. Mein Traum, ein Labradorweibchen, sollte sich in einem Tierheim der Franziskushilfe in Niederbayern erfüllen. So hatte man mir zumindest am Telefon gesagt. Als wir dort ankamen, hat uns eine schwanzwedelnde, bellende Horde fast überrannt. Mittendrin auch das angekündigte Labradorweibchen, das uns allerdings stark an eine kleine Weißwurst auf vier Pfoten erinnerte. Sie war trotzdem süß, aber der Funke ist irgendwie nicht übergesprungen.

Wir hatten unseren Spaß mit dem fröhlichen Rudel, konnten uns aber nicht wirklich für einen der Racker entscheiden. Bis unser Blick zufällig auf eine kleine Hündin fiel, die sich dem wilden Rudel nicht angeschlossen hatte und sich ganz verschämt hinter einer Bretterwand versteckte. Das war unser Hund. Liebe auf den ersten Blick. Damals wussten wir allerdings noch nicht, dass die Verschämtheit nur vorgeschoben war und absolut nicht ihrem wahren Charakter entsprach.

Bella wurde zu uns nach Hause gebracht, da man sich davon überzeugen wollte, dass die Hündin auch wirklich einen guten und artgerechten Platz bekommen würde. Von dem Moment an, als sie uns aus dem Auto entgegensprang, blieb sie an unserer Seite. Als ob sie genau wusste, dass wir von jetzt an ihr Rudel sein würden. Die äußerst zufriedene Tierheimleiterin wurde bei ihrer Abfahrt von unserem neuen, sieben Monate alten Familienmitglied keines Hundeblickes mehr gewürdigt.

Beim Abschluss des Vertrages stellte ich dann überrascht fest, dass wir beide am gleichen Tag geboren wurden. Das unterstützt einmal mehr meine Theorie, dass manches im Leben so und nicht anders passieren muss. Schicksal eben. Da war sie nun, unsere Bella, die nichts auf der Welt mehr liebt als futtern, futtern, futtern und ständig versucht, wesentlich größere Hunde lautstark in ihre Schranken zu weisen. Ja, sogar die Problemchen mit der Figur haben wir beide gemeinsam.

Ihre Vorliebe für die Zurechtweisung größerer Hunde musste ich allerdings erst ziemlich spektakulär herausfinden. Als wir uns beide noch nicht so gut kannten, war mir bei einem unserer Spaziergänge das Geld ausgegangen. Da ich Bella nicht in die Sparkasse mitnehmen durfte, band ich sie an dem circa ein Meter hohen Standaschenbecher vor der Filiale an. Dass dieser nicht fest verankert war, erschien mir zu diesem Zeitpunkt eher nebensächlich. In dem Moment, in dem der Automat das Geld ausspuckte, entdeckte meine Bella auf der anderen Straßenseite ein etwa dreimal so großes Exemplar wie sie selbst.

Voller Euphorie und laut bellend setzte sie sich umgehend, natürlich mit dem Aschenbecher im Schlepptau, in Bewegung. Ich weiß heute nicht mehr, was einen größeren Lärm verursachte. Das aufgeregte Gebell des Hundes, der auf und ab hüpfende Aschenbecher oder mein Geschrei bei dem Versuch, des Hundes mitsamt Aschenbecher wieder habhaft zu werden. Die Asche nebst Zigarettenkippen war weitläufig im Bereich vor der Sparkasse verteilt. Leute blieben aufgrund des Spektakels stehen und stürmten aus den umliegenden Geschäften. Auto- und Lastwagenfahrer legten quietschend Vollbremsungen ein, als Bella mit Aschenbecher ansetzte, die Straße zu überqueren.

Ich kann mich nicht mehr erinnern wie, aber irgendwann konnte ich die „beiden" schließlich bremsen. Wie durch ein Wunder wurde keines der geparkten Autos beschädigt. Wäre ich eine Maus gewesen, hätte ich mich am liebsten vor lauter Scham in einem winzigen Loch verkrochen. Keiner kann sich das Tempo vorstellen, in dem ich mit meinem Hund im Schlepptau den Marktplatz verlassen habe.

Ja, unsere Bella, ein kommunikativer, charakterstarker Hund, wie sich unsere Hundetrainerin auszudrücken pflegte. Charakterstark, so ist sie eben, wie wir wohl alle drei. Gesucht und gefunden. Schicksal eben.

… die Nummer 3

ist schließlich meine Wenigkeit. In München geboren und auch aufgewachsen, hätte ich mir noch bis vor einigen Jahren niemals vorstellen können, diese heiß geliebte Stadt zu verlassen oder auch nur an den Stadtrand zu ziehen. Ein Stadtkind aufs Land, um Himmels willen. Das geht nun gar nicht.

Aber, Gott sei Dank, verschieben sich im Laufe der Jahre die Interessen und Prioritäten. Man lernt Dinge zu genießen, für die man früher nicht einmal ein müdes Lächeln übrig gehabt hätte. Ja, jedes Alter hat eben seine Zeit und das ist auch gut so. Heute genieße ich das früher verschmähte Kleinstadtleben, den täglichen kleinen Plausch mit den Nachbarn und freue mich, der Anonymität der Großstadt entflohen zu sein. Wir haben diese Entscheidung niemals auch nur eine einzige Sekunde lang bereut und würden für kein Geld der Welt wieder zurück in die Großstadt wollen.

Karrierefrau war ich noch nie. Nichtsdestoweniger war es mir sehr wohl wichtig, nicht aufs Geld schauen zu müssen und mir ein bisschen (mehr) leisten zu können. Es kam schon mal vor, dass ich mir eine Hose für 250 Euro gekauft habe, welche dann nach zweimaligem Tragen in der Flohmarktkiste gelandet ist. Viele Jahre habe ich bei amerikanischen Firmen für gutes Gehalt gearbeitet und dabei auch in Kauf genommen, dass ich vor neun Uhr abends nicht nach Haus gekommen bin. Klar, für ein gutes Gehalt wird eben auch mehr erwartet.

Eines Tages, die Nase voll vom Bürojob, startete ich den Versuch, mich selbstständig zu machen. Auch hier stand mein Mann immer voll hinter mir. Leider ist das Geschäft bereits im Aufbau, ohne eigenes Verschulden, den Bach hinuntergegangen. Den Entschluss, es zu versuchen, habe ich dennoch nie bereut. Es war eine interessante Erfahrung, ohne die ich wahrscheinlich immer das Gefühl gehabt hätte, etwas versäumt zu haben.

Im Alter von 50 Jahren war es jedoch nicht mehr so einfach, einen Job zu ergattern. Gute Ersparnisse haben es mir ermöglicht, meinen Lebensstandard ohne wesentliche Einschränkungen, zumindest eine gewisse Zeit, zu halten.

Als sich mein Polster bedenklich dem Ende zuneigte, kam mir dann wieder einmal ein glücklicher Zufall zu Hilfe. Eine ehemalige Kollegin, zu der ich in vielen Jahren niemals den Kontakt verloren hatte, hat in der Zwischenzeit zusammen mit einem Partner ihre eigene kleine Firma aufgebaut. Im Laufe eines unserer jährlichen Telefonate bot sie mir dann eine Stelle an. Glück ist einfach ein wesentlicher Faktor im Leben.

Heute arbeite ich bereits im sechsten Jahr für 24 Stunden die Woche (von Montag bis Donnerstag) in dem kleinen mittelständischen Unternehmen. Ich bin u. a. für das Personal zuständig, habe einen abwechslungsreichen Job, der mich erfüllt. Mit der Firmenleitung, den Kollegen und auch Kunden verstehe ich mich bestens. Im Gegensatz zu früher bin ich heute die Älteste im Büro. Aber ich genieße es, den jungen Kolleginnen und Kollegen, oft nicht nur geschäftlich, mit Rat und Tat zur Seite stehen zu können.

Natürlich muss ich mir heute genau überlegen, ob ich die eine oder andere Klamotte wirklich brauche. Aber in erster Linie freue ich mich darüber, dass ich einen Job habe, der mir Freude bereitet, in dem ich als Arbeitskraft geschätzt werde, dass ich sehr gerne zur Arbeit gehe und auch meinem Mann, Hund und diversen Hobbys viel Zeit widmen kann. Geld kann zwar beruhigen, aber glücklich macht es noch lange nicht.

Vor etwa zwei Jahren verlor ich leider zwei Menschen, eine liebe Freundin und eine nette Kollegin. In der Blüte ihrer Jahre, mit Mitte vierzig, raubte ihnen eine schreckliche Krebserkrankung das Leben viel zu früh.

Nicht zuletzt auch dadurch habe ich gelernt, dass es wichtigere Dinge im Leben gibt als materielle Güter. Lebe im Heute und genieße jeden Tag, als ob es dein letzter wäre. Vertrödle deine kostbare Zeit nicht mit unnötigem Streit über Kleinigkeiten und vor allem, gehe niemals ohne Versöhnung auseinander.

12. März 2013

Im Gegensatz zu früher fallen meine Geburtstagsfeiern seit einigen Jahren etwas ruhiger aus. Wie bestimmt jeder aus eigener Erfahrung weiß, setzen große Feste auch umfangreiche Vorarbeiten voraus. Das Geburtstagskind ist in der Regel einen Tag mit Vorbereitungen, einen Tag mit Gäste verwöhnen und bewirten sowie dann noch mal einen Tag mit Aufräumarbeiten beschäftigt. Vor allem, wenn man nicht in der Liga spielt, die Feste organisieren zu lassen und selbst nur noch zu genießen. Aber eigentlich soll das doch eben mein Freudentag sein. Geburtstagskinder sollten verwöhnt werden, oder nicht?

Also habe ich mir auch in diesem Jahr freigenommen und schlafe erst mal ausgiebig aus. Für mich ein perfekter Start in den Geburtstag. Meine Spezialität, Tiramisu, habe ich bereits am Abend vorher vorbereitet. Im Gegensatz zum Kochen macht mir Backen großen Spaß. Ich freue mich auf den nachmittäglichen Kaffeeklatsch mit Mama und meinen Freundinnen Isy und Doris. Am Abend lassen wir uns dann mal wieder das leckere Buffet beim Chinamann schmecken. Verwöhnen pur ist angesagt.

Doris ist eine ehemalige Kollegin, mit der sich eine inzwischen jahrelange Freundschaft entwickelt hat. Ihr haben wir es auch zu verdanken, dass wir unser Häuschen in Markt Schwaben gefunden haben. Sie wohnt mit ihrer Familie im Nachbarort und hat uns damals auf die Anzeige im Markt Schwabener Falken aufmerksam gemacht. Allein schon deswegen wird ihr unsere Türe immer offen stehen.

Meine beste Freundin Isolde begleitet mich inzwischen, bis auf wenige umzugsbedingte Unterbrechungen, nunmehr seit bereits 55 Jahren. Wir waren Nachbarskinder und stehen in guten als auch in schlechten Zeiten zueinander. Ich habe viele Bekannte, aber nur wenige sehr gute Freunde. Der Unterschied ist für mich, dass ich mit Bekannten zwar Spaß haben kann, gute Freunde aber tief in meinem Herzen verankert sind. Gute Freunde haben bereits mehrfach bewiesen, dass sie sich auch bei Problemen nicht aus dem Staub machen und mich niemals im Regen stehen lassen würden. In einer Zeit, die immer oberflächlicher wird, ist dies eine Seltenheit, die ich sehr zu schätzen weiß.

Gegensätze scheinen mein Leben zu bestimmen. Obwohl Isy und ich in unserer Zeit als Teenager oft für Schwestern gehalten wurden, so stehen unsere Einstellungen und Vorlieben oft in krassem Gegensatz zueinander. Trotzdem wird eine von der anderen immer voll akzeptiert. Lediglich die gegensätzliche Vorliebe für das „Stadtleben" und das „Landleben" ruft immer wieder mehr oder weniger hitzige Diskussionen hervor.

Unseren Umzug aufs Land konnte sie nie wirklich nachvollziehen. Meiner Meinung nach ihr Kindheitstrauma. Ihr Vater arbeitete in München als Kaminkehrermeister und hat, als sie fünf Jahre alt war, einen Bezirk in Wartenberg bei Erding zugeteilt bekommen. Weder sie noch ihre Mutter waren von diesem Umzug begeistert, mussten sich aber gezwungenermaßen fügen. Als sie dann auch noch von den Kindern als „Preiß" bezeichnet wurde, hatte sie die Nase gestrichen voll. Na ja, „Münchnerisch" unterscheidet sich eben doch etwas vom ländlichen Dialekt. Einmal wieder nach München zurückgekommen, war dann die Aversion gegen das Landleben geboren und sollte auch nie wieder weichen. Schön, dass grundsätzlich ja jeder leben kann, wo es ihm Spaß macht. Alles kann, nichts muss.

Wenn wir uns länger nicht mehr gesehen haben, kommt das unvermeidliche „DU musstest ja so weit wegziehen". Wobei sie natürlich sehr gerne vergisst, dass wir uns früher, obwohl nur ein paar Kilometer voneinander entfernt, auch nicht wesentlich öfter gesehen haben. Bei einem unserer „Mädelsstammtische" hatte ich einmal erwähnt, dass ich mir gut vorstellen könne, durchaus noch weiter wegzuziehen. Ihre Äußerung, dass sie mich dann aber wirklich nicht mehr besuchen würde, hat mich doch sehr verletzt. Um die gute Stimmung des Abends nicht zu zerstören, verzichtete ich auf eine Erwiderung. Schließlich lebe ich ja nicht auf dem Mond. Eine Entfernung von 20 km sollte einer guten Freundschaft nicht im Wege stehen. Würde ich nicht glauben, dass diese Bemerkung nicht wirklich ernst zu nehmen war, hätte ich ihr das wohl nicht so schnell verzeihen können.

Natürlich verzeihe ich ihr heute. Hat sie mir doch als Geburtstagsgeschenk meinen Lieblingskuchen, ihren leckeren Schokoladen-Mandarinen-Kuchen, versprochen. Darauf freue ich mich ganz besonders und weiß es sehr zu würdigen, dass sie bei ihrem beruflichen Stress die Zeit aufbringt, um diesen heute speziell für mich zu backen. Doch eine liebe Isy.

Nun, der Kaffeetisch ist gedeckt. Wie in jedem Jahr verbringe ich die Zeit bis zum Eintreffen meine Gäste vorwiegend mit Telefonieren. Ich freue mich immer besonders darüber, dass keiner meiner Freunde und Bekannten meinen Geburtstag vergisst.

Eine besondere Überraschung ist es jedes Mal, wenn Leute, mit denen man keinen regelmäßigen Kontakt pflegt, an mich denken. Zeigt es doch, dass auch Menschen, die man schon längere Zeit nicht mehr gesehen hat, einen nicht vergessen haben. Aus den Augen, aus dem Sinn, das bewahrheitet sich eben doch nicht immer.

Natürlich wird dann beschlossen, dass man sich jetzt unbedingt bald treffen muss. „Wir rufen uns dann einfach ganz spontan einmal zusammen." Der von beiden Seiten zu diesem Zeitpunkt sicherlich ernst gemeinte Vorsatz hält dann sogar noch eine Weile an. Bis einen der Alltagsstress und die Verpflichtungen wieder in den Fängen haben und sich wieder einmal schön langsam der Mantel des Vergessens über das Vorhaben legt. Jeder kennt das sicherlich aus eigener Erfahrung. Böse gemeint ist das natürlich nicht und der nächste Geburtstag kommt schließlich bestimmt.

Über den Anruf einer meiner Lieblingstanten, der jüngsten Schwester meines Vaters, freue ich mich extrem. Sie ist die Einzige aus seiner Familie, mit der, auch nach der Trennung meiner Eltern, der Kontakt niemals ganz abgerissen ist. Allerdings ist sie auch die Einzige, mit der ich diesen wirklich haben wollte. Ehrlich gesagt, konnte ich die Familie meines Vaters nie besonders gut leiden, schon als Kind nicht.

Seine Großmutter, die uns beide aus der Wohnung geschmissen hatte, als ich im Alter von ungefähr vier Jahren die Unverschämtheit besaß, mir eine Erdbeere aus ihrem Garten schmecken zu lassen.

Seinen Vater, der sich nie viel um seine drei Kinder gekümmert hatte, da er seine Zeit in jungen Jahren lieber mit seinen wechselnden Geliebten verbrachte. Die indirekte Rache seiner Frau konnte er dann spüren, als er nach drei Schlaganfällen die ihm noch verbleibende Zeit, wie eine hilflose Marionette, vorwiegend in seinem Sessel im Wohnzimmer verbrachte.

Seine Mutter, deren Geschenke den Weg zu mir vom Wühltisch bei C&A fanden. Von der ich vorwiegend alte, angebrochene Tafeln Schokolade bekam. Allerdings auch nur dann, wenn sie ihr selbst nicht besonders gut schmeckten.

Nicht zuletzt war dann da noch sein Onkel, der mir bei den, Gott sei Dank, spärlichen Besuchen ständig auf den

Po tätschelte, mich auf den Mund küsste und dabei versuchte, mir seine schleimige Zunge in den Hals zu stecken. Pfui Teufel, wie widerlich. Unverständlich ist mir bis heute geblieben, dass das von den weiteren Anwesenden niemals bemerkt wurde. Oder bemerkt werden wollte? Dass ich das meinen Eltern nie gesagt habe, zeigt bereits, dass das Vertrauen zu meinen Eltern im Grunde nie besonders groß gewesen ist.

Genau wie damals, als mir mit sechs Jahren auf meinem Schulweg ein Exhibitionist den Weg versperrte. Total verstört brachte ich diesen Schultag irgendwie hinter mich. Meinen Eltern davon erzählen? Niemals.

Genau wie in jener Silvesternacht. Ich war 16, als ich das erste Mal bis vierundzwanzig Uhr auf einer Party der kirchlichen Jugendgruppe bleiben durfte. Währenddessen feierten meine Eltern bei Verwandten. Meine Auflage war, dort spätestens bis halb eins zu erscheinen. Auf die Idee, mich abzuholen, sind meine Eltern nicht gekommen. Willst du weggehen, schaust du auch, wie du wieder nach Hause kommst.

Der Freund einer Klassenkameradin, die nicht auf dieser Party sein konnte, hatte mich ungefragt auf meinem Weg durch einen Park „begleitet". Unterwegs warf er mich in den Schnee, versuchte mich zu vergewaltigen. Mit Mühe konnte ich ihn, durch unaufhaltsames Reden und Vertrösten auf den nächsten Tag, von seinem Vorhaben abhalten. Mein schwarz-weißer Fellmantel war nass und schmutzig. Dass ich total durcheinander und verängstigt an meinem Zielort angekommen bin, brauche ich wohl nicht zu erwähnen. Trotzdem, wieder einmal hat keiner etwas bemerkt. Es war ja Silvester. Spaß und Alkohol waren angesagt und verschleierten wohl die Blicke. Wieder einmal konnte und wollte ich mich meinen Eltern nicht anvertrauen.

Meine Probleme auf meine Art zu lösen, das habe ich früh gelernt. In meiner Verzweiflung rief ich am nächsten Tag meine Klassenkameradin an und erzählte von dem widerlichen Vorfall. Sie ging dann an meiner Stelle zu dem vereinbarten Treffpunkt. Am nächsten Tag in der Schule hat mich der Typ dann einfach ignoriert. Es wurde nicht mehr darüber gesprochen.

Ich könnte hier noch weitere „Erlebnisse" dieser Art schildern. Aber das lasse ich mal lieber, so lustig ist das nicht, und schlafende Hunde braucht man heute wahrlich nicht mehr zu wecken. Manchmal frage ich mich, ob bestimmte Mädchen unbewusst ein Anziehungspunkt für solche Gestalten sind? Wenigstens ist dieses Thema in der heutigen Gesellschaft kein Tabu mehr. Die Kinder werden entsprechend aufgeklärt und können sich vertrauensvoll an ihre Eltern wenden. Hoffentlich. Denn nur wenn sie die Chance bekommen, sich zu öffnen, nur dann kann ihren verletzten Seelen frühzeitig professionell geholfen werden. Und nur dann kann ihnen unter Umständen im Erwachsenenalter ein leidvolles Aufarbeiten erspart bleiben.

Ich weiß, wovon ich spreche, denn ich spreche von meinen eigenen schmerzlichen Erfahrungen. In meinem Fall konnte mit dem Prozess der Aufarbeitung leider erst Jahrzehnte später begonnen werden. Erfreulicherweise genießen Kinder heute diesbezüglich mehr Glaubwürdigkeit als in meiner Kindheit. Meine Eltern hätten mir damals sowieso nicht geglaubt.

Nun, wie dem auch sei. Diese Erlebnisse haben mich geprägt. Ich musste alleine damit klarkommen. Scheißegal, Schnee von gestern. Was dich nicht umbringt, das macht dich härter. Wie wahr.

Tante Lieserl jedenfalls habe ich immer geliebt. Ich erinnere mich noch gut daran, wie oft wir in ihrer Küche zusammensaßen und ich ihr mein Herz ausschütten konnte. Ich habe ihr Dinge anvertraut, über die ich mit meinen Eltern niemals gesprochen hätte. 70 Jahre ist sie im Januar dieses Jahres geworden. Seit unserem damaligen Telefonat weiß ich, dass es ihr im letzten Jahr nicht sehr gut ergangen ist. Geprägt von diversen Krankenhausaufenthalten ging es ihr zu diesem Zeitpunkt sowohl körperlich als auch seelisch schlecht. Daher fand ich es besonders schön, dass sie an mich dachte und mich anrief.

Nachdem sie mir gratuliert hatte, brach sie unvermittelt in Tränen aus. Erst brachte ich das mit ihrem Gesundheitszustand in Verbindung und fühlte mich in diesem Moment extrem hilflos. Am Telefon gestalten sich derartige Situationen sehr schwierig. Handlungen ohne Worte können wesentlich mehr erreichen als Worte ohne Handlungen. Wäre sie in diesem Moment bei mir gewesen, hätte ich sie einfach tröstend in meine Arme geschlossen.

Ihre nächsten Worte ließen dann ihren Gemütszustand allerdings in anderem Licht erscheinen. „Hast du das von deinem Vater noch nicht gehört? Er ist gestorben!"

Meine Gefühle nach diesem Satz? Null, niente, nada, mein Herz blieb kalt. Wie auch hätte ich das denn wissen sollen? Vor 17 Jahren brach ich, nach unzähligen Zurückweisungen und Verletzungen, den Kontakt zu meinem Vater komplett ab. Obwohl es mir schwerfiel, unternahm ich den Versuch, sie ein wenig zu trösten. Ich bin ein ehrlicher Mensch, heucheln war noch nie mein Ding.

Ihren Schmerz als Schwester, die ihren Bruder verloren hatte, konnte ich wohl nachvollziehen. Oder auch nicht? An seine Worte: „Mit meinem alten Leben habe ich abgeschlossen, das interessiert mich nicht mehr", kann ich mich noch sehr gut erinnern. Das betraf nicht nur mich, das schloss auch seine Schwestern ein. Tante Lieserl hatte ihn aber trotzdem nie aufgegeben. Der spärliche Kontakt, den sie noch zu ihrem Bruder hatte, resultierte lediglich daraus, dass SIE ihn immer wieder anrief. Außer zu ihrem Geburtstag meldete er sich bei ihr nicht mehr. Auch sie wurde damals tief verletzt, aber Blut ist bei so manchem wohl doch dicker als Wasser. So sagt man jedenfalls. Auf mich trifft das nicht zu.

Kinder zeugen ist nicht schwer. Seiner dadurch lebenslangen Verantwortung ist sich so mancher allerdings nicht bewusst. Heute weiß ich, dass auch Vater zu dieser Spezies gehörte. Das in seiner ganzen Tragweite zu verstehen und auch zu akzeptieren, hat fast sechs Jahrzehnte gedauert. Hoch lebe der Spaß! Was bitte ist Verantwortung? Und auch noch lebenslang.

Schockiert war ich über die Tatsache, dass sie als Schwester keine offizielle Information über seinen Tod erhalten hatte. Seine zweite Frau hielt es nicht für nötig, seine Familie darüber in Kenntnis zu setzen. Als meine Tante ihn wieder mal anrufen wollte, wurde ihr ganz lapidar gesagt, sie könne ihn nicht sprechen, da er verstorben sei. Ihren Schock damals kann ich mir gut vorstellen. Auch wurde sie gebeten, mir nichts von seinem Tod zu sagen. Seine Frau hat im Verlauf dieses Telefonats dann meine Telefonnummer verlangt. Sie würde mich, wenn es IHR wieder besser geht, selbst einmal anrufen. Es gäbe da etwas zu klären, von dem es ihr lieber gewesen wäre, Vater hätte das noch selbst mit mir geklärt. Diese Einladung sollte jedoch erst erfolgen, wenn das Wetter wieder schöner geworden ist!

Die Beerdigung sollte im „engsten" Familienkreis stattfinden. Sie würde mir dann auch zeigen, wo er begraben wurde. Na ja, wer in den vielen vergangenen Jahren den Weg zu mir nicht gefunden hat, es nicht für nötig gehalten hatte, mich einzuladen und kennenzulernen, der kann sich das jetzt, nach seinem Tod, gerne auch sparen. Sein Grab kann dann der „engste" Familienkreis gerne besuchen. Mich interessiert das heute absolut nicht mehr.

Besonders betrübt war meine Tante darüber, dass sie das von ihr geplante Vorhaben, die Familie an ihrem 70. Geburtstag wieder zusammenzuführen, durch ihre Krankheit nicht in die Tat umsetzen konnte. Jetzt ist es zu spät. Meinen Gedanken, dass es schon lange vorher zu spät gewesen war, konnte ich mit ihr natürlich nicht teilen.

Ich war froh, dass mir diese Entscheidung offensichtlich von einer höheren Macht abgenommen wurde. Ihr hätte ich um nichts auf der Welt wehtun wollen, aber als Gast auf dieser Geburtstagsfeier wäre ich ganz sicher nicht in Erscheinung getreten. Wie es gekommen ist, so ist es gut für mich.

In der Zwischenzeit trudelten meine Gäste ein. Wie schon gesagt, mein Geburtstag wurde mir durch diese Nachricht nicht verdorben. Emotional betroffen war ich dadurch ganz bestimmt nicht.

Mir machte einzig und alleine Sorgen, ob ich Mama heute davon erzählen sollte. Mittlerweile 82 Jahre alt, hat sie im Laufe der vergangenen Jahrzehnte ganz im Gegensatz zu mir alles, was er ihr angetan hatte, total vergessen. In den vergangenen Jahren hatte sie oft versucht, mich davon zu überzeugen, dass ich unbedingt den Kontakt mit ihm wieder herstellen muss. „Wenn er einmal gestorben ist, dann wirst du das bereuen."

„Nein, Mama, jetzt kann ich dir definitiv sagen, dass ich es absolut nicht bereue."

ICH habe ihn damals nicht verlassen. ER hatte mit seinem „alten" Leben abgeschlossen und daraus auch nie einen Hehl gemacht. Ich habe das lediglich irgendwann akzeptiert. Der Mensch kann viel ertragen, bevor sich der Selbsterhaltungstrieb aktiviert. Ab einem gewissen Zeitpunkt, wenn ich mit einer Sache abgeschlossen habe, dann gibt es auch kein Zurück mehr. Zwei Menschen gibt es in meinem Leben, die davon betroffen sind. Er gehörte dazu.

Für mich ist er bereits vor langer Zeit gestorben. Weder hätte ich das Verlangen gehabt, ihn an meinem Leben teilhaben zu lassen, noch hätte ihn das wirklich interessiert. Er war zwar mein Erzeuger, hat aber als Vater die letzten 20 Jahre jämmerlich versagt. Nein, ich bereue nichts. Ich habe schon lange Zeit keinen Vater mehr.

Mama macht sich heute über jede Kleinigkeit Gedanken. Sie kann sich wegen Nichtigkeiten, die kein anderer wirklich nachvollziehen kann, dermaßen aufregen, dass sie die ganze Nacht nicht schlafen kann. Obwohl sie bereits seit mehr als 30 Jahren von meinem Vater getrennt ist, bin ich mir nicht sicher, wie sie die Nachricht von seinem Tod aufnehmen wird. So ist das eben im Leben, c'est la vie.

Ich nehme sie kurz zur Seite und erzähle ihr, was geschehen ist. Ihr einziger Satz: „Aber auf das dir zustehende Erbe verzichtest du nicht", zeigt mir dann wieder, dass man sich im Vorfeld niemals unnötig Gedanken machen sollte. Menschen reagieren nicht immer so, wie man sich das vorstellt. Falls das ihre einzige Sorge sein sollte, dann ist es gut. Es ist, wie es immer schon war. Geld ist wichtig, Gefühle eher weniger.

Gut, dass sich meine Geburtstagsgäste gut kennen und verstehen. Leider feiern sie diesen Geburtstag fast ohne das „Geburtstagskind". Natürlich bin ich physisch anwesend. Allerdings scheint der Telefonhörer an diesem Tag an meinem Ohr angewachsen zu sein.

Auch meine Cousine Nicole, von der ich seit mehreren Jahren nichts mehr gehört hatte, meldet sich noch ganz aufgewühlt bei mir. Sie hatte mit ihrer Mutter telefoniert und ist entsetzt, dass diese mir von Vaters Tod berichtet hatte. Wurde doch auch sie von der Frau meines Vaters instruiert, mir das vorzuenthalten. Nicole wollte der Dame nicht vorgreifen, meine Benachrichtigung ihr überlassen. Aber Tante Lieserl, die unter leichter Demenz leiden soll (höre ich heute zum ersten Mal), hätte das wohl vergessen.

Ihre tröstenden Worte: „Keine Sorge, dein Vater ist nicht ganz alleine gestorben. Seine Frau hat die letzten beiden Tage an seinem Bett verbracht", rauschen an meinem Ohr vorbei. Sorge? Kummer? Nein, kein Problem.

Dann warte ich mal auf den angekündigten Anruf. Mein Bauchgefühl, auf das ich mich meistens verlassen kann, sagt mir bereits zu diesem Zeitpunkt, dass dieser Anruf nie erfolgen wird. Warum, sollte ich allerdings erst einige Wochen später verstehen.

Wir beenden also den Kaffeeklatsch und ich feiere den Rest meines Ehrentages, wie geplant, beim Chinamann. Ich genieße das leckere Buffet in vollen Zügen und falle, als wir nach einem äußerst gelungenen Abend und gut gesättigt wieder zu Hause sind, todmüde in mein Bett. Vater tot? Belastende Gedanken? Nein, ich bin jetzt müde. Gute Nacht.

Am „Tag danach" habe ich auch noch frei und lasse die Telefonate des Vortages nochmal Revue passieren, überdenke meine Gefühle und horche tief in mein Inneres. Trauer oder Bedauern? Fehlanzeige. Irgendwie bin ich entsetzt. Über mich selbst. Oft stellt man sich bestimmte Situationen vor und „weiß" meist ganz genau, wie man dann reagieren wird. Beurteilen kann man es dann jedoch erst, wenn diese Situation tatsächlich eintritt. Oft stellt man dann aber eine absolut gegensätzliche Reaktion fest als die, die man sich vorher immer wieder ausgemalt hat.

In meinem Fall ist das nicht so. Ich reagiere genauso, wie ich mir immer dachte. Mitleidslos, kalt. Und genau das ruft jetzt mein Entsetzen hervor. Ich, ein Mensch, der sehr nahe am Wasser gebaut hat. Ich, die bei einem traurigen Zeitungsbericht in Tränen ausbrechen kann. Ich, die mit einer Freundin weinen kann, wenn diese ihr Herz ausschüttet. Filme oder Dokumentationen, besonders wenn Tiere betroffen sind, steigern meinen Verbrauch von Tempotaschentüchern ins Unermessliche. Ihren Schmerz kann ich fast körperlich spüren. Was ist mit mir passiert?

Als ich an diesem Abend ins Bett gehe, wälze ich mich von einer Seite zur anderen und wieder zurück und habe Probleme einzuschlafen. Morgen muss ich wieder ins

Büro, ich MUSS jetzt endlich schlafen. Der ständige Blick auf die Uhr macht mich verrückt. Ich, die Schlafmütze, finde in dieser Nacht kaum Schlaf. Ob ich es will oder nicht. Jetzt sind sie da. Sie arbeiten sich unaufhaltsam, aus längst vergessen geglaubten Tiefen, nach oben. Wie glühende Lava aus einem kurz vor dem Ausbruch stehenden Vulkan. Schließlich brechen sie aus und überschwemmen alles.

Erinnerungen

Das Licht der Welt erblickte ich im März 1956 als Tochter eines Eisenflechters, 22 Jahre, und einer Filmspulerin, 26 Jahre. Offensichtlich unerwartet, zumindest ungeplant. Drei Monate vor meiner Geburt heirateten meine Eltern im Dezember 1955 dann doch noch schnell. Schließlich sollte DIESES Kind ja nicht „in Schande" geboren werden.

Da absolute Uneinigkeit bezüglich meines Namens bestand, Christina oder Christiane, wurde der Kompromiss Christa geschlossen. Zeit meines Lebens konnte ich diesen Namen nicht leiden. Jeder der beiden anderen Namen wäre mir lieber gewesen als der, den ich schließlich bekam. Schade eigentlich, dass mich damals noch keiner fragen konnte.

Bestimmt würden sich das auch zahlreiche Kinder wünschen, die so klangvolle Namen wie Harper Seven, Paris oder auch Detroit tragen. Die Liste der Kuriositäten ließe sich heute beliebig weiterführen. Nun, ich zumindest beschloss eines Tages, mich in die für mich wesentlich erträglichere, bayerische Version Christl „umzutaufen".

Eine gemeinsame Wohnung konnten sich meine Eltern damals noch nicht leisten. Daher verbrachte ich zusammen mit Mama mein erstes Lebensjahr bei meinen Großeltern mütterlicherseits. Elternzeit, Kindergeld etc. waren damals noch kein Thema. Nicht wie heute, wo die zahlreichen angebotenen staatlichen Unterstützungen für viele Eltern anscheinend immer noch nicht ausreichend sind. Damals hieß es: Schaffe dir Kinder an, wenn du sie dir leisten kannst.

Nachdem ich meinen ersten Geburtstag gefeiert hatte, wurde meinen Eltern dann eine kleine Genossenschaftswohnung zugewiesen. Aus finanziellen Gründen musste Mama mitarbeiten. Daher konnte ich bis zu meinem 10. Lebensjahr weiterhin während der Woche, häufig auch nachts, bei meiner heiß geliebten Oma sein. Auch Mamas jüngerer Bruder wohnte zu diesem Zeitpunkt noch mit in der Zwei-Zimmer-Wohnung. Onkel Willy, der in der Zeit, als Elvis in Deutschland stationiert war, oft um ein Autogramm gebeten wurde. In der Tat sah er dem jungen Elvis „The Pelvis" zum Verwechseln ähnlich. Ob er den gleichen betörenden Hüftschwung hatte, entzieht sich allerdings meiner Kenntnis.

Als kleines Würmchen mit sechs Monaten erkrankte ich an Gehirnhautentzündung. Als Mama mit mir das erste Mal ein Krankenhaus aufsuchte, wurde sie mit der Diagnose „leichte Grippe" wieder nach Hause geschickt. Das ununterbrochene Schreien, sowohl tagsüber als auch nachts, sollte jedoch auch die nächsten Tage nicht aufhören. Auf Anraten meiner Oma suchte sie mit mir dann doch noch ein anderes Krankenhaus auf. Natürlich rief die finale Diagnose Gehirnhautentzündung allgemeines Entsetzen hervor.

Trotzdem wurde die erste Klinik von jeder Schuld freigesprochen, da man diese Krankheit angeblich in frühem Stadium nicht erkennen konnte. Frei nach dem Motto: „Eine Krähe hackt der anderen kein Auge aus."

Ich war entsetzt, als ich hörte, dass die ganze Familie dafür gebetet hatte, dass ich sterben kann. Man hatte Angst vor Folgeschäden.

Die ganze Tragweite dieser Krankheit wurde mir erst sehr viel später bewusst. Während eines Krankenhausaufenthalts, im gleichen Zimmer mit einer geistig behinderten jungen Frau. Eine Krankenschwester erzählte mir, dass diese als Kind an Gehirnhautentzündung erkrankt war. Erst damals wurde mir klar, was für ein enormes Glück ich hatte. Sogar als Baby war ich schon ein Kämpfer.

Als ich fünf Jahre alt war, stand bei Oma leider wieder einmal ein längerer Aufenthalt in einem Sanatorium an. Dieses Mal handelte es sich um ein lästiges Magengeschwür. Nun, wohin mit mir während dieser Zeit? Die erste Station war die Mutter meines Vaters. Meine Begeisterung hielt sich in Grenzen. Das machte sich besonders bemerkbar, wenn sie mit mir einen Spielplatz gegenüber ihrer Wohnung besuchte. Lange bei ihr aufgehalten habe ich mich nicht. Nur bin ich nicht etwa zu den anderen Kindern gestürmt. Zielgenau suchte ich mir sympathische ältere Leute, denen ich dann nicht mehr von der Pelle ging. Kleine Kinder haben eben noch nicht gelernt, sich zu verstellen. Oma Lotte jedenfalls war „not amused". Mein Aufenthalt bei ihr war nur von kurzer Dauer. Besonders traurig darüber war ich nicht.

Das erwies sich also auch nicht als Lösung des „Problems". Kurzerhand wurde ich in einem Kindergarten angemeldet. Damals gab es noch keine jahrelangen Wartezeiten, ein Platz war kurzfristig immer verfügbar. Ich kam vom Regen in die Traufe.

Bevor sich Mama selbst für den neuen Tag zurechtmachte, wurde ich früh am Morgen geweckt, gewaschen und angezogen. Die Zeit, die sie dann im Bad verbrachte, nutzte ich, um mich schnellstens wieder auszuziehen. In Windeseile kroch ich wieder ins kuschelige Bett.

Dass die wahrscheinlich auch noch unausgeschlafenen Fahrgäste dann in der Straßenbahn von meinem Gebrüll „Neiiin, ich will nicht in den Kindergarten" genervt waren, kann man sich gut vorstellen. Sicher hat so mancher im Stillen die hübsche junge Frau mit dem schrecklichen Kind bedauert. Kurz und gut, Mama war bereits mit den Nerven fertig, als sie mich dann endlich im Kindergarten abgegeben hatte.

Offensichtlich stand die Eingangstür des Gebäudes ab und zu offen. Aus Erzählungen weiß ich, dass es mir zweimal gelungen ist, meinem „Gefängnis" zu entfliehen. Beide Male wurde ich allerdings von Passanten eingefangen und unter lautstarkem Protest wieder zurückgebracht. Und eines Tages, juchuuu, war Oma Leni wieder da. Ich hatte überlebt, meine „Leidenszeit" fand ihr Ende.

Rückwirkend kann ich sagen, und das ist mir nicht erst seit heute bewusst, dass die Zeit im Haus meiner Oma für mich die glücklichste Zeit meiner Kindheit war. Als sie im Alter von 82 Jahren starb, war ich 30 Jahre alt. Im Grunde habe ich damals meine wirkliche Mama verloren. Denn genau das war sie in meinem Herzen immer und wird sie auch immer sein. Mit ihrem Tod habe ich den liebsten, herzlichsten, liebevollsten und wichtigsten Menschen in meinem Leben verloren.

Oft habe ich mich früher gefragt, warum ich zu Mama nie ein wirklich herzliches und vertrauensvolles Verhältnis hatte. Heute weiß ich, dass die enge Bindung an die Mutter in den ersten Lebensjahren aufgebaut wird. In diesen wichtigen Jahren war meine Oma am engsten an meiner Seite.

Als mir das zum ersten Mal bewusst geworden ist, beschloss ich, nur ein Kind haben zu wollen, wenn ich mich die ersten Lebensjahre ausschließlich selbst um mein Kind kümmern kann. Die Option, dass mein eigenes Kind die Oma ebenfalls als Mutter sehen würde, hätte es für mich niemals gegeben. Nun, eigene Kinder bekam ich auch nicht. Aber die Enkelkinder meines Mannes – Kevin (18), Noreen (15) und Aileen (9) – habe ich heute, als Stiefoma, in mein Herz geschlossen. Die drei bereiten uns viel Freude.

Geliebte Oma Helene

Leicht hat sie es nicht gehabt in ihren jungen Jahren, die Leni. Als junge Frau verliebte sie sich Hals über Kopf in Apostel, einen jungen Medizinstudenten aus Griechenland. Seine wohlhabende Familie lebte in Athen und konnte ihm bereits damals ein Studium in München ermöglichen. Wie das so ist, wenn die Hormone verrücktspielen, hat sie ihm, alle guten Ratschläge außer Acht lassend, ihre Unschuld geopfert.

Es kam, wie es kommen musste. Leni wurde schwanger. Als der junge Mann seiner Familie das zu erwartende Ereignis beichtete, wurde er umgehend in die Heimat zurückbeordert. Als der Tag des Abschieds gekommen war, wollte sie ihn wenigstens noch am Bahnhof verabschieden. Mit Rücksicht auf ihren Zustand hatte er ihr davon abgeraten. Aber wie Frauen nun mal sind, wollte sie ihn doch überraschen. Leider lag die Überraschung dann ganz auf ihrer Seite. Sie entdeckte ihn in heißer Umarmung mit einer ihr unbekannten jungen Frau. Arme Leni, schwanger, alleine gelassen und auch noch betrogen. Dem Namen Apostel hat der Schlawiner leider keine Ehre gemacht.

Nun kann man sich gut vorstellen, wie es für eine junge Frau in der damaligen Zeit war, schwanger und unverheiratet zu sein. In einer Zeit, in der, zumindest nach außen hin, Sitte und Moral noch an erster Stelle standen. Gott sei Dank haben ihre Mama und Oma sie nicht im Stich gelassen und standen ihr in der sicherlich für sie sehr harten Zeit liebevoll und hilfreich zur Seite. Im Dezember 1930 kam dann das kleine Mädchen Ingeborg

Hedwig zur Welt.

Als die Kleine ein paar Jahre alt war, entdeckte Leni bei einem Faschingsball einen äußerst schmucken Musiker und verliebte sich Hals über Kopf. Auch sie sollte nicht unentdeckt bleiben, ihre Gefühle wurden sogar erwidert. So trat Opa Willy in ihr Leben.

Bereits damals lag Musikern anscheinend jegliche Spießigkeit fern. Die anfänglichen Widerstände seiner Familie ignorierend, hat er die Kleine dann nach ihrer Hochzeit sogar adoptiert und sein Leben lang wie ein eigenes Kind behandelt und geliebt. Ein paar Jahre später wurde dann der kleine Wilhelm, ihr gemeinsames Kind, geboren.

Als Berufsmusiker spielte Opa Willy in einer 3-Mann-Kombo und einem Tanzorchester Saxophon sowie Geige in einem Sinfonieorchester in München. Als ich klein war, durfte ich mit Oma immer auf die Kinderfaschingsbälle in den Augustiner Bräu gehen. Natürlich habe ich meinen Opa, den „Superstar", immer sehr bewundert und diese Veranstaltungen geliebt.

Im Gegensatz dazu fand ich die Sinfoniekonzerte, denen ich leider nicht entkommen konnte, nicht so prickelnd. Sitzen und nur der Musik lauschen, wie entsetzlich langweilig. Aber Oma wäre nicht Oma gewesen, wenn sie es damals nicht doch verstanden hätte, mir die Zeit im langweiligen Konzertsaal zu vertreiben. So machte sie mich einmal darauf aufmerksam, dass der Dirigent mit seiner Hakennase große Ähnlichkeit mit einem Adler hat. Dies, in Kombination mit seiner wilden Art, das Orchester zu dirigieren, brachte mir dann doch noch etwas Spaß. Unser beider Kichern wurde von so manchem unserer Sitznachbarn mit einem verständnislosen Blick quittiert.

Zu meinem Leidwesen beschlossen meine Eltern eines Tages, dass ich bei Opa Geigenunterricht nehmen musste. Und ich meine wirklich MUSSTE. Dass ich für mein Leben gerne Gitarre gelernt hätte, interessierte keinen. Kinder hatten damals weder ein Mitspracherecht noch eine eigene Meinung zu haben. Zumindest bei uns zu Hause lief das so. Zudem, wenn der Großvater Geiger war, dann musste die Enkelin natürlich genau das auch lernen.

Gott, wie peinlich war es mir, mit diesem verhassten Geigenkasten herumzulaufen. Fast noch schlimmer war allerdings die tägliche Übungsstunde. Im Hof hörte ich die Kinder toben, Spaß haben und ich stand da und fiedelte. Als ich es dann insgesamt dreimal geschafft hatte, den Bogen abzubrechen, hatte es endlich auch der Letzte verstanden. Wie ich es fertigbrachte, den Bogen abzubrechen? Genau das haben sich meine Eltern auch gefragt. Und das wird auch auf ewig mein Geheimnis bleiben. Kurz darauf durfte ich mich dann doch noch zum Gitarrenunterricht anmelden. Manchmal erreicht man mit Taten eben mehr als mit noch so vielen Worten.

Ja, Oma war wirklich immer für jeden Spaß zu haben. Besonders über schlüpfrige Bemerkungen und Witze konnte sie, auch noch in hohem Alter, spitzbübisch und herzlich lachen. Ich wünschte sehr, mein Mann hätte sie noch kennenlernen können. Die beiden hätten sich blendend verstanden.

Besonders lustig hätte sie wahrscheinlich seinen heutigen Ausspruch gefunden. Bei der Gartenarbeit stellte ich fest, dass ich noch Erde brauchte. In der Hoffnung, dass er meinen unauffälligen Hinweis verstehen würde, ging ich ins Wohnzimmer. „Ich würde dringend einen kleinen Sack Erde brauchen."

„Und was soll ich jetzt machen? Einen kleinen Sack habe ich zwar schon, mit Erde gefüllt ist der aber leider nicht." Witzbold.

Oma wusste allerdings auch sehr genau, wie sie mich zum Weinen bringen konnte. Sie stimmte einen Hit des damals sehr bekannten Sängers Bruce Low an:

Es hängt ein Pferdehalfter an der Wand
und sein Sattel liegt gleich nebenan.

Fragst du mich, warum ich traurig bin,
schau ich nur zum Pferdehalfter hin.
Er war mein Freund,
ich habe niemals einen Menschen so geliebt.
Nur er allein, er wusste es …

Wie der Text weitergeht, weiß ich heute nicht mehr. Wahrscheinlich weil ich, vor lauter Mitleid mit Pferd und Mann, bis zu dieser Stelle bereits in haltloses Schluchzen ausgebrochen war. Oma singt, Kind weint, Oma lacht. Die haben manchmal schon einen merkwürdigen Humor, die Erwachsenen.

Oma hatte auch immer einen lockeren Spruch auf Lager. Heute noch fallen mir bei vielen Gelegenheiten die Sprüche ein, die sie fast in jeder Lebenslage parat hatte.

„Oma, ist das gesund?" – „Ja, natürlich ist das gesund, außer wenn man schon krank ist."

„Oma, geht es dir heute nicht gut?" – „Ja mei, die schönste Krankheit taugt einfach nix."

„Oma, wo gehst du jetzt hin?" – „Ich gehe zu den 99, damit es 100 werden."

„Oma, schmeckt es dir?" – „Ich schmecke nicht lange, ich esse gleich."

„Oma, kann ich das so machen?" – „Das kannst du machen wie ein Dachdecker; aufsteigen und oben bleiben oder aber runterfallen."

„Oma, ist es wirklich schon so spät?" – „Jaja, die Zeit vergeht, das Licht verbrennt, wir werden alt."

„Oma, haben wir kein Brot mehr?" – „Macht nix, in der Not essen wir die Wurst auch ohne Brot."

„Oma, ich habe mir wehgetan." – „Keine Angst, bis du Großmutter wirst, ist das schon lange vorbei."

„Habe ich recht, Oma?" – „Ja freilich, und wer recht hat, zahlt eine Maß (Bier)."

„Vielen Dank, Oma." – „Von Dankeschön kann ich meine Kinder nicht ernähren."

„Oma, auf was wartest du?" – „Auf den morgigen Tag."

Leider sind im Laufe der Jahre viele ihrer Sprüche in Vergessenheit geraten. Ich hätte sie, wie meine Freundinnen mir immer geraten haben, doch schon früher einmal aufschreiben sollen. Zu spät, leider.

Nun, alles hätte so schön sein können für die kleine Familie. Hätte da nicht irgendwann dieser Verrückte aus Österreich die Macht in Deutschland an sich gerissen. Obwohl nie ein Freund dieses Regimes, wurde Opa Willy, wie so viele andere, gezwungen, seine Familie zu verlassen, um in einen sinnlosen Krieg zu ziehen. Er überlebte diesen Horror, verbrachte dann aber, nach dessen Ende, noch qualvolle Jahre als russischer Kriegsgefangener im Ural. Sicherlich gab ihm auch der Gedanke an seine geliebte Familie die Kraft, diese Zeit durchzustehen.

Oma Leni musste nun alleine für ihre beiden Kinder sorgen. Aufgeben war, auch in dieser harten Zeit, nicht ihr Ding. Eine starke Frau. Wie so viele Frauen, die damals ohne ihre Männer die Kinder großziehen mussten. Trotz ihrer eigenen Angst stand sie ihnen im Luftschutzkeller tröstend zur Seite. Sorgte dafür, dass sie ausreichend zu essen hatten. Oft fuhr sie mit dem Fahrrad stundenlang zum Bauernhof der Familie Graßl in Großdingharting, um Kartoffeln zu klauben. In harten Zeiten halten die Menschen zusammen.

Auch von der Familie Brandhofer aus Gaissach, Nähe Bad Tölz, konnte meine Oma selbstlose Hilfe erfahren. Während des Krieges erkrankte sie lebensgefährlich an Lungentuberkulose. Ein unvermeidlicher monatelanger Aufenthalt in einem Lungensanatorium schloss sich an. Während dieser Zeit war ihre Tochter bei einer von Omas Schwestern untergebracht. Der kleine Willy wuchs bei der Bauernfamilie Brandhofer auf und ging dort auch lange Zeit zur Schule. Obwohl selbst mit vier Jungs gesegnet, haben ihr die Brandhofers versichert, sich um den kleinen Willy zu kümmern, für den Fall, dass sie die schwere Krankheit nicht überleben sollte.

Diese selbstlose Unterstützung haben sie und auch mein Opa niemals vergessen. Daraus entwickelte sich eine lebenslange Freundschaft mit der gesamten Familie. Ich durfte dort als Kind oft meine Ferien verbringen. Noch heute erinnere ich mich gerne an die Ausflüge am Wochenende mit meinen Großeltern zur Familie Brandhofer. Jeder wusste, dass Oma nie mit leeren Händen kam. Die fünf Enkelkinder, die alle ungefähr in meinem Alter waren, erwarteten meine Großeltern immer voller Vorfreude. Wussten sie doch, dass die „Wörners" aus München immer eine ganze Menge an Süßigkeiten mit im Gepäck hatten, wenn sie auf Besuch kamen.

Für mich als Stadtkind war es natürlich immer etwas ganz Besonderes, wenn ich zur Erntezeit sogar einmal selbst mit dem Traktor fahren durfte. Dass ich dabei nicht das eine oder andere Mal den Weidezaun mitgenommen hatte, verdanke ich nur der Aufmerksamkeit des jungen Bauern. Das Toben und Spielen im Stadel, gefüllt mit frischem Heu, war herrlich. Vor allem die Schweinchen, Hühner, Pferde, Kälber und auch Kühe hatten es mir angetan. So sah es für mich damals aus, das Paradies.

Am liebsten verbrachte ich fast den ganzen Tag nur im Stall. Mamas Blick und ihr Naserümpfen, wenn mich meine Großeltern wieder zu Hause abgeliefert hatten, vergesse ich nie. Ein Freund des Landlebens war sie nie. Bauernhöfe, Ställe, Tracht und Volksmusik kann sie auch heute noch nicht leiden.

Natürlich bemerkte ich den Geruch, der mir nach einem Tag im Stall anhaftete, selbst nicht mehr. Bevor ich die Wohnung betreten durfte, musste ich mich, noch vor der Haustür, erst einmal bis auf die Unterwäsche ausziehen und im Bad verschwinden, um mich von Kopf bis Fuß zu waschen. Vorher durfte ich ihr nicht mehr unter die Augen treten. Egal, ich hatte meinen Spaß, das war die Hauptsache.

Besonders schlimm muss der Geruch an einem ganz bestimmten Tag gewesen sein. Ich spielte mit den anderen Kindern Fangen im Stall. Als ich „auf der Flucht" in Windeseile hinter den Kühen entlanglief, rutschte ich aus. Noch im Fall öffnete ich den Mund zu einem gellenden Schrei und landete in einem Kuhfladen. Natürlich mit offenem Mund.

Immer noch schreiend, von oben bis unten mit den „wohlriechenden" Exkrementen der Kühe beschmiert, lief ich in die Stube. Alle dort versammelten Personen, einschließlich meiner Großeltern, brachen sofort in schallendes Gelächter aus. Was bitte war daran jetzt lustig? Aber, wie immer, erbarmte sich Oma meiner und befreite mich im Garten, mit Hilfe eines Gartenschlauchs, schnell von der braunen Brühe.

Warum Mama das Leben auf dem Bauernhof nicht leiden konnte, habe ich nie wirklich verstanden. Wahrscheinlich aber auch, weil die fünf Jungs damals nichts lieber taten, als Mama, die schon immer etwas etepetete war, zu ärgern. Noch heute erzählt sie angewidert, wie die Jungs kleine weiße Würmchen, die oft in wild wachsenden Himbeeren zu finden sind, sammelten. Als Mama auftauchte, verspeisten sie die Würmchen vor ihren Augen mit Hochgenuss. Bis heute hat keine leckere Himbeere mehr den Weg in ihren Mund gefunden.

Ich jedenfalls fahre mit Mann und Hund auch heute noch ab und zu nach Gaissach. Der selbst gebrannte Schnaps der Frau Brandhofer ist einfach unübertroffen. Sagt mein Mann. Natürlich hat sich dort in der Zwischenzeit vieles verändert und Tiere gibt es leider schon lange nicht mehr. Aber die Erinnerungen an diese schöne Zeit kann mir keiner mehr nehmen.

Fast so schön wie die Ferien auf dem Bauernhof war Ostern am Tegernsee. Nach der Kriegsgefangenschaft hing mein Opa das Musikerleben an den Nagel, um mehr Zeit mit seiner Familie verbringen zu können. Er arbeitete dann für die Firma Rodenstock. Diese Firma baute für die Mitarbeiter ein Erholungsheim, mit wunderschönem Blick über den Tegernsee. Dort verbrachten meine Großeltern jedes Jahr zu Ostern eine Woche. Natürlich durfte ich mit. Besonders lustig war dabei immer das Suchen des mehr als reichlich gefüllten Osternestes im riesengroßen Obstgarten.

Noch heute muss ich schmunzeln, wenn ich an die Großeinkäufe mit Oma und Opa im Großmarkt denke. Wir hatten einen für mich riesengroßen Einkaufswagen, den Oma mit Bergen von Süßigkeiten und anderen Leckereien mehr als reichlich füllte. Opa, der hinter dem Wagen herlief, packte (von Oma vorerst ungesehen) mindestens die Hälfte der Waren wieder aus. Als sie es kurz vor Erreichen der Kasse dann doch noch bemerkte, war der Streit natürlich vorprogrammiert. Jeder Einkauf in der Metro lief nach dem gleichen Schema ab. Leider kann ich mich heute nicht mehr daran erinnern, wie dieser „Kampf der Giganten" am Ende ausgegangen ist. Na ja, so eine Vermutung habe ich da natürlich schon.

Ja, Süßigkeiten und Essen gab es immer mehr als genug. Oma und ich verbrachten immer viel Zeit mit Futtern. Frühstück, Brotzeit, Mittagessen, Nachmittagskuchen und Abendessen gab es in Hülle und Fülle. Wahrscheinlich war das ihr Ausgleich für die Entbehrungen des Krieges. Und mir hat es natürlich sowieso immer geschmeckt. Als Folge der Gehirnhautentzündung war ich ein kleines, zartes Mädchen mit blonden Löckchen gewesen. Durch die Futterorgien bei Oma hat sich das dann im Laufe der Jahre leider ins Gegenteil umgekehrt. Zeitweise war ich in der Tat ein kleiner Moppel. Daraus resultiert wahrscheinlich auch, dass ich jetzt höllisch aufpassen muss, um nicht auseinanderzugehen wie eine Dampfnudel. Wie man heute weiß, werden die Fettzellen ja bereits in der Kindheit angelegt.

Mein Onkel Willy, der, wie schon erwähnt, auch noch bei Oma wohnte, hatte sie eigentlich beizeiten darauf hingewiesen. Als sie ihm dann allerdings vorwarf, dass er mir das Essen wohl nicht gönnen würde, hat er resigniert und seine „Warnung" aufgegeben. Eigentlich hat es jeder auf seine Weise nur gut mit mir gemeint. Vielleicht hätte sie doch ein bisschen auf ihn hören sollen. Aber macht nichts, Hauptsache es hat geschmeckt.

Apropos, Onkel Willy. Dass seine Handschrift wahrlich nicht von schlechten Eltern war, musste ich eines Tages schmerzvoll am eigenen Leib erfahren. Zu seiner Ehrenrettung muss ich allerdings sagen, dass das lediglich einmal passiert ist. Und zugegebenermaßen hatte ich das auch verdient. Aus heutiger Sicht gesehen, wohlgemerkt.

Wenn ich mit meinen Freunden am Nachmittag spielte, habe ich nie eingesehen, zu einer bestimmten Uhrzeit zu Hause sein zu müssen. Mann oh Mann, immer nach Hause gehen, wenn es am schönsten ist. Sicher versteht jedes Kind nur zu gut, wovon ich spreche. Als kluges Köpfchen, das ich nun mal war, kam mir eine wirklich „schlaue" Idee. Einfach die Uhr eine Stunde zurückstellen und dann zu Hause ganz erstaunt sein, dass die Uhr nicht richtig funktioniert. Tut mir leid. So ein Pech aber auch.

Im Gegensatz zu mir damals ist jedem Erwachsenen klar, dass dieser Trick lediglich einmal glaubhaft funktionieren kann. Auch Oma hat es mit Sicherheit nie geglaubt. Aber es, höchstwahrscheinlich innerlich schmunzelnd, einfach durchgehen lassen. Nun, natürlich habe ich das öfter fabriziert und bis zum Erbrechen ausgereizt. Bis, ja, bis eines Tages eben Onkel Willy früher von der Arbeit nach Hause kam.

Ich läute, er öffnet die Tür. Ohne ein einziges Wort zu sagen, empfing mich eine gewaltige Ohrfeige. Meine übliche Entschuldigung wurde abgetan mit den Worten: „Du glaubst doch nicht wirklich, dass dir deinen Schmarren jemand abnimmt." Doch, eigentlich hatte ich das schon geglaubt.

Lange Rede, kurzer Sinn. Ohne Umweg über die Küche sofort ab ins Bett. Das Abendessen war an diesem Abend gestrichen. Und in der Tat hat er aufgepasst wie ein Luchs, dass Oma sich nicht doch mit etwas Leckerem zu mir ins Zimmer schleichen konnte. Für wen die Strafe schlimmer ausfiel, für Oma oder mich, weiß ich heute nicht mehr. Ich vermute aber, sie hat wesentlich mehr darunter gelitten. Ich jedenfalls bin nicht verhungert. Schließlich besaß ich ja ein paar Fettreserven, von denen ich schon mal einen Abend zehren konnte. Okay, dumm gelaufen. Dieser „schlaue" Trick hatte also ausgedient. Ja, schön war sie, die Zeit mit meiner Oma. Die schönste Zeit meiner Kindheit. Mit der Frau, die noch heute zärtliche Gefühle in mir hervorruft, wenn ich nur an sie denke. Die man ohne Ende knutschen und knuddeln konnte. Der ich am liebsten ständig über die pfirsichzarten Wangen gestrichen hätte. Eine Haut wie der Popo eines Babys, obwohl diese außer Kernseife und Nivea Creme keine anderen Pflegemittel jemals kennengelernt hatte.

Wie süß waren die kleinen Lachfältchen, die sich im Laufe der Jahre auf ihre Oberlippe geschmuggelt hatten und ihrer Schönheit beileibe keinen Abbruch tun konnten. Schönheitsoperationen? Botox? Ich kann ihr herzliches, glucksendes Lachen hören. Ein Lachen, in das sie mit Sicherheit ausgebrochen wäre, wenn sie damals schon davon gehört hätte. In Würde älter werden, das war ihre Einstellung, die ich ohne Wenn oder Aber mit ihr teile.

Nun, alles hat einmal ein Ende. Als ich etwa zehn Jahre alt war und mein Vater beschloss, dass es seine Frau nicht mehr nötig hätte zu arbeiten, begann der zweite Teil meiner Kindheit …

Elternhaus

Ich möchte nicht sagen, dass diese Zeit überhaupt nicht schön oder dass sie schlimm war. Nein, das würde auch einen falschen Eindruck erwecken. Sie verlief einfach anders, strenger, viel strenger.

Die Hausregeln sind schnell erklärt:

§ 1   Vater hat immer recht.
§ 2   Sollte er doch einmal nicht recht haben, tritt automatisch § 1 in Kraft.

Mama, bedingt durch ihren südeuropäischen Einschlag, war eine rassige Schönheit, die der jungen Liz Taylor zum Verwechseln ähnlich sah. Sie achtete immer extrem auf ihr äußeres Erscheinungsbild. Noch heute hat ihre perfekt sitzende Frisur absolute Priorität. Da wird gekämmt und gekämmt und gekämmt. Wenn auch nur die winzigste Haarsträhne hervor spitzt, wird diese sofort mit Haarspray in ihre Schranken verwiesen. Während meine Freundin ihre Frisur einmal augenzwinkernd als „Betonkopf" bezeichnet hat, erinnert sie mich eigentlich eher an einen Königspudel. Na ja, das war nun mal die Mode der 70er-Jahre.

Im letzten Jahr, mit 81 Jahren, stürzte sie in einem Restaurant kopfüber eine Steintreppe runter und prallte mit dem Kopf mit voller Wucht auf die Treppenkante. Bedingt durch die Einnahme von Marcomar bildeten sich in Sekundenschnelle mit Blut gefüllte Beulen an ihrem Kopf. Meine und die Aufregung der Angestellten des Restaurants kann man sich vorstellen. Ich hatte panische Angst, dass sie sich einen Schädelbruch zugezogen hatte. Vom eilig gerufenen Notarzt wurde sie daher schnellstens in ein nahe gelegenes Unfallkrankenhaus eingeliefert.

Die Ärzte konnten kaum glauben, dass sie sich in ihrem hohen Alter außer starken Prellungen wirklich nichts anderes getan hatte. Jeder war in höchstem Maße erleichtert, dass ihr Schutzengel an diesem Tag hervorragende Arbeit geleistet hatte. Und Mama? Ihre größte Sorge war, dass sie vorerst nicht zum Friseur gehen konnte und die Haare nicht gewaschen werden durften. Für Mama ein nur logischer Gedankengang, sogar mit einer klaffenden Platzwunde am Kopf. Aber gut, solange das im Moment ihr größtes Problem ist, wird es schon wieder werden. Ihr Traum war früher immer gewesen, Friseurin zu werden. So sehr sie sich auch bemühte, eine Lehrstelle zu finden, während des Krieges schien das absolut unmöglich. Sie musste nehmen, was sie bekommen konnte. Somit wurde ihr dieser Wunsch nie erfüllt. Ich, mit meinem langen braunen Haar, fiel ihrer Leidenschaft ständig zum Opfer. Sehr zu meinem Leidwesen toupierte sie mein Haar mit großer Hingabe immer wieder und schickte mich mit dieser entsetzlichen Frisur auch noch auf die Straße. Ein Foto aus dieser Zeit ruft noch heute, ganz im Gegenteil zu mir, höchstes Entzücken bei Mama hervor. Na ja, Schönheit liegt eben immer im Auge des Betrachters.

Ihr außergewöhnlicher Schwimmstil sorgte, nicht nur bei unseren Urlauben am Gardasee, bei allen Anwesenden für große Heiterkeit. Bis heute habe ich keinen Schwimmer mehr gesehen, der mit einem solch extremen Schwanenhals seine Runden drehen kann. Immer peinlichst darauf bedacht, dass nur ja kein Tropfen Wasser den perfekt gestylten Kopf erreichen konnte.

Fast jedes Jahr fuhren wir damals zum Campen nach Italien. Onkel Willy und Tante Traudl mit ihrem alten BMW, der über und über mit bunten Bildern beklebt war. Ich hege die Vermutung, dass die Hauptaufgabe dieser Aufkleber darin bestand, das alte Auto noch so lange wie möglich zusammenzuhalten. Meine Eltern hatten einen kleinen DKW, der fast bis zur Decke mit Campingutensilien vollgestopft war. Über die Koffer wurde dann eine Decke gebreitet, auf der ich mich während der Reise zum Schlafen legen konnte.

Erfahrungsgemäß fangen Kinder während einer langen Autofahrt gerne zu quengeln an. Die erste Frage: „Wie lange dauert es denn noch, bis wir da sind?", lässt meistens nicht lange auf sich warten. Um das zu vermeiden, brachen meine Eltern immer erst gegen Mitternacht in den Urlaub auf. Ich schlief und sie hatten ihre Ruhe.

Obwohl es mein elf Jahre jüngerer Cousin heute nicht mehr gerne hört, so hat er mir doch eine der lustigsten und auch unvergesslichsten Erinnerungen an diese Urlaube geschenkt. Im Alter von drei Jahren lief er fröhlich quietschend und mit beiden Händen rudernd, einer für ihn damals typischen Bewegung, auf unser Hauszelt zu. Postiert wie ein kleines Manneken Pis erleichterte er sich mit einem glücklichen Lächeln, gepaart mit einem kräftigen Strahl, in unserem Zelt. Nun war das für ihn durchaus keine einmalige Angelegenheit. Als es öfter passierte, hatte auch der Letzte gemerkt, dass der kleine Schlingel unser Zelt zu seiner persönlichen Toilette erkoren hatte. Ein eilig angebrachtes Holzbrett blockierte kurz darauf den Eingang. Mit seinen großen braunen Augen blickte er traurig auf das für ihn unüberwindliche Hindernis und suchte sich schweren Herzens einen neuen Platz.

Inzwischen überzeugter Junggeselle, so ist er trotzdem als kleiner „Busengrabscher" und Schrecken einer jeden Bikinischönheit in die Familiengeschichte eingegangen. Wohl noch in Erinnerung an die schmackhafte, nicht versiegende „Milchquelle" als Baby war er vom wogenden Busen so mancher Frau gefesselt. Jeder in der Familie kannte seinen starren Blick, mit dem er die Auserkorene musterte, bevor er mit ausgestreckten Händen äußerst zielorientiert losstürzte. So mancher erwachsene Mann hätte die Unbekümmertheit seines Vorgehens sicherlich insgeheim beneiden können. Zumal diese Art der Annäherung dem „kleinen" Mann anstelle einer schallenden Ohrfeige meist wohlwollendes Verständnis einbrachte. Die Peinlichkeit war dabei eher auf der Seite meiner Tante.

Am Gardasee habe ich auch, für heutige Verhältnisse auf ziemlich unkonventionelle Art und Weise, schwimmen gelernt. Damals gab es noch keine Schwimmkurse für Babys oder Kleinkinder. Das Trockentraining absolvierte ich am Strand. Vater erklärte mir die Schwimmbewegungen und warf mich kurzerhand ins Wasser.

Schwimme oder geh unter. Na ja, absaufen hätte er mich wohl nicht lassen. Vermute ich.

Kurz zusammengefasst, welche Sätze meiner Eltern sich noch bis heute besonders eingeprägt haben, dann sind das wohl:

„Psst, sei doch leise."
„Vorsicht, mach dich nicht schmutzig!"
„Das ist nicht gut genug, das geht noch besser."

„Psst, sei leise", ein noch heute von Mama favorisierter Satz. Wenn wir während ihrer Besuche im Garten mit unserem Hund toben oder etwas lauter lachen, äußert sie umgehend ihre Bedenken, dass sich die Nachbarn gestört fühlen könnten. Was andere sagen und denken könnten, ist eines der wichtigsten Dinge, wenn nicht gar das Wichtigste, in ihrem Leben. Nur, dass ich mir heute nichts mehr vorschreiben lassen muss. Wir „leben", Gott sei Dank, noch nicht auf dem Friedhof. Da wird es dann noch leise genug sein. Obwohl bei uns zu Hause keine Grabesstille herrscht, verstehen wir uns mit unseren Nachbarn hervorragend. Klagen sind uns, weder direkt noch hinter unserem Rücken, noch nie zu Ohren gekommen.

Den Satz „Vorsicht, mach dich nicht schmutzig!" hat sie inzwischen abgelegt. Das mag wohl daran liegen, dass (manche) Erwachsene automatisch weniger dazu neigen, so gerne im Dreck zu wühlen wie kleine Kinder.

Ich muss gestehen, dass es mir diebische Freude bereitet hatte, als ich ihr die Fotos des ersten Geburtstages der Enkelin meines Mannes zeigte. In der Familie seiner Tochter war es Tradition, dass die Kinder zum ersten Geburtstag eine kleine Schokoladentorte, ganz für sich alleine, bekamen. Da essen mit Besteck nicht zu den Stärken einjähriger Babys gehört, wurde die Torte natürlich lediglich mit Hilfe der kleinen Patschehändchen voller Freude verspeist.

Den Spaß, den wir als Geburtstagsgäste bei dieser „Veranstaltung" hatten, konnte Mama beim Blick auf das über und über mit Schokolade bekleckerte Kleinkind natürlich absolut nicht nachvollziehen. Schande über uns.

„Das ist nicht gut genug, das geht noch besser" war der ausschließliche Part meines ehrgeizigen Vaters. Und ich meine damit nicht nur ehrgeizig. Er war krankhaft ehrgeizig. Gesunder Ehrgeiz ist wichtig für die eigene Weiterentwicklung. Krankhaften Ehrgeiz empfinde ich als äußerst unsympathischen Zug. Einer der bekanntesten Vertreter dieser Spezies ist in meinen Augen ein bekannter Moderator, den ich hier nicht namentlich benennen möchte. Aufgrund der interessanten und abwechslungsreichen Spiele schaue ich mir seine Sendung im Grunde gerne an. Seine überdrehten Reaktionen, wenn er am Verlieren ist, sind mir dabei ausgesprochen zuwider.

Irgendwann muss man auch einmal mit dem Erreichten zufrieden sein oder anerkennen, dass vielleicht ein anderer etwas mehr kann oder auch weiß als man selbst. Aufgrund meiner Erziehung hat es sehr lange gedauert, bis ich meinen eigenen Ansprüchen genügen konnte. Zu tief hat sich dieser immer wiederkehrende Spruch meines Vaters eingegraben. Über Anerkennung und Lob, die ich in meiner Kindheit nur spärlich bekommen habe, kann ich mich noch heute freuen wie ein Schneekönig.

Vater ist wohl nie darüber hinweggekommen, dass ihm seine Eltern den Wunsch nach einem Studium nicht erfüllten. Ob sie nicht konnten oder nicht wollten, das entzieht sich meiner Kenntnis. Mit seinem Beruf als Eisenflechter war er nie wirklich zufrieden. In jahrelangem Abendstudium arbeitete erst sich später aus eigener Kraft erst zum Polier, dann zum Bauleiter und schließlich zum Chef seiner eigenen Baufirma hoch. Aus seiner Abneigung gegenüber „Studierten" hat er Zeit seines Lebens keinen Hehl gemacht. Manche Stacheln sitzen tief.

Wie viele Menschen, so versuchte auch er sich seinen unerfüllten Lebenstraum durch seine Tochter zu verwirklichen. Schon in der Volksschule, wie sie damals noch hieß, stand ich unter diesem von ihm erzeugten Druck. Die einzige, wirklich akzeptable Schulnote war die 1. Note 2 ging gerade noch durch, Note 3 erzeugte schon ein kritisches Stirnrunzeln, welches andeutete, dass der Weltuntergang kurz bevorstand. Die Noten 4 bis 6 standen außerhalb jeglicher Diskussion und existierten für ihn daher schlichtweg nicht.

Nun bin ich leider nicht als kleiner Einstein zur Welt gekommen. Wie wohl jedes Kind, so hatte auch ich zeitweise schlechte Phasen. Dabei möchte ich durchaus nicht ausschließen, dass das zum Teil auch meiner Faulheit zuzuschreiben war. Mein Problem dabei war, dass wir in der Volksschule die Noten 5 und 6 von den Eltern unterschreiben lassen mussten. Genau wissend, was mich zu Hause für ein Donnerwetter erwarten würde, bat ich kurzerhand morgens vor der Schule meine Oma, die Arbeit zu unterschreiben. Unglücklicherweise habe ich einfach „vergessen", meinen Vater unterschreiben zu lassen. Das sagte ich zumindest zu ihr.

Nun, wie er schließlich dahintergekommen ist, weiß ich nicht. Nachdem er es bemerkt hatte, wurde meiner Oma strengstens untersagt, jemals wieder etwas, das mit der Schule zusammenhing, zu unterschreiben. Leider hat sie sich daran auch gehalten bzw. daran halten müssen. Es kam, wie es kommen musste, die nächste 5 stand ins Haus. In meiner Panik strengte ich meine kleinen grauen Zellen an und hatte eine, in meinen Augen, geniale Idee. Warum nicht einfach selbst unterschreiben?

Gesagt, getan, ich besorgte mir Pauspapier. Vaters Unterschrift war relativ einfach. Erst mit dem Bleistift vorgeschrieben, dann mit dem Kugelschreiber nachgezogen. Perfekt. Beim ersten Mal funktionierte das einwandfrei. Zumindest schöpfte die Lehrerin nicht den geringsten Verdacht. Beim zweiten Mal verließ mich dann das Glück. In Omas Wohnzimmer, mit meinem künstlerischen Werk beschäftigt, platzte sie geradewegs ins Zimmer, als ich gerade mit dem Kugelschreiber mein Werk vollenden wollte. Wie das so ist, wenn man sowieso schon ein schlechtes Gewissen hat, bin ich so erschrocken, dass der Kugelschreiber den vorgezeichneten Weg verließ. Ein langer Strich an nicht vorgesehener Stelle war die Folge. Mist, da hatte ich nun einen Strich, der nicht mehr entfernt werden konnte.

Frei nach dem Motto „Frechheit siegt", legte ich das Schulheft am nächsten Tag trotzdem meiner Lehrerin vor. Auf deren Frage, wer das denn unterschrieben hätte, war die logische Antwort: „Vater natürlich." Ihre hochgezogene Augenbraue ignorierend, sah ich mich in meiner jugendlichen Unschuld bereits am Ziel. Es sollten noch zwei sorglose Tage bis zum Weltuntergang vergehen.

Schneller, als mir lieb war, kam der Tag, an dem das Schulheft, von der Lehrerin an meinen Vater adressiert, bei uns zu Hause im Briefkasten lag. Was soll ich sagen? Die Apokalypse ist ein laues Lüftchen dagegen. Von einem Tag auf den anderen mutierte ich zum Schwerverbrecher. Wochenlanger Hausarrest, Fernsehverbot, eine ellenlange Liste an der Küchentür, versehen mit Arbeiten, die ich jeden Tag zu verrichten hatte. Aber das Allerschlimmste von allem war, dass zu Hause tagelang keiner auch nur ein Wort mit mir gesprochen hat.

Nein, es gab noch keine Schulpsychologen, die das Fehlverhalten der Kinder von vorne bis hinten und wieder zurück durchleuchteten. Die Gründe, warum ein Kind so ein „Verbrechen" beging, interessierten damals keinen, und meinen Vater schon gar nicht. Mit ein bisschen Vertrauen und Verständnis von elterlicher Seite wäre das sicherlich zu vermeiden gewesen. Nichts da, die Schuld lag bei mir, ausschließlich. Keine Widerrede.

Liebend gerne hat mich Vater auch selbst unterrichtet. Dass wir den Stoff im Unterricht noch gar nicht durchgenommen hatten, spielte dabei keine Rolle. Als uns der

Stoff dann in der Schule auf ganz andere Art und Weise nähergebracht wurde, traute ich mich auch noch, ihm das zu sagen. Seine Reaktion? Manchmal war eben nicht nur ich, manchmal waren dann auch die Lehrer die Deppen. Nicht nur Kinderpsychologen, auch das Feiern von Kindergeburtstagen mit Freunden waren damals nicht üblich. So beschloss ich eines Tages, mir an meinem Geburtstag selbst eine Freude zu bereiten.

Vater hatte unser Bad in einem wunderschönen Himmelblau gestrichen. Bedingt durch seine Tätigkeit am Bau lagen bei uns oft farbige Baukreiden herum. Warum auch immer, keine Ahnung. Als ich mir an diesem Tag die Hände im Bad gewaschen hatte, fiel mir ein leuchtend gelbes Exemplar in die Hände. Neugierig, wie ich nun mal war, musste ich unbedingt wissen, wie sich dieses leuchtende Gelb auf der himmelblauen Wand machen würde. Immer schon ein Freund von schnellen Entschlüssen, wurde mein Vorhaben umgehend in die Tat umgesetzt. Schöner Kontrast, wirklich sehr gut gelungen.

Dummerweise war Vater von meinem Kunstwerk nicht wirklich angetan. Ein lauter Brüller forderte mich auf, meinen kleinen Hintern sofort ins Bad zu bewegen. Mit dem Finger auf die Wand zeigend, kam die unvermeidliche Frage:

„Warst du das?"

„Nein."

„Wer dann?"

„Weiß ich nicht."

„Denkst du, dass Mama oder ich das gemacht haben könnten?"

„Weiß ich nicht."

Nun, um die Beschreibung dieses Vorfalls abzukürzen: Ich verbrachte den Nachmittag meines Geburtstages damit, hundertmal zu schreiben: „Ich darf die Wand im Badezimmer nicht mit Kreide beschmieren und meine Eltern nicht belügen." Happy birthday.

Und Mama? Die war für Strafen nicht zuständig. Hatte ich tagsüber etwas angestellt, dann gab es zwei Möglichkeiten. Entweder sie zog mich lediglich an meinem langen Pferdeschwanz durch die Wohnung oder sie drohte mir mit unheilschwangerer Stimme: „Warte nur, bis Papa nach Hause kommt."

Obwohl ich bis dahin den Vorfall bereits wieder vergessen hatte, hieß es dann ab ins Schlafzimmer, Hose runter und bäuchlings aufs Bett legen. Mein nackter Po wurde mit dem Teppichklopfer bearbeitet. „Papa, Papa, bitte hör auf, ich mach's nicht mehr."

Im Gegensatz zu Mama kann ich mich daran noch sehr genau erinnern. Na ja, das mit dem Langzeitgedächtnis ist auch so eine merkwürdige Sache.

Zumindest was Sturheit und Eigensinn betraf, konnte ich es immer schon mit meinem Vater aufnehmen. Anders als heute gab es damals in jeder Familie lediglich einen Fernseher. Kompromisse in Bezug auf das Fernsehprogramm wären angesagt gewesen. Vater liebte Sportsendungen. Samstags wurde von einem Programm zum anderen geschaltet. Keine Sportsendung durfte ihm entgehen. Die Entscheidung, welche Sendung gesehen wurde, oblag ausschließlich ihm. Wem auch sonst.

Wollte ich dann unbedingt einmal etwas anderes sehen, wurde es mir oft verboten. Wutentbrannt verschwand ich in meinem Zimmer und legte mich dann meistens gleich ins Bett. Manchmal kam er mir nach und sagte, dass ich meine Sendung nun doch anschauen kann. Und nun? Sollte ich ihm die Füße küssen? Mochte der Kloß in meinem Hals noch so groß sein und mir fast die Kehle abdrücken. Ich blieb, wo ich war. In meinem Bett. So, das hast du nun davon.

Die Wochenenden verbrachten wir in der Regel entweder im Schrebergarten der Eltern meines Vaters oder beim Bergsteigen. Ich mochte das eine so wenig wie das andere. Wenn Freunde nach dem Wochenende von Badeausflügen zum Starnberger See berichteten, beneidete ich sie ohne Ende.

Der Schrebergarten war in einer Anlage in der Nähe des alten Flughafens München-Riem. Vorwiegend waren die Gärten von alten Leuten gepachtet. An Kinder kann ich mich nicht erinnern. Die Erwachsenen verbrachten die Zeit mit Sonnenbaden, Kartenspielen und Gartenarbeit. Wenigstens hatten die ihren Spaß.

Zu dieser Zeit wünschte ich mir fast nichts sehnlicher als ein Brüderchen oder Schwesterchen. Nicht ahnend, dass es da sehr wohl jemanden gibt. Das sollte ich allerdings erst später erfahren. Sehr viel später. Manchmal spielte Vater mit mir Fußball, wobei sein Ehrgeiz es nicht einmal hier zuließ, mich mal gewinnen zu lassen. Sogar hier musste herausgekehrt werden, wer denn der Bessere von uns beiden war. Wirklich, ein Riesenspaß.

Etwas älter geworden, durfte ich mich auch manchmal ohne Aufpasser auf den Weg in die „große weite Welt" machen. Oft spazierte ich rüber zum nahe gelegenen Flughafen. Damals konnte man sich noch frei auf einer Fläche vor dem Rollfeld bewegen. Kontrollen gab es in dem Sinne nicht. Stundenlang konnte ich dort sitzen, die Flugzeuge beobachten und von fernen Ländern, in die ich später einmal reisen wollte, träumen.

Mein Opa, der Musiker, hatte noch eine andere Leidenschaft. Die Berge. Noch bis ins hohe Alter von 80 Jahren brachte er jeden jüngeren Begleiter ins Schwitzen. Nun, so gerne ich Oma und Opa auch hatte, die Bergtouren zusammen mit ihnen und meinen Eltern waren für mich der reinste Horrortrip. Wir gingen los und machten im Höchstfall eine einzige Pause, bis der Gipfel erreicht wurde. Zügig vorangehen, das war extrem wichtig, denn nach jeder Pause lässt die Leistungsfähigkeit nach. Erkläre das mal einem Kind. Auf meine ständigen Fragen, wann wir denn endlich oben sind, bekam ich die lapidare Antwort: „Hinter der nächsten Kurve sind wir schon da." Die vielen „nächsten" Kurven habe ich nie gezählt.

Nach einer gefühlten Ewigkeit erreichten wir dann endlich den Gipfel. Schon verfielen die Erwachsenen in verzücktes Schwärmen. Was für ein wunderbarer Blick in das idyllisch liegende Tal. Welche andere Frage hätte da von mir kommen können als: „Wenn es da unten so schön ist, warum müssen wir dann zum Gipfel hochsteigen?" Aus meiner Sicht doch irgendwie logisch, oder?

Auf jeden Fall habe ich mir damals geschworen, dass mich kein Gipfel jemals mehr sehen würde, wenn ich irgendwann einmal selbst entscheiden kann. Und was soll ich sagen, an diesen Vorsatz habe ich mich auch tatsächlich (fast) bis zum heutigen Tag gehalten.

Das soll jetzt nicht heißen, dass ich die Berge nicht mag. Im Gegenteil, heute genieße ich es, wenn wir unsere Herbsturlaube in Kärnten verbringen. Als die beiden älteren Enkel meines Mannes sechs und neun Jahre alt waren, nahmen wir sie zum ersten Mal auf eine Hütte mit. Genau wie ich damals, konnten auch sie sich zuerst herzlich wenig begeistern, in den Bergen zu wandern.

Allerdings waren unsere Wanderungen in keiner Weise mit denen aus meiner Kindheit zu vergleichen. Wir zogen los und es stand von vornherein fest, dass wir nur so lange wandern werden, wie wir auch Lust dazu haben. Von Gleichschritt konnte keine Rede sein. Wir erfreuten uns an den Blümchen am Wegrand, erfrischten uns im Gebirgsbach, wälzten uns lachend auf der Bergwiese, machten Rast auf einer kleinen Bank, sammelten glitzernde Steine. Kurz und gut, hauptsächlich machten wir Blödsinn und hatten alle einen Heidenspaß dabei.

Die kleine Noreen schloss eines schönen Tages innige Freundschaft mit einer dicken alten Eiche. Ihr Freund, der Baum, wurde auf den Namen „Tim" getauft. Ihm konnte sie alle ihre kleinen Sorgen erzählen und von ihren tollen Erlebnissen berichten. Natürlich mussten wir anderen gebührenden Abstand halten, um ihre Zwiegespräche mit Tim nicht zu belauschen. Als wir uns nach einer wunderschönen Urlaubswoche wieder auf den

Weg nach Hause machen mussten, war es natürlich unumgänglich, Tim noch einen allerletzten Besuch abzustatten. Ist ja klar, von guten Freunden muss man sich selbstverständlich gebührend verabschieden.

Ja, es geht auch anders. Genauso hätte auch ich mir als Kind einen schönen Ausflug in die Berge vorgestellt. Unsere beiden jedenfalls freuten sich schon auf der Rückfahrt wieder auf den nächsten Urlaub in den Bergen. Ich natürlich auch.

Aller Wahrscheinlichkeit nach gab es auch lustige Erlebnisse mit meinem Vater. Komischerweise erinnere ich mich genau daran heute nicht mehr. Aber irgendeinen Grund muss es doch gegeben haben, dass ich, zumindest in meiner Erinnerung, ein Papakind war. Na ja, wahrscheinlich habe auch ich teilweise Probleme mit meinem Langzeitgedächtnis.

Obwohl, etwas fällt mir da doch noch ein. Wobei die Komik dieser Geschichte eigentlich erst aus heutiger Sicht zum Tragen kommt. Damals fanden es die Beteiligten weniger witzig.

Meine Eltern fuhren für ein paar Tage nach Spanien. Juchuu, endlich sturmfreie Bude. Es war Sommer und brütend heiß, als ich eines Tages eine Art Verwesungsgeruch in der Küche bemerkte. Auch nach gründlichem Suchen konnte ich den Grund dafür nicht finden. Na ja, dann wird eben über Nacht das Fenster gekippt. Der Geruch wird dann schon wieder verschwinden. Tatsächlich verzog sich der Gestank bis zum nächsten Morgen wieder. Als das Fenster dann wieder eine Weile geschlossen war, kam auch der „Duft" zurück. Das Spiel wiederholte sich noch einige Tage.

Auch meine zurückgekehrten Eltern rätselten. Bis zu dem Tag, als Mama aus dem Gefrierfach eingefrorenes Fleisch nehmen wollte. Zu diesem Zeitpunkt gab es dann eine gute und eine schlechte Nachricht. Die gute, der Auslöser für den Verwesungsgeruch war gefunden. Die schlechte, dass das Gefrierfach ab diesem Zeitpunkt nicht mehr zu gebrauchen war. Das Fleisch jedenfalls musste nicht mehr aufgetaut werden. Die Würmchen, die Mama entgegenkamen, hatten sich das verweste Fleisch bereits schmecken lassen.

In der Küche stand eine Kombination aus Kühlschrank und separatem Gefrierfach. Das Gefrierfach befand sich unter dem Kühlschrank und der Schalter dafür war, schlauerweise, an einer Leiste nur wenige Zentimeter über dem Boden angebracht. Als ich nun den Boden in der Küche gesaugt hatte, musste ich mit dem Staubsauger unbemerkt den Schalter gekippt haben. Das Unheil nahm seinen Lauf. Der Gestank hatte sich so eingefressen, dass die Gefriertruhe, trotz gründlicher Reinigung, nicht mehr zu gebrauchen war. Shit happens.

Wie schon gesagt, als ich den Kinderschuhen entwachsen war, kam sie durch in mir, die Rebellin. Ich ließ mir die Klamotten, die ich tragen sollte, nicht mehr vorschreiben. Die Ausreden waren besser durchdacht, die Vorgehensweisen raffinierter. Vor allem aber hatte ich eine eigene Meinung. Meine Meinung, die ich mir auch von ihm nicht mehr nehmen ließ. Vom Vater gelernt ist eben gelernt. Unweigerlich kam er dann, der Tag, an dem ich mich das erste Mal seinem Willen widersetzte.

Als die Entscheidung getroffen werden musste, entweder auf die Realschule oder auf das Gymnasium zu wechseln, schieden sich unsere Geister. Natürlich wollte Vater seinen Traum wenigstens in mir verwirklicht sehen. Gymnasium und anschließendes Studium. Etwas anderes stand für ihn nicht zur Debatte. Nun, dem Weg, den ich einschlagen wollte, glich das sicherlich nicht. Zwar war ich eine gute Schülerin und lernen fiel mir leicht. Aber ich wollte auch so schnell wie möglich Geld verdienen und auf eigenen Beinen stehen. Zudem gingen alle meine Freundinnen zur Realschule. In diesem Alter ein ganz wesentlicher Faktor für eine Entscheidung. Und ich habe es zum ersten Mal wirklich geschafft, mich durchzusetzen.

Nach einer erfolgreich abgeschlossenen mittleren Reife war ein „seriöser" Beruf natürlich besonders wichtig. Mein Wunsch, die Journalistenschule zu besuchen, wurde mir zum einen untersagt, zum anderen war ich mit 17 Jahren auch noch zu jung. Ich startete meine „Karriere" bei der Bayerischen Landesbank. Aufgrund diverser Geschehnisse in den letzten Jahren klaffen die Meinungen, ob eine Bank seriös ist oder nicht, stark auseinander. Auf längere Sicht war dieser Berufsweg sowieso nicht interessant für mich. Nach sechs Jahren Langeweile wechselte ich schließlich in die freie Wirtschaft.

In der Halbleiterbranche konnte ich mich dann etablieren und aufgrund meiner Zuverlässigkeit und Professionalität war meine Arbeitskraft immer sehr geschätzt und auch gut bezahlt. Mein Sprachtalent und die Vorliebe für die englische Sprache kamen mir dabei durchaus zugute. Meinen Weg machte ich auch ohne Studium und, oh Wunder, obwohl ich inzwischen bereits seit einigen Jahren Teilzeit arbeite, bin ich immer noch nicht bei Hartz IV gelandet. Selbst ist die Frau. Väter haben eben doch nicht immer recht.

In diese Zeit fiel auch der Beginn meiner „Karriere" als Raucher. Stolz bin ich darauf sicher nicht. Im Gegenteil, ich finde es gut, dass heute bereits in den Schulen damit begonnen wird, auf die Risiken des Rauchens hinzuweisen. Heute gehört es unter Heranwachsenden, zumindest zum großen Teil, zum guten Ton, nicht zu rauchen. Zu meiner Zeit war das anders. Rauchen war in. Nur als Raucher hat man „dazugehört". Ich übte sogar heimlich Lungenzüge. Hatte ich doch keine Lust mehr, mich auslachen und verspotten zu lassen, weil ich ja nur paffte und nicht „richtig" rauchen konnte. Die einzige Jugendsünde, die mich noch bis heute verfolgt.

Trotz allem Übel muss ich gestehen, ich rauche gerne. Infolge einer schweren Lungenentzündung vor einigen Jahren bin ich aber in der Zwischenzeit wieder beim Paffen gelandet. Das gibt mir zumindest das Gefühl, doch nicht so ganz ungesund zu leben. Ich weiß, ich weiß, Augenwischerei. Schande über mich. Kinder, lasst die Finger weg vom Glimmstängel. Von Dingen, die man erst gar nicht kennenlernt, muss man sich auch nicht entwöhnen. Diese Angewohnheit konnte ich sehr lange Zeit vor meinen Eltern geheim halten. Zu meiner großen Verwunderung haben sie nie gerochen, dass ich heimlich im Bad zum Fenster hinaus rauchte. Natürlich wollte ich mein spärliches Taschengeld nicht unbedingt für Zigaretten hinblättern. Dabei kam mir zugute, dass Vater Gelegenheitsraucher war und seine Camel Filters im Bad deponierte. Bevor ich mir eine von ihm stibitzte, musste ich logischerweise prüfen, wie viele Zigaretten noch in der Schachtel steckten. Zu wenige waren ebenso schlecht wie zu viele. In beiden Fällen wäre das Risiko, dass er es hätte bemerken können, zu groß gewesen. Meiner Geschicklichkeit zufolge ist dieser Fall nie eingetreten.

„Überführt" hat mich dann schließlich meine eigene Eitelkeit. „Germanys Next Topmodel" gab es, als ich 16 war, noch nicht. Aber wie alle jungen Mädchen, so haben auch wir uns gerne in lässigen Posen gegenseitig fotografiert. Stolz präsentierte ich eines Tages Mama die tollen Fotos, aufgenommen im Englischen Garten in München. Ganz im Gegensatz zu ihr hatte ich leider die auf fast jedem Foto präsente Zigarette übersehen. Okay, was soll's, dumm gelaufen. Jetzt rauche ich eben.

Übrigens war das eines der beiden einzigen Themen, mit denen ich Oma auf die Palme bringen konnte und sie richtig, richtig sauer auf mich war. Rauchen und der Austritt aus der Kirche, da hörte der Spaß bei ihr auf. Da ich aber immer schon zu meinen Entscheidungen stand, hat sie mir auch das, schweren Herzens, irgendwann verziehen.

Wenn sie mir ab und zu ein bisschen Taschengeld zusteckte, kam natürlich die unvermeidliche Bemerkung:

„Das Geld ist aber nicht für Zigaretten."

„Nein, Oma, natürlich nicht." Hand aufs Herz (Finger hinter dem Rücken gekreuzt).

Vorgegeben wurde von meinen Eltern natürlich auch, wohin ich am Abend gehen durfte und wohin nicht. Am liebsten war es ihnen, wenn ich auf Partys der Jugendgruppe der Kirche ging. Was sollte denn da schon passieren? Ihrer Meinung nach war ich dort gut aufgehoben. Wie man sich doch manchmal irren kann. Damals gab es in München-Sendling eine sehr verrufene Rockergang, die Valley Rocker Munich. Die wilden Jungs machten sich einen Riesenspaß daraus, jede Party auf die ihnen eigene Art aufzulösen. Besonders zimperlich ging es dabei weiß Gott nicht zu.

Zu meinem Glück kannte ich eines der jüngeren Mitglieder. Er wohnte früher mit seiner Familie im Nebenhaus meiner Oma, sein Vater ging schon mit Mama zur Schule. Dadurch kam ich jedes Mal in den „Genuss" einer Vorwarnung. „Mach dich mal lieber gleich aus dem Staub", flüsterte er mir leise zu. Natürlich ließ ich mir das nicht zweimal sagen und nahm meine Füße in die Hand. Wohlweislich habe ich meinen Eltern davon nie etwas erzählt, sonst hätten diese Partys ganz schnell der Vergangenheit angehört.

Diverse Kneipen hatten natürlich auch damals schon ihren Ruf weg. „Leider" kamen meine Eltern mit ihren Verboten bzw. Vorwarnungen stets zu spät. Sobald sie mir untersagten, bestimmte Lokale aufzusuchen, war ich dort bereits Stammgast. So war es schon damals, so ist es heute und so wird es auch immer bleiben. Am interessantesten ist immer das Verbotene.

Eine dieser Kneipen war ein Kellerlokal am Sendlinger Tor Platz – „Burgi's Bierbrunnen".

Zugegebenermaßen eine wirklich wilde Kneipe, die ihrem schlechten Ruf alle Ehre machte. Meine Freunde und ich hingen dort jedes Wochenende rum. Drei Wochen vor meinem 18. Geburtstag wurde das Lokal kurz vor

Mitternacht von einer Jugendkontrolle „heimgesucht". Nun, 17-jährigen Mädels sieht man das jugendliche Alter nicht unbedingt an, so auch bei mir. Pech für mich war nur, dass eine Freundin neben mir, obwohl bereits 18, sehr klein gewachsen war.

Die Polizisten waren bereits an unserem Tisch vorbeigegangen, als sich einer umdrehte und sein Blick zufällig auf meine Freundin fiel. Das war's dann für mich. Nachdem er ihren Ausweis verlangt hatte, wollte er natürlich auch meinen sehen. „Weil ich gerade dabei bin", waren seine Worte.

Kurz und gut, ich hatte eine Freifahrt nach Hause, in Begleitung der Polizei in der „grünen Minna", gewonnen. Um Gottes willen, Vater wird mich umbringen. Eine gute Portion ehrliche Angst und ein großer Teil schauspielerisches Talent ließen mich in Tränen ausbrechen. Tatsächlich ließen sich die Polizisten von meinem herzzerreißenden Schluchzen und den verzweifelten Bitten erweichen. Sie sahen davon ab, meine Eltern aus dem Schlaf zu läuten und mich persönlich abzuliefern. Ich musste mich lediglich am Fenster in der Wohnung zeigen und schon machten sie sich wieder auf den Weg, um das nächste böse Mädchen aus einer dunklen Kneipe zu retten. Nicht ohne mich vorher darauf hinzuweisen, dass sie die drei Wochen, bis zu meinem 18. Geburtstag, Burgi's Bierbrunnen sehr gut im Auge behalten werden.

Uff, noch mal Glück gehabt. Der Felsen, der mir vom Herzen gefallen ist, hätte meine Eltern eigentlich wecken müssen. Von da an verließ ich, zumindest bis zu meinem 18., brav das Lokal pünktlich um zweiundzwanzig Uhr und machte mich auf den Heimweg. Dass mich das Lachen und die dummen Kommentare meiner Freunde dabei begleiteten, muss ich wahrscheinlich nicht erwähnen. Allerdings war das hundertmal besser zu ertragen als das Donnerwetter, das mich zu Hause erwartet hätte, wenn ich in Begleitung der Polizei dort eingetroffen wäre.

Ich hatte bereits erwähnt, dass meine Eltern eine Genossenschaftswohnung im 1. Stock gemietet hatten. Deren Vorteil lag natürlich in erster Linie in der sehr günstigen Miete. Als ich 19 Jahre alt war, ergab es sich, dass eine Wohnung im 3. Stock frei wurde. Für diese Wohnung bewarb ich mich und als Kind von Genossenschaftsmitgliedern wurde sie mir dann auch zugesprochen.

Juchhuu, jetzt geht's endlich los mit der Selbstständigkeit.

Endlich flügge

Von den zwölf Parteien in unserem Wohnhaus wurden nun drei Wohnungen von unserer Familie „belagert". Meine Eltern im 1. Stock, Onkel Willy, Tante Traudl und mein Cousin Manfred im 2. Stock und „on top" – im 3. Stock hatte ich mich nun einquartiert. Dass es allerdings im gleichen Haus mit den Eltern mit der großen Freiheit nicht so weit her war, sollte ich relativ schnell feststellen. Wenn du wirklich unabhängig sein willst, suche dir eine Wohnung weit entfernt vom Elternhaus.

Die angenehme Seite wiederum war, dass ich die Schmutzwäsche immer noch bei Muttern abgeben konnte.

Wohingegen mir einige ständig wiederkehrende Kommentare gewaltig auf die Nerven gingen.

„Wann bist du denn gestern heimgekommen? Ich habe dich gar nicht gehört."

„Warum hast du denn gestern nicht geläutet? Du kannst doch mal kurz Hallo sagen, bevor du in deine Wohnung gehst."

„Heute bist du aber spät aufgestanden. Ich habe die Toilettenspülung erst um zwölf Uhr gehört."

Super, das „Spionageteam" leistete immer noch ganze Arbeit.

Mit Onkel und Tante verstand ich mich immer gut. Oft begleitete ich Tante Traudl bei ihren abendlichen Spaziergängen mit ihren Hunden. Moritz, ein brauner Mischling in ungefähr der Größe eines Schäferhundes, war mir besonders ans Herz gewachsen. Dass er mich auch gerne mochte, konnte man daran sehen, dass ich eine der wenigen Personen war, die ihn streicheln durften, wenn er in seinem Hundekorb lag. Die meisten anderen machte er umgehend durch Knurren darauf aufmerksam, dass das ausschließlich sein Bereich war, in den keiner ungefragt eindringen durfte.

Lediglich einmal, während eines „Hundesittings" in meiner Wohnung, bekam ich extremen Respekt vor ihm. Hatte ich mir doch tatsächlich erlaubt, mein Mittagessen einzunehmen, ohne ihm etwas davon abzugeben. Eine Weile saß er recht geduldig neben mir und beobachtete mich mit stierem Blick. Als er dann aber spitz bekam, dass da wohl freiwillig nichts für ihn abfallen würde, war es mit seiner Geduld schlagartig vorbei.

Ein zuerst leises, dann immer stärker anschwellendes Knurren ließ mich zur Seite blicken. Mit gebleckten Zähnen zeigte er mir sein furchterregendes Gebiss. Ich gestehe, etwas mulmig wurde mir bei diesem Anblick schon, der Appetit verging mir fast schlagartig. Ganz, ganz langsam legte ich mein Besteck auf den Teller und bewegte mich mit diesem ruhigen Schrittes in die Küche. Das Mittagsmahl fand für mich schnell ein Ende, Moritz war wieder zufrieden und ganz der liebe Hund, so wie ich ihn immer kannte. In der Tat war es ja auch eine fast unglaubliche Unverschämtheit von mir gewesen, mir den Magen vollzuschlagen, während mein immer hungriger Lieblingshund neben mir saß.

Leider hat er bereits vor vielen Jahren das Zeitliche gesegnet. Tante Traudl und Onkel Willy, die in der Zwischenzeit ihren wohlverdienten Ruhestand genießen, haben inzwischen keine Hunde mehr. Daher ist die Freude immer groß, wenn sie „Ersatzfrauchen" und „Ersatzherrchen" für Bella spielen dürfen. Und wir können unseren Urlaub entspannt genießen, da wir unseren Liebling in guten Händen wissen. Alle sind glücklich.

Nun, irgendwann beschloss Vater, sich den Traum vom eigenen Haus zu erfüllen. Als „Bauprofi" wollte er das Haus selbst entwerfen und mit eigenen Händen bauen. Als ein Grundstück in Sittenbach in der Nähe von Dachau gefunden war, wurde das Vorhaben voll Elan in die Tat umgesetzt. Lediglich unterstützt durch einen seiner Arbeiter sowie die Familie, verbrachten sie ab Baustart die gesamte Freizeit sowie Wochenenden, Feiertage und Urlaub auf der Baustelle.

Sehr zum Ärger meines Vaters hatte ich an diesem Haus von Anfang an kein Interesse und somit meine Mitarbeit erfolgreich verweigert. Meine „Besuche" auf der Baustelle hielten sich sehr in Grenzen. Dass ich daran gut getan hatte, sollte sich Jahre später herausstellen.

Ganz im Gegensatz zu mir halfen meine Großeltern mit ganzer Kraft und voller Enthusiasmus tatkräftig mit. Wie ich inzwischen weiß, stellten sie anscheinend zusätzlich zu ihrer Arbeitskraft auch finanzielle Mittel zu Verfügung. Nach Aussage ihres Schwiegersohnes sollten sie dafür als Ausgleich ihren eigenen Bereich im fertiggestellten Bungalow erhalten. Schriftlich festgelegt wurde das nicht. Natürlich nicht. Wozu auch? So ein braver, netter Schwiegersohn. Da ist doch uneingeschränktes Vertrauen selbstverständlich. Völlig ausgeschlossen, dass sich das jemals ändern könnte. Zu ihrem Leidwesen sollte sich herausstellen, dass sie mit ihrem Vertrauen auf Sand gebaut hatten.

Wie bereits erwähnt, war und bin ich leidenschaftliche Langschläferin. Als mich eines Morgens das schrille Läuten des Telefons unsanft aus dem Schlaf riss, meldete sich am anderen Ende der Leitung Oma fröhlich zu Wort. Auf meine Schlafgewohnheiten hat sie Zeit ihres Lebens nie Rücksicht genommen.

Nun bin ich, unsanft dem Schlaf entrissen, erst mal nicht besonders aufnahmefähig. Als ich sie sagen hörte: „Hast du schon gehört, dass deine Schwester geschrieben hat?", dachte ich, ich träume noch.

„Wie? Welche Schwester? Ich habe doch keine Schwester."

Langes Schweigen am anderen Ende der Leitung und der erschrocken hervorgestoßene Satz „Wie, du weißt davon nichts?" ließen mich, schneller als mir lieb war, hellwach werden. Als Oma dann ganz schnell zu einem anderen Thema wechselte, wusste ich, ich bin einem Familiengeheimnis auf der Spur.

Den Rest des Tages verbrachte ich damit, darüber nachzudenken, was es mit der Bemerkung meiner Oma wohl auf sich hatte. Als meine Eltern nach einem langen Tag müde von ihrer Baustelle nach Hause kamen, stand ich auch schon auf der Matte. „Habe ich eine Schwester?", war die erste Frage, die ich ihnen an diesem Abend stellte. Nachdem sich die beiden von ihrem ersten Schock erholt hatten, rückten sie dann zögernd mit der Wahrheit heraus.

Ja, es gibt da ein uneheliches Kind von Vater, nur etwa ein Jahr älter als ich selbst. Als er die Beziehung zu seiner damaligen Freundin bereits beendet hatte, behauptete diese wenig später, von ihm schwanger zu sein. Diese Frau war Bardame in dem Etablissement, in dem er damals regelmäßig verkehrte, und zehn Jahre älter als er. Nachdem er feststellte, dass sie auch noch zu anderen Männern, vorwiegend Amerikanern, Beziehungen unterhielt, beendete er das Verhältnis kurzerhand. Dass das Kind, das sie erwartete, von ihm war, glaubte er zunächst nicht.

Nicht lange danach lernte er dann Mama kennen, die bereits nach sehr kurzer Zeit ebenfalls schwanger wurde. Zeugungsunfähigkeit stellte offensichtlich nie sein Problem dar.

Als die Kleine dann ungefähr zwei Jahre war, bestand er auf einem Vaterschaftstest, durch den seine Vaterschaft endgültig bestätigt wurde. Die Abneigung gegen die Mutter auf die Tochter übertragend, hielt er es nie für nötig, sich um dieses Kind zu kümmern. Zu allem Übel hatte sich die Mutter der Kleinen offensichtlich ebenfalls nie besonders verantwortlich für ihr Kind gefühlt. Sylvia, wie meine Schwester heißt, wuchs erst bei einer Tante und dann in einem Kinderheim auf. Ihre Mutter heiratete später einen Amerikaner und wanderte in die USA aus. Als sie im Alter von 48 Jahren verstarb, wollte Sylvia verständlicherweise endlich ihren Vater kennenlernen. War er doch der einzige leibliche Verwandte, der ihr noch geblieben war. In besagtem Brief schilderte sie ihm ihre Situation und bat um ein Treffen. Davon also hatte Oma gesprochen.

Jung und dumm, wie ich war, hat mich das Schicksal des kleinen Mädchens damals noch nicht besonders berührt. Das erste Gefühl, das in mir hochkam, hieß Eifersucht. Eifersucht darauf, dass es da noch jemanden gibt, mit dem ich meinen Vater eventuell teilen musste. Daher fühlte ich mich, als er mir sagte, dass er kein Interesse an einem Kontakt mit ihr hätte, erst mal beruhigt. Auf ihren Brief hat er nie reagiert. Er warf ihn einfach weg. Schon damals hätte ich bemerken müssen, dass diese Reaktion kein Zeichen für Verantwortungsbewusstsein und Charakterstärke ist. Wie gesagt, aus heutiger Sicht rechne ich das meiner jugendlichen Gedankenlosigkeit zu. Inzwischen kann ich nicht mehr wirklich nachvollziehen, warum mir Vater zu diesem Zeitpunkt noch so außerordentlich wichtig war. Man wird eben älter und klüger.

Im Laufe der nächsten Jahre sollten meine Gedanken immer öfter zu der mir unbekannten Schwester wandern. Ich fing an Fragen zu stellen. Antworten bekam ich keine. Meine Fragen wurden von Vater sofort im Keim erstickt. „Das geht dich nichts an", war seine einzige Reaktion. Damit war das Thema für ihn wieder erledigt. Mama, die ihre Meinung sowieso immer ohne Wenn und Aber an die des Vaters anpasste, konnte mir auch nicht weiterhelfen. Von meiner Tante bekam ich lediglich zu hören: „Über dieses Thema wird in der Familie nicht gesprochen." Vaters Wort schien also nicht nur für mich Gesetz zu sein. Offensichtlich ordnete sich auch der Rest der Familie seinen „Anordnungen" ohne Widerspruch unter.

Die spärlichen Informationen, die ich in den folgenden Jahren über meine Schwester bekommen sollte, hatten mit der Wahrheit relativ wenig zu tun, wie sich inzwischen herausstellte. Mein Mitleid mit ihr wuchs, je älter ich wurde. Oft dachte ich über sie und ihr Leben nach. Wie schrecklich musste es doch sein, in der Gewissheit aufzuwachsen, dass weder Mutter noch Vater ein gesteigertes Interesse an einem haben.

Wie ich heute weiß, war besagter Brief nicht der einzige gewesen, den sie Vater schrieb. Das erste Mal hatte sie bereits mit 14 Jahren den Versuch gestartet, Kontakt mit ihm aufzunehmen, und die folgenden Jahre immer und immer wieder. Bis zu ihrem 40. Lebensjahr sollte keiner dieser Versuche von Erfolg gekrönt sein. Aber darauf werde ich später noch zurückkommen. Auf jeden Fall wurde mir damals bereits Stück für Stück bewusst, dass ein Mensch, der wie Vater reagiert, ignorant, egoistisch und unaussprechlich herzlos sein musste. Ein Kind für die „Sünden" der Mutter leiden zu lassen, ist meiner Ansicht nach arrogant, abscheulich und charakterlos.

Nach dieser unfreiwilligen „Offenbarung" ging unser Leben vorerst wieder seinen normalen Gang. Bis eines Tages die Firma, für die mein Vater als Bauleiter tätig war, Konkurs anmeldete. Alle Angestellten und Arbeiter standen fast von einem Tag auf den anderen ohne Job auf der Straße. Mein ehrgeiziger Vater machte da keine Ausnahme.

Nun wäre Vater nicht Vater gewesen, wenn er sich davon aus der Bahn hätte werfen lassen. Zusammen mit einem Kompagnon gründete er ein eigenes Bauunternehmen. Wohl aus strategischen Gründen war der Standort dieser Firma fast 70 km von München entfernt. Der Anfang vom Ende der Ehe meiner Eltern war eingeläutet.

Ein Umzug, der daraufhin zur Diskussion stand, war für Mama keine Option. Zumindest bis zur Fertigstellung des Bungalows wollte sie in München bleiben. Nein, von München weg, das wollte sie zu diesem Zeitpunkt auf keinen Fall. Ein Fehler, wie sich noch herausstellen sollte.

Anfangs fuhr er dann noch jeden Tag zurück nach München und verbrachte die Abende zu Hause. Dass es nach einem anstrengenden Arbeitstag auf Dauer nicht tragbar ist, diese lange Strecke täglich auf sich zu nehmen, kann ich wohl nachvollziehen. Nach einigen Monaten nahm er sich dort dann eine kleine Wohnung. Die Besuche zu Hause wurden seltener. Einige Zeit kam er während der Woche noch mittwochs nach Hause. Irgendwann dann nur noch an den Wochenenden.

Die kommenden Jahre sollten meine Eltern die Wochenenden, Feiertage und Urlaube nur noch auf der Baustelle verbringen. Zeit für die Beziehung zum Ehepartner war rar geworden, eigentlich gar nicht mehr vorhanden. Man braucht nicht viel Fantasie, um sich vorstellen zu können, dass das einer glücklichen Ehe nicht förderlich ist. Schon gar nicht, wenn es da eine junge Sekretärin gibt, die sich diese Situation offensichtlich ohne jeden Skrupel zunutze macht. Er, der gestresste Chef in der Midlife-Crisis. Sie, wesentlich jünger, geschieden mit Kind. Das Unheil nahm seinen Lauf.

Lange dauerte es nicht, bis die ersten Gerüchte zu Mama durchgedrungen waren. Es gibt ja immer „gute" Freunde, die einen auf dem Laufenden halten. Eines Tages fand ich Mama vollkommen hysterisch und in Tränen aufgelöst vor. Sie hatte Vater kurzerhand auf sein „angebliches" Verhältnis angesprochen. Nein, abgestritten hat er es nicht. Eine Trennung von der Ehefrau kam für ihn trotzdem nicht infrage. Daraufhin setzte Mama ihm eine Frist. Er sollte sich entscheiden. Ehefrau oder Geliebte. Wäre diese Situation auch entstanden, wenn Mama mit umgezogen wäre? Ganz frei von Schuld war sie an dieser Situation in meinen Augen auch nicht. Egal, zu spät. Wenn das Wörtchen wenn nicht wäre.

Männer lieben es nicht wirklich, Entscheidungen zu treffen. Das weiß wohl jede Frau. Während der Woche die Geliebte und am Wochenende die Familie. Das wäre in seiner Vorstellung der Idealfall gewesen. Klar, der Traum vieler Männer, der Hahn im Korb zu sein. Nun, die finale Entscheidung traf somit Mama. Sein Auszug folgte auf den Fuß.

Mein Vater, der Moralapostel. Der ständig den Betrug des eigenen Vaters an seiner Mutter verteufelt hatte. Der die fremdgehenden Kumpels immer an den Pranger gestellt hatte. „Pfui Teufel, das macht man einfach nicht." Der Paulus war zum Saulus geworden.

Mamas Leidenszeit begann. Verständlicherweise. So rigoros sie auch auf der Trennung bestanden hatte, so sehr hat sie natürlich trotzdem unter dem Ende ihrer Ehe gelitten. Inzwischen 49 Jahre alt, betrogen vom Ehemann. Der inzwischen fertiggestellte und komplett eingerichtete Bungalow sollte niemals bezogen werden.

Wochenlang haderte sie mit ihrem Schicksal und ergab sich ihrem Leid. Ihre Hände fingen an zu zittern. Sie hat kaum noch gegessen, wollte nicht mehr leben. Meine Angst, dass sie sich etwas antun könnte, wuchs ständig. Wenn ich spät nachts nach Hause kam, sperrte ich mit dem Schlüssel, den ich immer noch besaß, leise ihre Wohnung auf. Auf Zehenspitzen schlich ich ins Schlafzimmer und schaute nach, ob sie noch atmet. Ob sie sich nichts angetan hat.

In ihrer Verzweiflung tat sie mir von ganzem Herzen leid. Ich begann meinen Vater regelrecht dafür zu hassen. Als ich sie eines Tages tröstend in den Arm nehmen wollte, merkte ich, wie sie sich versteifte. Da war er wieder, der Graben, den ich bereits in meiner Kindheit gespürt hatte. Warum das so ist? Ich weiß es nicht. Sogar während dieser für sie schlimmen Phase konnte sie keine Nähe zulassen. Schade, dass ich den Grund dafür nie erfahren werde.

Nach und nach stellte ich fest, dass Mama sich in wirklich jeder Hinsicht auf ihn verlassen hatte. Um Geld, Finanzen oder jeglichen Schriftkram musste sie sich niemals kümmern oder durfte nicht. Das war ausschließlich sein Bereich. Er hat bestimmt, sie blindlings unterschrieben, was ihr vorgelegt wurde. Mama wusste nicht einmal, wie man eine Banküberweisung ausfüllen musste. Ich trat seine Nachfolge an und erledigte das fortan für sie. Schließlich ist sie meine Mama. Vater hatte wirklich ganze Arbeit geleistet. Erinnere ich mich doch noch gut daran, wie er Mama ständig vorhielt, dass sie nichts ist, nichts kann und er sich darum um alles kümmern muss. Nachdem ihr das jahrelang vorgebetet wurde, hat sie es ihm dann zu guter Letzt auch noch geglaubt.

Gott sei Dank hatte sie das Glück, bereits kurz nach der Trennung einen netten Mann kennenzulernen. Obwohl sie anfangs kein Interesse zeigte, so hat er sie doch mit viel Geduld und Hartnäckigkeit von seinen ehrlichen Absichten überzeugen können. Wieder fand sie jemanden, der ihr alles abnahm und für sie erledigte.

Viele Jahre lebte sie daraufhin bei Martin in Rinteln in der Nähe von Hannover. Frei nach dem Motto „Gebranntes Kind scheut das Feuer" setzte sie sich lange gegen eine zweite Ehe zur Wehr. Martins Sohn und ich konnten sie dann doch davon überzeugen, diesen Schritt ein zweites Mal zu wagen.

Nach Martins Tod zog sie wieder zurück nach München. Ihre kleine Wohnung hier hatte sie nie aufgegeben. Zu ihrem Stiefsohn besteht bis heute noch ein netter Kontakt. Sie besucht ihn und seine Familie einmal im Jahr. Die beiden Kinder Denis und Julia sind die Enkelkinder, die ich ihr nie geben konnte.

Und Vater? Nun er fing irgendwann an, sich wieder bei mir einzuschleimen. Wortgewandt, wie er war, ließ ich mich schließlich von seinen Erklärungen wieder einlullen und begann ihm zu verzeihen. Vorerst.

Nach einigen Jahren der Trennung wurde die Scheidung ausgesprochen. Natürlich habe ich mich als Tochter weder eingemischt noch Mama bezüglich der Modalitäten ausgefragt. Obwohl sie mir heute, da ihr zweiter Mann verstorben ist, jedes einzelne Schriftstück vorlegt und sich ausschließlich auf meine Entscheidungen verlässt, hat sie mir damals weder etwas erzählt, noch um meinen Rat gefragt. Leider hat sie das nie getan. Ich hätte verhindern können, dass sie von Vater nicht nur emotional, sondern auch noch finanziell betrogen wurde.

Oma Leni konnte die Trennung meiner Eltern nie verwinden. Kurz danach brach bei ihr Parkinson aus. Oft habe ich befürchtet, dass die Trennung den Ausbruch dieser Krankheit gefördert hatte. Morbus Parkinson oder auch Schüttelkrankheit genannt, ist eine langsam fortschreitende neurologische Erkrankung, gekennzeichnet durch das Absterben der Nervenzellen im Mittelhirn. Der Mangel an dem Botenstoff Dopamin führt letztlich zu einer Verminderung der aktivierenden Wirkung der Basalganglien auf die Großhirnrinde.

Aufgrund dieser Krankheit verfiel sie während der kommenden Jahre mehr und mehr in einen Zustand der Lethargie. Sie begleitete Opa immer weniger in die Berge. Zu Unternehmungen war sie fast nur noch in Begleitung ihrer Kinder oder Enkelkinder zu bewegen. Die Krankheit war schleichend, ihr Leidensweg lang.

Die letzten Wochen ihres Lebens verbrachte sie ausschließlich im Krankenhaus. Als ich zusammen mit Mama das erste Mal ihr Krankenzimmer betrat, konnte ich gerade einmal für ein paar Minuten an ihrem Bett stehen bleiben. Angeschlossen an unzählige Kanülen, neben sich die Sauerstoffflasche, lag sie schlafend, klein und zart, in ihrem Krankenhausbett. Dieser Anblick war für mich kaum zu ertragen. Er hat mir das Herz zerrissen. Schluchzend lief ich aus dem Raum.

Keiner kann sich die Panik vorstellen, die mich vor dem nächsten Besuch erfasste. Voll panischer Angst hätte ich am liebsten meiner Feigheit nachgegeben und ihr Krankenzimmer nie mehr betreten. Ich rief mir ins Gedächtnis, dass Oma mich im umgekehrten Fall keinesfalls im Stich gelassen hätte. Niemals hätte sie das getan. So schlimm es auch war, im Laufe der Zeit gewöhnt man sich dann an diesen Anblick. Ihr Gesundheitszustand änderte sich von einem Tag auf den anderen ständig. Auf und ab, immer wieder, über viele Wochen.

Die Klinik lag zwischen meinem Arbeitsplatz und meiner Wohnung. Jeden Tag stattete ich ihr einen Besuch ab. Nie wusste ich vorher, was mich an den einzelnen Tagen erwartete. Manchmal war sie voll bei Sinnen, am nächsten Tag erkannte sie mich nicht und fing an zu fantasieren. Ich hatte mir angewöhnt, sie in lockerem Ton zu fragen: „Hallo Oma, erkennst du mich?" Einfach, damit ich mich darauf einstellen konnte, wie ich mich ihr gegenüber an diesem Tag verhalten sollte.

An guten Tagen kam dann: „Ja freilich erkenne ich dich. Ich bin doch nicht bescheuert." An schlechten Tagen musste ich mich mit ihren Fantasien auseinandersetzen. Einmal hatte sie mich gebeten, ihr eine Banane zu geben. Als ich ihr sagte, dass ich leider keine dabei habe, deutete sie in die Ecke ihres Krankenzimmers und sagte: „Da drüben auf dem Küchentisch, da liegen doch Bananen. Gib sie mir doch einfach." Ein anderes Mal regte sie sich schrecklich über einige Personen auf, die sich in der Ecke des Zimmers befanden und viel zu laut herumbrüllten. Sie fühlte sich gestört, ich sollte die Personen in ihre Schranken weisen. Wie ich diese Situationen gelöst habe, daran erinnere ich mich nicht mehr. Aber irgendwie schaffte ich es immer wieder, sie zu beruhigen.

Jeder, der den Verfall eines geliebten Menschen schon einmal hautnah miterlebt hat, kann den Schmerz nachvollziehen, der einen immer und immer wieder erfasst. Ein Schmerz, an den man sich nicht gewöhnen kann. Auch an die Hilflosigkeit, die einen überfällt, weil man nicht helfen kann, gewöhnt man sich nie.

Während eines meiner Besuche kam ein junger Arzt in ihr Zimmer, um Blut abzunehmen. Ihre dünnen Ärmchen waren von den vielen Nadelstichen schon so zerstochen, dass er kaum eine Vene finden konnte. Ihr Wimmern, als sie diese Prozedur über sich ergehen lassen musste, schnitt mir ins Herz. Bei dem Gedanken daran laufen mir heute noch Tränen über die Wangen. Am liebsten hätte ich den jungen Arzt aus dem Zimmer geworfen. In dieser Situation war es schwer für mich, mir in Erinnerung zu rufen, dass er lediglich seine Pflicht tun musste.

Immer öfter sagte sie mit leiser Stimme: „Lasst mich doch sterben. Warum lässt mich denn hier keiner sterben?" Manchmal erhielten wir frühmorgens oder auch nachts Anrufe der Klinik. Wir, die Angehörigen, sollen sofort kommen, wenn wir unsere Oma noch einmal sehen wollen. Immer wieder bekam sie Sauerstoff und Infusionen, wurde so künstlich am Leben gehalten. So etwas wie eine Patientenverfügung gab es damals noch nicht. Ehrlich gesagt, wäre die Entscheidung bei mir gelegen, ich hätte sie trotzdem nicht gehen lassen können. Heute würde ich es als Egoismus bezeichnen, einen Menschen derart leiden zu lassen. Damals wollte ich mich um keinen Preis der Welt von ihr trennen müssen. Der eigene Egoismus wäre ganz sicher im Vordergrund gestanden.

Ihren Todestag, ein Samstag im Januar, werde ich niemals vergessen. Mama und ich erledigten in der Innenstadt einige Besorgungen. Gleich im Anschluss daran fuhren wir am Nachmittag zu Oma ins Krankenhaus. Das Krankenzimmer war leer, als wir es betraten. Mein Gehirn weigerte sich, die naheliegende Möglichkeit zu akzeptieren. Als uns die Stationsschwester auf dem Flur über den Weg lief, fragte ich nach meiner Oma. „Sie ist schon in der Leichenhalle." Erst als sie unsere entsetzten Blicke bemerkte, wurde ihr bewusst, dass wir noch gar nicht wussten, dass Oma nicht mehr lebte. Als das Krankenhaus die Angehörigen benachrichtigt hatte, waren wir ja nicht zu Hause gewesen.

Sie führte uns in den kühlen dunklen Keller, in dem Oma mit anderen Verstorbenen auf den Antritt ihrer letzten Reise wartete. Aufgebahrt in der hintersten Ecke des Raumes, war sie mit einem weißen Tuch zugedeckt worden. Kalkweiß wie eine Wand blieb Mama an der Tür des Raumes stehen. Später sagte sie mir, dass sie nur mir zuliebe mitgekommen war, weil ich so schnell gesagt hatte, dass ich Oma noch einmal sehen möchte. Den Raum zu betreten, überforderte sie vollkommen. Der Tod veränderte Omas Aussehen sehr, fast hätte ich sie nicht mehr erkannt. Ein letztes Mal strich ich ihr zärtlich über ihre schon kalten Wangen und sagte ihr leise Servus.

Sehr lange schon habe ich nicht mehr so intensiv über die Vergangenheit nachgedacht. Während ich jetzt über Omas Tod schreibe, kommen unendlich viele Emotionen hoch. Ich kann die Tränen nicht mehr bremsen. Heiß und feucht laufen sie unaufhörlich über meine Wangen.

Der Tag der Beerdigung kam. Sinn und Zweck des Leichenschmauses werde ich wohl nie verstehen. Der Verstorbene wird zur letzten Ruhe gebettet, im Anschluss daran geht die Trauergemeinde essen. Je länger der Leichenschmaus dauert, desto mehr gerät das Gedenken an den Verstorbenen in den Hintergrund. Die Stimmung wird gelöster und oft auch immer lustiger. Wahrscheinlich dadurch bedingt, dass sich viele der Verwandten oder Bekannten lediglich zu Hochzeiten oder Beerdigungen treffen. Ich nehme an, es ist unumgänglich, dass dabei alte Erinnerungen hervorgeholt werden und gelacht wird. Kann sein, dass das auch im Sinne von Oma gewesen wäre. Ich jedenfalls habe es nicht ertragen. Ich bin zu meiner Freundin geflüchtet, die mit ihrem Mann im gleichen Haus wohnte, und habe dort meinem Kummer freien Lauf gelassen. Das Lokal betrat ich an diesem Tag nicht mehr.

Das bereits eingepackte Weihnachtsgeschenk, das ich ihr nicht mehr geben konnte, weil sie gar nicht wusste, dass Weihnachten ist, bewahrte ich noch lange im Schrank auf. Es zu verschenken oder zu entsorgen, war mir unmöglich. Sehr, sehr viel Zeit sollte ins Land gehen, bis ich mich wieder mit einem Lächeln auf den Lippen an meine Oma erinnern konnte. Noch Monate nach ihrem Tod brach ich, sobald jemand über meine Oma sprach, in Tränen aus. Damals begann ich den Satz „In deinen Kindern wirst du weiterleben" erst richtig zu verstehen. Wenn du jemanden verlierst, den du liebst, wirst du ihn niemals vergessen. Du trägst ihn in deinem Herzen. Für immer.

Vater, für den meine Oma Zeit ihres Lebens so viel getan hatte, erwies ihr die letzte Ehre nicht. Seine Feigheit hat ihn wohl veranlasst, sich dieser Situation nicht zu stellen. Zudem wollte er lange vor ihrem Tod mit seinem „alten" Leben bereits nichts mehr zu tun haben. Taktvoll, wie er war, hatte er mir diese Worte eines Tages bei einem gemeinsamen Mittagessen an den Kopf geworfen.

Nun ja, die Treffen mit ihm wurden immer weniger und weniger. Da er unser Haus nicht mehr betreten wollte, besuchte er mich nach seinem Auszug nie mehr. Wahrscheinlich aus Feigheit, damit er nur ja keinem Familienmitglied begegnen würde. Zumindest ist das der einzige Grund, der mir dazu eingefallen ist, denn ihm hatte ja keiner etwas Böses getan. Eine Begegnung mit Mama wäre sehr unwahrscheinlich gewesen, da sich diese die meiste Zeit in Rinteln aufhielt. Aus heutiger Sicht kann ich mir durchaus vorstellen, dass auch eine gute Portion schlechtes Gewissen dabei war. Konnte er doch nicht sicher sein, dass der Betrug, den er an Mama im Zuge der Scheidung begangen hatte, mir nicht doch zu Ohren kommen würde. Schade, dass das nicht so passierte.

Meistens trafen wir uns gerade mal für eine Stunde in meiner Mittagspause. Allerdings nur dann, wenn er beruflich zufällig in München zu tun hatte. Besonders die Treffen an meinen Geburtstagen und am Heiligen Abend überforderten mich total. Im Anschluss daran war ich regelmäßig so fertig, dass der Rest des Tages für mich gelaufen war.

Geschenke gab es ab diesem Zeitpunkt auch nicht mehr. Er wusste mit seinem Geld anscheinend Besseres anzufangen, als seiner Tochter eine Freude zu machen. So war das eben. Sobald eine seiner Frauen nicht mehr im Mittelpunkt seines Lebens stand, waren die dazugehörigen Kinder auch nicht mehr interessant. Scheißkerl.

Von ihm aus wäre das wahrscheinlich bis in alle Ewigkeiten so weitergegangen. Hätte ich nicht eines Tages von einem Bekannten zufällig erfahren, dass er einen Schlaganfall gehabt hat und dem Tod näher als dem Leben war. Ohne jede Vorwarnung brach er während einer geschäftlichen Besprechung bewusstlos zusammen. Hätte der anwesende Mitarbeiter nicht sofort den Notarzt verständigt, wäre sein Leben bereits an diesem Tag zu Ende gewesen.

Ich war schockiert. Nicht zuletzt hinsichtlich der Tatsache, dass es niemand für nötig gehalten hatte, mich, seine Tochter, zu informieren. Gut, da er es wirklich so wollte, akzeptierte ich jetzt, dass sein „altes" Leben für ihn nicht mehr existierte. Kurzerhand schrieb ich ihm einen Abschiedsbrief, wünschte ihm gute Genesung und weiterhin ein schönes Leben. Nach vielen Jahren der Verletzungen war ich nun endlich an dem Punkt angekommen, einen Schlussstrich zu ziehen. Lieber ein Ende mit Schrecken, als ein Schrecken ohne Ende.

Wie erstaunt war ich dann, als mir unsere Telefonistin im Büro eines Tages ein Gespräch durchstellte. Am anderen Ende der Leitung war er, mein Vater. Verständlicherweise erinnere ich mich nicht mehr an den genauen Wortlaut dieses Gesprächs. Eine Menge an Entschuldigungen und Ausreden kamen wieder einmal auf den Tisch. Mit mir keinen Kontakt mehr zu haben, das kann er sich keinesfalls vorstellen. Er wollte nur einfach nicht, dass ich ihn in diesem schlechten Zustand sehe. Er, der immer Starke, wollte diese „Schwäche" seiner Tochter gegenüber nicht eingestehen. Schwäche, das war eine Krankheit in seinen Augen.

Ich traute meinen Ohren nicht, als er eine Einladung aussprach. Sobald er vom anstehenden Kuraufenthalt wieder zu Hause ist, wollte er mich anrufen und mit mir ein Treffen vereinbaren. Die Emotionen auf beiden Seiten waren so stark, dass wir am Telefon in Tränen ausbrachen. Wieder flammte Hoffnung auf, dass sich unser Verhältnis doch wieder zum Guten wenden könnte.

Nachdem dieses Versprechen noch Monate nach unserem Telefonat nicht eingelöst wurde, wurde mir klar, dass ich wieder einmal auf leere Worte hereingefallen war. Von da an gab es zu Geburtstagen oder Weihnachten, von beiden Seiten, nur noch belanglose Kartengrüße.

Nun, so geballt auf Papier gebracht, hört sich das alles nur entsetzlich und traurig an. Man muss jedoch bedenken, dass sich diese Vorkommnisse über einen Zeitraum von vielen Jahren erstreckten.

Trotz alledem genoss ich mein Leben in vollen Zügen. Meine vielen Freunde waren die Familie, die ich mir selbst ausgesucht hatte. Ausgelassen haben wir wahrlich nichts. Den einen oder anderen Joint geraucht, die Feste gefeiert, wie sie fielen, und uns so manche Nacht um die Ohren geschlagen. Eine wilde Zeit, die ich um nichts auf der Welt missen möchte.

So zogen wir eines Nachts wieder einmal durch Münchens Kneipen und landeten anschließend auf einen „Absacker" in meiner Wohnung. Der gutmütige Fritzi war derjenige in unserer Clique, der ständig von allen auf den Arm genommen wurde. Wirklich ernst genommen hat er das nie und böse war es ja auch nie gemeint. Hat man nur genug Alkohol intus, kommt man bekanntlich auf die dümmsten Ideen. In genau diesem Zustand packten drei Jungs unseren Fritzi, stellten ihn in voller Montur in die Badewanne und duschten ihn ab. Natürlich begleitet vom fröhlichen Gejohle der anderen Anwesenden.

Es war Winter, die Heizung lief auf Hochtouren und der arme Kerl war komplett durchnässt.

Darum entledigte er sich seiner Schuhe und Kleidung, bis auf die Unterhose. Ich legte dann alles über die Heizung, damit es trocknen konnte. Der arme Kerl tat mir dann doch leid. Ehrlich.

Wie Männer nun mal sind, finden sie, besonders unter Alkoholeinfluss, kein Ende mehr. Wer die Idee hatte, das Fenster zu öffnen und die Klamotten nebst allen herumliegenden Schuhen aus dem Fenster zu werfen, weiß ich nicht mehr. Geholt jedenfalls hat sie dann vorerst keiner mehr. Das Zeug blieb einfach auf der Straße liegen.

Irgendwann wurde es dann unweigerlich wieder hell. Die ersten Menschen machten sich auf den Weg zur Arbeit. Glücklicherweise wohnte Mama in Rinteln, also weit ab vom Schuss. Tante und Onkel, im Stockwerk unter mir, waren anscheinend mit tiefem Schlaf gesegnet. Allerdings lag mir doch sehr daran, dass die „Utensilien" der wilden Nacht schnell wieder von der Straße entfernt wurden. Fritzi sprintete also los. In Anbetracht der besonderen Umstände barfuß und lediglich mit Unterhosen bekleidet.

Mittlerweile wieder ernüchtert, machten sich alle auf den Heimweg. Endlich konnte ich ins Bett gehen, um den fehlenden Schlaf nachzuholen. Dass die nächtliche Sause durchaus nicht unbemerkt geblieben war, wusste ich spätestens, als mir am Abend meine Tante im Treppenhaus begegnete. „Sag mal, kam der Verrückte, der heute früh in Unterhosen auf der Straße herumgekrochen ist, von dir?" Einer der Schuhe war dummerweise unter ein Auto gerollt. Gott, wie peinlich.

Mindestens genauso peinlich wie ein „Vorfall" beim Campen am Lido di Jesolo. Erstmals durfte ich alleine mit Onkel, Tante, Cousin und deren Freunden in den Urlaub fahren. Am Campingplatz Marina di Venezia lernte ich meine erste große Urlaubsliebe kennen. Aldo, ein rassiger italienischer Student, der dort auf dem Campingplatz während der Semesterferien jobbte.

Nach einer unserer Verabredungen kam ich gut gelaunt zum Zelt zurück. Meine Tante bereitete gerade das Essen vor. Alle standen vor unserem Zelt versammelt, als sie ganz trocken und dabei grinsend bemerkte: „Komisch, als du weggegangen bist, hattest du das T-Shirt noch andersherum an." Dieses T-Shirt war schwarz und mit bunten Blumen bestickt. Als ich an mir herunterblickte, stellte ich fest, dass die vernähten Fäden der Blumen nicht da waren, wo sie hätten sein sollen, nämlich innen.

Mir wurde siedend heiß und ich brauchte keinen Spiegel, um zu wissen, dass ich knallrot angelaufen war. Ja, die Hitze schoss mir in Sekundenschnelle in den Kopf. Unnötig zu erwähnen, dass mich allgemeines Gelächter begleitete, als ich schnellstens im Zelt verschwand, um mich wieder korrekt anzuziehen.

Der Appetit war mir jetzt erst mal vergangen. Es dauerte eine ganze Weile, bis ich mich wieder blicken ließ. Zu Hause verpetzt hat mich keiner. Auf einer Karte an meine Eltern gab es lediglich einen kurzen trockenen Kommentar: „Eure Tochter ist spitz wie Nachbars Lumpi." Meine Eltern haben das nicht weiter hinterfragt und für einen guten Witz gehalten. Noch heute lachen wir manchmal darüber, wenn Onkel Willy mich fragt: „Na, erinnerst du dich noch an den Schrankenwärter?"

Na klar, wie wahrscheinlich jeder andere auch, so erinnere ich mich noch sehr genau an meine erste große Liebe und den Trennungsschmerz, als wir wieder zurück nach Hause mussten. Noch heute bewahre ich in meinem „Schatzkästchen der Erinnerungen" die Weihnachtskarte auf, die er mir in diesem Jahr geschrieben hatte.

Mit Mitte zwanzig beging ich dann den Fehler, mich zu verloben. Um die doppelte Miete zu sparen, zogen wir bereits nach drei Monaten zusammen. Der schlechteste aller Gründe, sich in eine feste Beziehung zu stürzen. Relativ schnell musste ich erkennen, dass das nicht wirklich gut gehen würde. Dennoch dauerte es immerhin noch fünf Jahre, bis ich mich aus dieser Beziehung wieder lösen konnte. Von da an stand für mich nicht nur fest, dass ich niemals heiraten werde, ich wollte auch mit niemandem mehr eine Wohnung teilen. Wie ein Klammeraffe hatte mir mein Verlobter regelrecht die Luft zum Atmen genommen. Freiwillig wollte ich mir das nicht noch einmal antun.

Meine Freundin Isy sagte oft, dass meine Ansichten eher männliche als weibliche sind. Recht hatte sie damit. Sobald mir jemand näherkam oder auch nur vom Heiraten gesprochen hatte, war die Beziehung schneller beendet, als sich der andere umdrehen konnte.

Im Gegensatz zu anderen Frauen besitze ich keine Unmengen von Schuhen. Eine einzige Handtasche genügt mir völlig. Die nächste wird erst angeschafft, wenn ich mich an der aktuellen sattgesehen habe. Stundenlange Einkaufsbummel hasse ich wie die Pest. Klamotten werden erst gekauft, wenn ich wirklich welche brauche. Alles andere ist nur unnötiger Ballast, auf den ich nicht den geringsten Wert lege. Ich definiere mich weder über Klamotten noch Schmuck etc. Zum Glücklichsein braucht es keine materiellen Güter.

Bereits seit meinem 17. Lebensjahr entwickelte ich eine Vorliebe für Schwarz. Mamas ständiger Spruch: „Wenigstens hast du keine Kleidungsprobleme, wenn du auf eine Beerdigung gehen musst", trifft auch heute noch zu. Mein Mann kommentiert meine Einkäufe regelmäßig mit dem Satz: „Wow, hat es das Teil tatsächlich auch in

Schwarz gegeben." Hätte es zu meiner Zeit bereits „Gruftis" gegeben, ich wäre sicher einer geworden.

Für die Farbkleckse in meinem Leben ist mein Mann zuständig. Seine geliebten kunterbunten Ringelsocken lässt er sich von keinem nehmen. Früher vorzugsweise auch noch rechts und links in unterschiedlichen Farben. Bei seinem „Antrittsbesuch" bei Muttern nahm sie mich kurz zur Seite und machte mich leise darauf aufmerksam, dass er wohl versehentlich unterschiedliche Socken angezogen hat. Das war für sie genauso unverständlich wie der alte silberne Nissan Pick Up Truck, den er damals fuhr. Zugegeben, das Auto war in der Tat irgendwie „abgefuckt". Trotzdem machte das Fahren unwahrscheinlichen Spaß. In der Zwischenzeit zog ich mich um und wir verließen zusammen das Haus. Ich wusste, dass Mama am Fenster stehen würde, um uns nachzuwinken. Ich stellte mir ihren Gesichtsausdruck vor, als sie uns in dieses Auto einsteigen sah, und musste innerlich grinsen.

Etwa eine halbe Stunde, nachdem wir bei mir zu Hause angekommen waren, läutete auch schon das Telefon. Ihre Frage: „Sag mal, das Auto sieht aus, als ob Werner Schrotthändler wäre", erstaunte mich nicht im Geringsten. „Schade eigentlich, dass er das nicht ist, denn Schrotthändler verdienen heutzutage viel Geld", entgegnete ich lachend. Inzwischen hat sie sich an ihren unkonventionellen Schwiegersohn gewöhnt. Obwohl sie auch heute noch oft den Kopf über ihn schüttelt, hat sie ihn doch ins Herz geschlossen.

Meinen Vater hat mein Mann nie kennengelernt. Aus meinen Erzählungen schließt er, dass er da wohl nicht viel versäumt hat. Ich stimme ihm uneingeschränkt zu.

Ziemlich am Anfang unserer Beziehung erhielt ich an meinem Geburtstag die jährliche Postkarte. Auf der Vorderseite war ein Blumenstrauß abgebildet, darunter stand: „Alles Gute zum Geburtstag." Die Worte „Dein Papa" auf der Rückseite waren alles, was er geschrieben hatte. Werner reagierte schockiert über so viel Gleichgültigkeit.

Diese Karte bedeutete dann für mich auch unweigerlich das Ende der sowieso nicht mehr existenten „Vater-Tochter-Beziehung". Von diesem Tag an stellte ich das Schreiben von Karten ein. Das kam ihm wohl sehr gelegen, denn daraufhin habe ich auch von ihm nie mehr etwas gehört. In den vergangenen 17 Jahren unternahm er nicht ein einziges Mal den Versuch, mit mir wieder in Verbindung zu treten. Vater starb für mich bereits an diesem Tag.

Kurz darauf begannen meine extremen Stimmungsschwankungen. Ich fiel in ein riesiges schwarzes Loch, saß nach dem Aufwachen im Bett und brach, ohne ersichtlichen Grund, in Tränen aus. Auf Werners hilflose Fragen, was denn los sei, konnte ich keine Antwort geben. Nachdem dieser Zustand mehrere Wochen anhielt, zog ich einen Arzt zurate. Nach diversen Untersuchungen wurden sowohl Depressionen als auch, bedingt durch einen sehr niedrigen Hormonspiegel, der Beginn der Wechseljahre diagnostiziert. Ganz toll, Wechseljahre mit 41 Jahren.

Gezwungenermaßen mussten wir uns dann erst einmal damit auseinandersetzen, was „Depression" eigentlich bedeutet. So fanden wir heraus, dass Depressionen wesentlich mehr sind als ein gewöhnliches Stimmungstief. Diese Krankheit kann durch unterschiedliche Ursachen ausgelöst werden. Sie kann sowohl durch körperliche Ursachen, psychische Veranlagung, aber auch veränderte Lebensumstände hervorgerufen werden. Wie ich, so fühlen sich die Erkrankten lust- und mutlos, leer und einfach tieftraurig. Nun darf man nicht in den Glauben verfallen, dass nur der Depressive extrem darunter leidet. Weil sie nicht wissen, wie die Depression einzuordnen ist, keine Ahnung haben, ob und wie sie dem Betroffenen helfen können, geht es auch oft den Angehörigen und Freunden schlecht. Hinzu kommt, dass die meisten Menschen den Fehler begehen, diesen depressiven Zustand auf sich selbst zu beziehen.

Gott sei Dank konnte ich nach wie vor ohne große Einschränkungen meiner Arbeit nachgehen. Einigen Kollegen fiel zwar auf, dass ich nicht mehr so fröhlich war, wie man es von mir gewöhnt war. Trotzdem gelang es mir, während der acht Stunden im Büro gut zu verstecken, wie schlecht es mir tatsächlich ging. Geht ja auch niemanden was an, meine Sache. Anscheinend haben wir doch etwas gemeinsam, Vater und ich. Schwäche vor Fremden zu zeigen, liegt auch mir nicht. Ich habe eine Depression! Das zu akzeptieren, hat sehr lange gedauert.

Die folgenden Wochen waren nicht leicht für den Anfang einer noch jungen Beziehung. So mancher andere Mann hätte wohl auf der Stelle das Handtuch geschmissen. Nicht so mein Mann. Nie ein Freund von großen Worten, nahm er mich einfach ganz fest in seine Arme und flüsterte leise: „Kopf hoch, das wird schon wieder."

Verstanden hat er die Situation nie so genau, aber immer zu mir gehalten. Mit seiner und auch professioneller Unterstützung in Form einer Gesprächstherapie konnte ich diese Krankheit überwinden. Leider nicht endgültig. Aber im Laufe der Jahre lernt man immer besser damit umzugehen.

Mit seiner Geduld, Kraft und positiven Ausstrahlung war Werner, wie ein Fels in der Brandung, immer an meiner Seite. Dafür bin ich ihm unendlich dankbar. In den vielen Jahren, die wir nun schon zusammen sind, konnte ich einiges von ihm lernen. Ganz im Gegensatz zu früher bin ich ein viel positiverer Mensch geworden.

All diese Erinnerungen, gute sowie schlechte, rief die Nachricht vom Tod meines Vaters in mir hervor. In dieser Intensität hätte ich das vorher niemals für möglich gehalten. Es ist an der Zeit, wieder anzukommen im

Hier und Jetzt

Seit meinem Geburtstag sind ungefähr drei Wochen vergangen. Einen Anruf von Vaters „Tussi" erhielt ich natürlich nicht. Man verzeihe mir den Ausdruck, aber das war sie und wird sie für mich nun mal immer bleiben, seine Tussi.

Wie war das gleich noch mal? Sie möchte mich einladen, sobald das Wetter besser ist. Komisch eigentlich. Ich kann zwischen Tod und Wetterlage keinen Zusammenhang erkennen. Wie sich das Wetter dieses Jahr bisher entwickelt hat, erwarte ich nach einem verregneten Frühjahr auch einen verregneten Sommer. Dieser geht dann höchstwahrscheinlich gleich in den Winter über. Schlechte Papiere. Auf jeden Fall bestätigt sich wieder mal, dass ich mich auf mein Bauchgefühl meistens verlassen kann.

Da ich zumindest wissen will, wann Vater verstorben ist, werde ich mich wohl mal mit dem Nachlassgericht in Verbindung setzen. Weder Tante noch Cousine konnten mir den Todestag nennen. Der Zeitraum erstreckte sich auf Dezember 2012 bis Februar 2013. Das eventuelle Erbe ist dabei nicht der treibende Faktor, den Todestag zu erfragen.

Denn dass er sowohl meine Schwester als auch mich enterbt hat, stand für mich noch nie außer Frage. Aber, und das ist der vorherrschende Gedanke bei der ganzen Geschichte, vielleicht kann ich ja über das Nachlassgericht endlich den Aufenthaltsort meiner Schwester erfahren.

Dank Internet ist die Telefonnummer schnell gefunden. Nachdem ich der Telefonistin mein Anliegen geschildert hatte, verband mich diese umgehend mit der zuständigen Sachbearbeiterin. Ja, diese Nachlassangelegenheit ist bekannt. Ich erfahre den genauen Todestag, der bereits mehr als einen Monat vor meinem Geburtstag lag.

Die Dame zeigt sich hocherfreut über meinen Anruf. Aufgrund der gesetzlichen Erbfolge sei man bereits auf der Suche nach meiner Schwester und mir. Komisch, meine Telefonnummer war der Tussi doch bekannt. Aus welchem Grund wurde diese wohl nicht an das Nachlassgericht weitergegeben? Das hätte zumindest schon einmal die Suche nach mir erleichtert.

Die Dame fragt mich, ob ich Kontakt zu meiner Schwester habe und ihr auch hier weiterhelfen könne. Ich kläre sie kurz über unsere familiäre Situation auf. Nun will ich wissen, ob ich denn die Anschrift meiner Schwester bekommen kann, wenn sie fündig geworden ist. Natürlich sei das möglich, ich solle mich doch diesbezüglich einfach wieder bei ihr melden. Ob ich denn absolut nichts über meine Schwester wüsste, ist ihre nächste Frage. Na ja, mir wurde gesagt, dass sie in einem Kinderheim in München aufgewachsen sein soll. Später hat sie dann eine Ausbildung zur Krankenschwester in einem Krankenhaus nahe der Theresienwiese gemacht. Nachdem sie einen Engländer geheiratet hat, soll sie München mit unbekanntem Ziel verlassen haben. Ich gab diese Auskünfte nach meinem besten Wissen und Gewissen, in der Hoffnung, dass diese hilfreich bei der Suche sein würden. Später sollte ich erfahren, dass das alles großer Blödsinn war.

Zu meinem Erstaunen erfahre ich, dass kein Testament vorhanden ist, aber ein alter Erbvertrag aus dem Jahr 1982 vorliegen würde. Die gesetzliche Erbfolge sei darin ausgeschlossen. Das erstaunt mich nun wirklich nicht, ist allerdings auch sekundär. Ich würde vielleicht bald wissen, wo sich meine Schwester aufhält. Hoffentlich ist sie nicht mit ihrem Mann nach England ausgewandert. Ist ja nicht so abwegig, wenn sie mit einem Engländer verheiratet ist. Dann kann es unter Umständen noch sehr lange dauern, bis man sie finden wird. Trotz meiner erwachten Neugierde muss ich mich noch in Geduld üben. Aber nach 57 Jahren fallen ein paar Wochen oder vielleicht sogar Monate jetzt auch nicht mehr ins Gewicht.

Zwei Monate nach seinem Todestag erreicht mich dann der Brief des Nachlassgerichts. Neben all den allgemeinen Informationen wie Todestag, gesetzliche Erbfolge, ein Merkblatt für die Ausschlagung einer Erbschaft usw. liegt er nun vor mir, der Erbvertrag aus dem Jahr 1982. Genauer gesagt, die Seiten 5 und 6 eines Erbvertrages, den Vater mit seiner damaligen Geliebten, heutigen Ehefrau, geschlossen hatte.

Interessiert lese ich, dass keiner von beiden durch einen Erbvertrag oder ein gemeinschaftliches Testament in der Verfügung über ihren Nachlass beschränkt ist. Sollte das aber doch der Fall sein, würden sie das durch diese Verfügung widerrufen.

Beide würden ihre Erben damit belasten, dass das in Ziffer I bekannte Grundstück für den Fall des Todes auf den jeweils anderen übergehen würde. Die Kosten und eventuell anfallende Steuern würden dann von jeweiligen Überlebenden übernommen.

Sie beurkunden, dass sie beiderseits in häuslicher Gemeinschaft leben. Vater könne das Treuhandverhältnis jederzeit aufheben oder die Rückzahlung des Darlehens verlangen. Beide sind dazu berechtigt, jederzeit von diesem Erbvertrag zurücktreten zu können.

Sie verpflichten sich dann gegenseitig, in einem Nachtrag zu dieser Urkunde festzulegen, dass die gegenseitigen Einsetzungen unwirksam sind.

Im Folgenden bestätigt der Notar den beiden Vertragsbeteiligten, dass sie voll geschäfts- und testierfähig sind. Und weiter geht es mit viel Blablabla.

Aus rechtlichen Gründen ist es mir leider nicht möglich, den genauen Wortlaut dieses Schreibens hier wiederzugeben. Aber jeder, der bereits mit Ämtern, egal welcher Art, zu tun hatte, weiß, dass man ein Studium benötigt, um den Inhalt bereits beim ersten Lesen nachvollziehen zu können.

So muss auch ich mich fragen, ob ich das alles nun richtig verstanden habe. Darlehen? Grundstück? Haus? Keine Ahnung. Und wieso nur zwei Seiten von insgesamt sechs? Wie ich es üblicherweise immer mache, wenn ich ein Schriftstück in reinstem „Beamtendeutsch" vor mir liegen habe, lese ich es noch einmal. Das Resultat bleibt das Gleiche. Ich verstehe nur Bahnhof.

Was mich stutzig macht, ist die Tatsache, dass meine Eltern 1982 immer noch verheiratet waren. Auf der ersten Seite wurde ja auch vermerkt, dass Vater angegeben hatte, verheiratet zu sein, in gesetzlichem Güterstand lebend, aber in häuslicher Gemeinschaft mit der Tussi. Als Adresse war das gemeinsame Haus meiner Eltern angegeben. Was jetzt? Hat er zu diesem Zeitpunkt nun dort oder mit der Tussi in beiderseits häuslicher Gemeinschaft gelebt? Das verstehe, wer will, ich nicht. Aber man muss ja nicht alles verstehen. Mein Mann, normalerweise ein schlaues Kerlchen, pflichtet mir bei.

Ergo, ich telefoniere wieder mit dem Nachlassgericht. Dieses Mal ist ein männliches Wesen am anderen Ende der Leitung. Auch wieder sehr nett. Er informiert mich, dass ich die ersten Seiten des Erbvertrages nicht bekommen habe, da diese mit dem Erbe nichts zu tun haben. Mmmmh.

Und meine Schwester? Ja, die Adresse meiner Schwester ist in der Zwischenzeit bekannt. Allerdings kann er mir am Telefon diesbezüglich keine Auskunft geben. Diese Information muss ich erst schriftlich anfordern. Deutschland – deine Beamten. Na ja, er kann ja auch nichts dafür, hat eben seine Vorschriften.

Als ich ihn frage, ob sie denn in Deutschland wohnen würde, antwortet er mir leise lachend: „Ja, sie ist ganz in Ihrer Nähe." Innerhalb der nächsten fünf Minuten ist mein Fax ans Nachlassgericht schon auf dem Weg. Ich freue mich, lange kann es ja jetzt nicht mehr dauern. Denke ich.

Und nun? Erbe annehmen? Erbe ausschlagen? Welches Erbe? Welches Grundstück? Welches Haus? Fragen über Fragen. Mit Erbschaftsangelegenheiten musste ich mich bisher noch nicht befassen. Wozu auch? Ich lasse mir einen Termin bei einem Anwalt für Erbrecht geben. Ein Beratungstermin kann ja nicht schaden. Den Termin bekomme ich schnell, schon in drei Tagen um sechzehn Uhr. Perfekt. Ein Termin beim Anwalt ist anscheinend schneller zu bekommen, als heutzutage beim Arzt.

Am 23.04.2013 sitze ich dem Anwalt das erste Mal gegenüber und kläre ihn über den Sachverhalt auf. Was ich in den folgenden eineinhalb Stunden erfahre, ist zwar sehr interessant, aber für einen Laien wie mich unverständlich und verwirrend. Da ist die Rede von Pflichtteilanspruch, Pflichtteil-ergänzungsanspruch, Fristen, die man unbedingt beachten muss usw. usw. usw. Mein Kopf fühlt sich an wie ein aufgeblasener Luftballon, in dem tausend Schmetterlinge herumschwirren. Ich beschließe, ihm das Mandat für die Abwicklung der Angelegenheit zu erteilen, denn weder kann noch will ich mich damit mehr als nötig beschäftigen.

Das Erbrecht ist in der Tat das Umfangreichste und Unverständlichste, mit dem ich jemals konfrontiert worden bin. Mir wird klar, dass ich hier ohne die Unterstützung eines Anwalts vollkommen verloren bin. Zumindest in unserer sogenannten „Familie", in der einiges im Argen liegt. Als Mamas zweiter Mann verstarb, musste sich keiner der eingesetzten Erben mit etwas anderem als seiner Trauer auseinandersetzen. Aber dabei handelte es sich auch um eine intakte Familie. Der Verstorbene hatte sein Vermächtnis bereits vor seinem Tod klargelegt. Dieses wurde von allen akzeptiert und in seinem Sinne abgewickelt.

Zum Abschluss des Gesprächs bittet mich der Anwalt darum, in Erfahrung zu bringen, ob während der Ehe meiner Eltern tatsächlich weder ein Testament noch ein Erbvertrag geschlossen worden ist. Da meine Eltern zum Abschluss des vorliegenden Erbvertrages noch verheiratet waren, würde dieser ältere Vertrag den vorliegenden neueren dann ausschließen. Zudem sollte ich mir Gedanken darüber machen, in welche Richtung ich tendiere. Erbe annehmen oder Erbe ausschlagen. Er wird in der Zwischenzeit Akteneinsicht beim Nachlassgericht beantragen und die Tussi darüber in Kenntnis setzen, dass sie verpflichtet ist, den Miterben Auskunft über den Nachlass zu erteilen. Die Kopien dieser beiden Schreiben liegen mir bereits zwei Tage später vor. Auf diesen Mann scheint Verlass zu sein.

Hoffentlich sind die Scheidungsunterlagen Mamas Räumungs- und Vernichtungswahn noch nicht zum Opfer gefallen. Denn nur so habe ich überhaupt irgendeine Chance, etwas herausfinden zu können. Das Glück ist mir hold. Sie hat ausnahmsweise alle Unterlagen aufgehoben. Ich kündige meinen Besuch fürs Wochenende an und bitte sie, die Unterlagen schon mal bereitzulegen.

Am Sonntag sitze ich bei einer Tasse Kaffee in ihrem Wohnzimmer, vor mir einen kleinen „Berg" Scheidungsunterlagen. Je mehr Seiten ich lese, desto größer wird mein ungläubiges Staunen und Entsetzen. Bereits seit Längerem war Vater, meiner Meinung nach, leider ein Schweinehund gewesen. Entschuldigung für diesen Ausdruck. Aber das ist noch eine der freundlichen Bezeichnungen, die mir in den Sinn kommen, wenn ich darüber nachdenke, was damals alles passiert ist. Dass er jedoch die Unverfrorenheit besaß, wie ich heute herausfinden sollte, bei der Scheidung in dieser Form zu lügen und zu betrügen, hätte selbst ich ihm nicht zugetraut.

Ich lese von ihrem damaligen Anwalt an Mama gerichtete Worte wie:

„Sie müssen insoweit vor Ihrem Ehemann auf der Hut sein."

„Ich möchte Sie nochmals bitten, keinesfalls vor Rücksprache mit mir, mit Ihrem Ehemann irgendeine Vereinbarung zu treffen."

„So, wie die Konstellation im Moment ist, können Sie in diesem Fall nur verlieren."

„Langsam lässt der Anwalt Ihres Mannes die Katze aus dem Sack. Ihr Mann muss sehr viel mehr verdienen, als wir beide bisher gedacht haben."

„Bitte prüfen Sie dringend die Angaben Ihres Mannes, da nur Sie diese bestätigen können."

Diese Liste ließe sich noch beliebig lange fortsetzen.

Da ich weiß, dass sich Mama niemals mit finanziellen Angelegenheiten auseinandergesetzt hat, frage ich sie, wer diese Angaben denn alle überprüft hätte. Ihre Antwort: „Da habe ich mich auf Papa verlassen", haut mich fast vom Hocker. Wie sie sich mit der ihr eigenen Blauäugigkeit immer ausschließlich auf den Ehemann verließ, konnte ich sowieso noch nie nachvollziehen. Aber dafür, dass das auch noch in der Phase der Scheidung von ihr aufrechterhalten wurde, fehlt mir jedes Verständnis. Der absolute Hauptgewinn für jeden Lügner und Betrüger.

Kopfschüttelnd lese ich weiter, dass Mama eigene Einkünfte aus Kapitalvermögen gehabt haben soll.

Monatliche Einnahmen von 140,83 DM aus einem Hyposparbrief, monatliche Einnahmen von 92,– DM aus Finanzierungsschätzen der BRD, monatliche Einnahmen von 385,42 DM aus Festgeldern. Wenn das den Tatsachen entsprochen hätte, hätte Mama über monatliche Gesamteinkünfte in Höhe von 618,25 DM verfügen müssen.

Wie jetzt? Mama? Vermögen? Eigenes Geld? Das ist neu für mich. Sie, die auf Wunsch ihres Ehemannes bereits seit vielen Jahren nicht mehr berufstätig war. Meines Wissens war Vaters Verdienst das einzige Geld, das für den Lebensunterhalt zur Verfügung stand. Wie erwartet, beantwortet sie meine Frage, ob sie denn zum Zeitpunkt der Scheidung eigenes Geld besaß, mit einem entrüsteten Nein. Als ich ihr die von Vater gemachten Angaben vorlese, ist sie entsetzt. Auf meine Frage, wer denn diese Aussagen damals prüfte, ernte ich lediglich ein kurzes Schulterzucken.

„Warum um Gottes willen hast du das denn unterschrieben?"

„Ich dachte, Papa macht das schon richtig."

Heiliger Bimbam, das glaube ich jetzt nicht. Langsam, aber sicher wird mir übel. Die vorher gelesenen Warnungen ihres Anwalts bekommen allmählich einen Sinn für mich. Ich lese auch, dass Vater sich über den Zeitraum des Scheidungs-verfahrens standhaft geweigert hat, die Einkünfte aus seiner inzwischen gegründeten Baugesellschaft offenzulegen. Warum wohl? Verluste hätte er nicht so dringend verschleiern müssen.

Ich erfahre den genauen Erlös aus dem Verkauf des gemeinsamen Hauses. 209.000,– DM, ein lächerlicher Betrag, wenn man sich den unermüdlichen, uneigennützigen Einsatz der Helfer über Jahre vor Augen hält. Ein lächerlicher Betrag, der nur durch den überstürzten Verkauf zu erklären ist.

Weiter geht es, nun wurde gegengerechnet. Es folgt der absolute Super-Gau: Ein Betrag in Höhe von 12.500,– DM wurde zum Ausgleich für den Erbteil seiner Mutter, der in dem Haus steckte, aus diesem Erlös bezahlt. Das mag noch gestimmt haben.

Mama hätte von dem Kapital die längst fällige Wohnungs-renovierung in Höhe von insgesamt ca. 30.000 DM bezahlt. Das war eine glatte Lüge.

Mama hätte ferner von diesem Betrag eine Zahlung an ihre Eltern in Höhe von 10.000,– DM geleistet, als (lächerlichen) Ausgleich für deren Mithilfe am Bau des Einfamilienhauses (diese haben seit Beginn des Baus ihre gesamten Ferien und Wochenenden mitgeholfen). Es handelt sich hierbei somit um eine Pflicht- bzw. Anstandsschenkung. Lüge Nummer 2.

Ferner hätte Mama mir im Laufe der Zeit Schenkungen in Höhe von insgesamt 10.000,– DM überlassen. Auch hierbei handelt es sich um eine sogenannte Pflicht- bzw. Anstandsschenkung. Lüge Nummer 3.

Das Wort Anstand scheint hier wohl fehl am Platz zu sein. Keines der o. g. Statements entspricht auch nur annähernd der Wahrheit. Die Frage, wer denn diese Angaben damals überprüft hat, spare ich mir dieses Mal. Kenne ich doch die Antwort darauf bereits.

Ich kann mich gut an eine von Mamas Aussagen aus der Zeit während des Scheidungsverfahrens erinnern. Ihr Anwalt sagte ihr, dass sie noch wesentlich mehr Ansprüche gegen meinen Vater geltend machen könne, als der ihr freiwillig zusprechen würde. „Aber ich wollte meine Nerven nicht weiter strapazieren und habe mich dann mit dem angebotenen Betrag zufriedengegeben." Kann ein Mensch wirklich derart naiv sein?

Aus dem Verkauf des Hauses bekam sie lediglich 8.000,– DM bar auf die Hand. Gemäß Vaters Aussage, dem sie immer noch uneingeschränkt vertraute, wäre nicht mehr übrig gewesen. Klar, hatte er doch seiner Geliebten ein Darlehen gegeben, damit diese davon schon mal Grundstück nebst Haus für ihr künftiges gemeinsames Liebesnest kaufen kann. Wie praktisch, das Geld damit schon mal auf die Seite zu schaffen, und Mama glaubt ja sowieso alles, was ihr aufgetischt wird.

„Die soll sich Arbeit suchen und mir nicht auf der Tasche liegen."

Sehr genau erinnere ich mich noch an diese Worte. Ganz der feine Herr, der immer alles so gedreht und gewendet hat, wie es ihm gerade in den Kram passte. Schön blöd wäre sie gewesen. Mit 49 Jahren, seit vielen Jahren raus aus dem Beruf. Wer bitte schön hätte sie anstellen sollen? Zudem bestand er immer darauf, dass seine Frau nicht arbeiten musste. Wie immer war sein Wunsch ihr

Befehl gewesen, obwohl sie gerne weitergearbeitet hätte. In aller Deutlichkeit machte ich ihm meinen Standpunkt diesbezüglich klar. Ob es ihm passte oder nicht, interessierte mich nicht mehr. Scheißkerl.

Langsam beginne ich nun zu verstehen, warum er auf den Kontakt zu mir keinen Wert mehr legte. Hätte er doch eventuell Stellung zu seinen Betrügereien beziehen müssen, für den Fall, dass mir seine Vorgehensweise zu Ohren gekommen wäre. Ja, da hatte er die auf ihn zukommende Situation wohl sehr genau eingeschätzt. Hätte ich das noch zu seinen Lebzeiten erfahren, hätte er sich nicht so leicht aus der Affäre ziehen können. In Mamas Namen hätte ich eine Rechtfertigung eingefordert. Zu spät, verflixt nochmal.

Ich spüre noch einen anderen Zorn in mir aufsteigen. Den Zorn auf Mama, die sich Zeit ihres Lebens ausschließlich auf andere Menschen verlassen hat. Die anscheinend nie gelernt hat, auf eigenen Füssen zu stehen und sich um ihre Angelegenheiten selbst zu kümmern. Diesen Part heute zu übernehmen, da sie 82 Jahre ist, stört mich (meistens) nicht. Was mich aber sehr wohl stört, ist, dass das immer schon so war. Eigentlich eine ziemlich einfache Art durchs Leben zu gehen. Schön, wenn immer jemand da ist, der sich um alles kümmert. Dumm nur, dass einer dabei war, der es dann offensichtlich nicht mehr ehrlich mit ihr meinte.

Aufgewühlt und immer noch entsetzt über diese neuen Erkenntnisse fahre ich nach Hause. Mir ist schlecht und meine Gedanken kreisen immer wieder um die alten Geschichten. Enttäuschung, Ungläubigkeit, Entsetzen. Das sind die Gefühle, die mich während der nächsten Tage noch vollkommen beherrschen sollten. Gefangen von dem Gedanken, dass mein Vater ein Schuft war, erledige ich alle Arbeiten wie eine Marionette. Dass Beziehungen in die Brüche gehen, passiert nun mal. Aber dann muss man, verdammt noch mal, so viel Ehrgefühl im Leib haben, dass man sich fair aus seinem „alten" Leben verabschiedet.

Entsetzen auch über Mamas Verhaltensweise, die das unfaire Spiel blauäugig, wie es nun mal ihre Art ist, geschehen ließ, ohne auch nur ansatzweise einmal etwas zu hinterfragen. Unsere Beziehung sollte die nächsten Wochen darunter noch leiden. Obgleich ich mich damit alleine auseinandersetzen muss, ohne sie das spüren zu lassen. Es macht keinen Sinn, einer 82-jährigen Frau heute noch Vorwürfe zu machen. An dem, was geschehen ist, ändert das sowieso nichts mehr. Ich bin froh, Freunde zu haben, mit denen ich darüber sprechen kann. Immer und immer wieder. Reden tut gut.

Anscheinend war es früher gang und gäbe, dass sich Frauen auf ihre Ehemänner blindlings verlassen haben. In den Zuständigkeitsbereich der Männer fielen die Finanzen, die Frauen waren für Haushalt und Kinder zuständig. Gut, dass sich die Zeiten diesbezüglich geändert haben und Frauen gelernt haben, als eigenständige Wesen zu fungieren. Ich selbst möchte niemals von einem Partner abhängig sein. Partnerschaft heißt für mich, sich auf gleicher Ebene zu begegnen.

Auch Onkel und Tante erzählen mir haarsträubende Geschichten. Als ich noch ein Kind war, wurden diese natürlich von mir ferngehalten. Inzwischen erwachsen, möchte ich nun alles wissen. Wenn schon, denn schon. Endlich kann ich auch das angespannte Verhältnis zwischen ihnen und Mama verstehen. Eine gewisse Distanz war für mich immer schon spürbar gewesen. Erst jetzt kann ich mir einen Reim darauf machen. Manchmal hilft nur die schonungslose Wahrheit, um bestimmte Verhaltensweisen nachvollziehen zu können.

Der Gedanke an meine Schwester war aufgrund der Geschehnisse dieser Tage etwas in den Hintergrund gerückt. Erstaunt stelle ich fest, dass bereits weitere drei Wochen vergangen sind, ohne dass ich die angefragte Information vom Nachlassgericht erhalten habe. Es ist schon verrückt, wie die Zeit vergeht. Ich nehme mir vor, noch mal dort anzurufen.

Als ich am nächsten Tag vom Büro nach Hause kom-me, liegen auf dem Esstisch die Kopie eines Faxes und ein in DIN-A4-Format großer Ausdruck des Fotos einer mir unbekannten Frau. „Das ist deine Schwester", sagt mein Mann grinsend zur Begrüßung. Vor mir liegt ihr Schreiben an das Nachlassgericht mit der Bitte, ihr die Kontaktdaten ihrer Schwester zukommen zu lassen. Das Datum stimmt mit meiner Anfrage überein. Zwei See-len, ein Gedanke am gleichen Tag. Warum nur hat das dann so lange gedauert? Zumindest weiß ich jetzt, dass sie ebenso sehr wie ich den Kontakt aufnehmen möchte. Meine ursprüngliche Befürchtung, sie möchte vielleicht mit der Familie ihres Vaters nichts mehr zu tun haben, bestätigt sich also nicht.

Auf dem Briefkopf stehen neben ihrer Adresse sowohl die Festnetz- und Mobilnummer als auch eine Website. Wie ich noch erfahren sollte, ist sie u. a. als freie Fotogra-fin tätig. Unglaublich, sie wohnt in München. So nah und doch so fern. Mein Mann, der gute, hat natürlich sofort einen Blick auf die Website geworfen und für mich einen Ausdruck des darin befindlichen Portraits gemacht. So sieht sie also aus, meine Schwester. Sympathisch, wirk-lich sehr sympathisch.

Das Foto kommt mir irgendwie bekannt vor. Ich schaue mir die Website selbst noch einmal an und stelle fest, dass ich auf meiner Suche nach ihr auch schon einmal hier ge-landet bin. Da mir aber gesagt wurde, dass sie nicht in München lebt und zudem mit einem Engländer verheira-tet ist, ging ich damals davon aus, dass es sich hierbei le-diglich um eine Namensgleichheit handelt. Wieder einmal wird mir klar, dass man nicht alles glauben soll, was einem andere erzählen. Glauben ist gut, Kontrolle aber besser.

Nach dem ersten erfreulichen „Schock" wähle ich spontan beide Telefonnummern. Schade, im Moment nicht erreichbar. Auf den Anrufbeantworter sprechen möchte ich nicht. Etwas persönlicher stelle ich mir den ersten Kontakt schon vor.

Inzwischen nehme ich den zweiten Termin beim Anwalt wahr. Sowohl die Kopie des kompletten Erbvertrages als auch eine „Information" der Tussi bezüglich des Nachlasses liegt nun vor. Wie nicht anders erwartet, ist Vater in totaler Armut verstorben. Der Arme. Außer einem nicht erwähnenswerten Betrag auf dem Girokonto hat er nichts hinterlassen. Die aufgeführten Kosten für die Beerdigung übersteigen diesen Betrag bei Weitem. Würde man davon ausgehen, dass diese Angaben tatsächlich der Wahrheit entsprechen, wäre der Nachlass überschuldet.

Der Erbvertrag bestätigt meine ursprüngliche Annahme. Vater hatte seiner Geliebten bereits zu Zeiten seiner Ehe das Geld zum Kauf des Grundstücks nebst Haus zur Verfügung gestellt. Die darin angegebene Adresse stimmt mit der zum Zeitpunkt seines Todes angegebenen überein. Gut vorgearbeitet.

Der Anwalt sagt kopfschüttelnd, dass er einen Vertrag in dieser Form noch nie vorher gesehen hat. Er hätte ihn mehrmals durchlesen müssen, um glauben zu können, was er las. Rechtlich vollkommen korrekt, merkt sogar ein Blinder, dass hier einiges verschleiert werden sollte. Die Sache stinkt zum Himmel. Warum überrascht mich das nicht?

Nochmals wird die Dame schriftlich darauf hingewiesen, dass mit den spärlichen Informationen ihrer Auskunftspflicht keineswegs Genüge getan ist. Sie wird aufgefordert, alle vom Erblasser zu seinen Lebzeiten getätigten Schenkungen (auch gemischte Schenkungen) und Zuwendungen (auch ehebezogene Zuwendungen) in das Nachlassverzeichnis aufzunehmen. Die Erben sind verpflichtet, über eine eventuell vorhandene Lebensversicherung und sonstige Verträge zugunsten Dritter Auskunft zu erteilen.

In der Zwischenzeit kann ich mich endlich wieder wichtigeren Dingen zuwenden. Ich klingele nochmals bei meiner Schwester durch und siehe da, sie meldet sich.

Nach meiner Begrüßung „Hallo, hier ist deine Schwester" ist es am anderen Ende kurz still.

„Mein Gott, ich kann es kaum glauben. Ich spreche mit meiner Schwester", ist ihre Antwort. Meine Angst, man könnte sich nichts zu sagen haben, stellt sich als vollkommen unbegründet heraus. Ich sitze im Garten, genieße die Sonne und telefoniere fast eine ganze Stunde mit ihr.

Es gibt viel zu bereden. Relativ schnell beschließen wir, keine unnötige Zeit mehr verstreichen zu lassen. Wir verabreden uns für den kommenden Freitag, den 3. Mai 2013. Vor dem Café Münchner Freiheit sollte ich das erste Mal meiner Schwester begegnen. Ein denkwürdiges Datum.

Ihr gegenüber bin ich stark im Vorteil, da ich bereits ein Foto von ihr vorliegen habe. Auf ihre Frage, wie ich denn aussehe, fällt mir keine Antwort ein. Wie beschreibt man sich selbst? Zumindest haben wir den gleichen Haarschnitt. Halblang und glatt. Wobei ihr Gesicht von blonden und meines von dunklen roten Haaren umrahmt ist. Sie wird eine grüne Jacke tragen und mir fällt zumindest die Beschreibung meiner Kleidung nicht sehr schwer. Schwarz natürlich, was sonst.

Komisch, aufgeregt bin ich nicht wirklich. Natürlich gehen mir viele Gedanken durch den Kopf. Was ist, wenn wir uns nichts zu sagen haben? Was ist, wenn wir uns nicht leiden können oder uns unsympathisch sind? Zwar Schwestern, so sind wir doch noch Fremde. Es kann alles passieren. Ich beschließe, mir keine weiteren Gedanken zu machen. Einfach auf sich zukommen lassen, das ist immer das Beste.

3. Mai 2013

Der Freitag kommt schneller, als ich denken kann. Noch zwei Stunden bis zum Treffen. Nervosität steigt jetzt doch langsam in mir hoch. Alltäglich ist es schließlich nicht, nach 57 Jahren seine Schwester zu treffen. Na ja, eigentlich Halbschwester. Ich mag dieses Wort nicht. Ganz oder gar nicht, keine halben Sachen. Mein Mann, wie immer die Ruhe in Person, kann meine Aufregung wieder einmal nicht nachvollziehen. Du triffst deine Schwester. Na und?

Wie immer mache ich mich viel zu früh auf den Weg. Bereits eine Viertelstunde vor der vereinbarten Uhrzeit komme ich auf dem kleinen Parkplatz ganz in der Nähe des Cafés an. Nach einer „Beruhigungszigarette" mache ich mich auf den Weg. Die Sonne scheint, aber es ist relativ kühl. Trotzdem sitzen die meisten Menschen im Außenbereich des Cafés und auf einer nahen Parkbank.

Oh je, hoffentlich erkenne ich sie überhaupt. Unauffällig lasse ich meine Blicke schweifen und bemerke eine blonde Frau auf einer Bank. Sie trägt einen grünen Blazer. Ist sie das? Ich bin mir nicht sicher. Ähnlichkeit mit dem Foto ist im Grunde keine vorhanden. Aus eigener Erfahrung weiß ich aber, dass Fotos nicht unbedingt immer das tatsächliche Aussehen wiedergeben.

Zielsicher gehe ich auf die Frau zu: „Entschuldigung, sind Sie Sylvia?" Mit einem erstaunten Blick verneint diese. Wie peinlich. Was denken die Leute jetzt? Um nicht für eine kontaktsuchende Lesbe gehalten zu werden, erkläre ich kurz die Situation, postiere mich dann neben dem Eingang des Cafés und warte. Nicht, dass ich etwas gegen Lesben hätte. In meinen Augen soll jeder nach seiner Fasson glücklich werden. Aber trotzdem bin ich nun mal keine.

Wahrscheinlich denkt die Dame jetzt erst recht, dass ich ein Blind Date mit einer Frau habe. Na ja, ein Blind Date ist es irgendwie schon. Wenn auch nicht im landläufigen Sinn.

Nach ein paar Minuten sehe ich aus Richtung der U-Bahn eine Frau mit grüner Jacke langsam auf das Café zusteuern. Genauso langsam gehe ich ihr entgegen. Mit unsicheren Blicken mustern wir uns. Sofort wissend, das muss sie sein, meine Schwester. Wir begrüßen uns und nach einer leichten Umarmung beschließen wir, einen Platz im Innenbereich zu suchen. Innerlich muss ich leicht lächeln. Wie fast alle Frauen (außer mir) scheint sie ein bisschen verfroren zu sein. Ich kenne das gut von meinen Freundinnen.

Als wir Platz genommen haben, betrachte ich sie intensiver. Diese Vaterschaft hätte er niemals leugnen können. Einen Vaterschaftstest hätte es da wirklich nicht gebraucht. Als er das kleine Mädchen damals im Zuge der Vaterschaftsverhandlung das erste Mal zu Gesicht bekam, musste ihm das auch aufgefallen sein. Sie sah aus wie seine jüngste Schwester als kleines Kind. Das tut sie auch heute noch. Die Ähnlichkeit mit Tante Lieserl ist frappierend. Blondes Haar, grüne Augen, kleiner als ich und auch wesentlich zierlicher. Darauf, dass wir beide Schwestern sind, würde wohl keiner kommen.

Sie fragt mich, ob wir mit Sekt auf unser Kennenlernen anstoßen wollen. Alkohol und Sekt entsprechen leider so gar nicht meinem Geschmack. Schließlich stoßen wir an, sie mit Sekt und ich mit Latte macchiato. Ihre Frage, ob es mich stört, dass sie Sekt trinkt, erstaunt mich. Sie scheint auf gewisse Weise rücksichtsvoller und vielleicht auch etwas mehr auf die Meinung anderer Leute bedacht zu sein als ich. Über meine Lippen wäre so eine Frage wahrscheinlich nicht gekommen. Ich stehe ohne jede Einschränkung zu dem, was ich tue. Ich trinke keinen Alkohol und bin Raucherin, ob das anderen passt oder nicht. Selbstverständlich nehme ich auf Nichtraucher Rücksicht. Aber die Entscheidung, ob ich rauche, liegt doch bitte schön ausschließlich bei mir. Dass sie Sekt trinkt, stört mich natürlich nicht im Geringsten. Solange ich das süße Zeug nicht auch schlürfen muss.

Berührungsängste haben wir keine. Wir reden, reden, reden. Natürlich gibt es von beiden Seiten Fragen über Fragen, auf die wir uns beide endlich eine zufriedenstellende Antwort erhoffen. Sie betrachtet interessiert die alten Fotos, die ich mitgebracht habe.

Das wenige, das mir über sie erzählt wurde, entspricht überhaupt nicht den Tatsachen. Verheiratet war sie nie, schon gar nicht mit einem Engländer. Ihre Kindheit und Jugend verbrachte sie nicht in München und die Ausbildung zur Krankenschwester in einem Münchner Krankenhaus war ebenfalls ein Märchen. Ich frage mich, wessen Fantasie diese Geschichten entsprungen sind.

Von ihrer Mutter wurde sie nie wirklich angenommen. Auch bei ihr hatte sie nur kurze Zeit verbringen dürfen. Erst einige Jahre bei einer Tante, lebte sie dann einen großen Teil ihrer Kindheit in einem Kinderheim in Niederbayern, bevor sie in einer Pflegefamilie untergebracht wurde. Der Pflegezuschuss, den diese Familie bekam, war wohl ein wichtiger Faktor gewesen, sie bei sich aufzunehmen. Als Jugendliche ging sie für zwei Jahre als Au-pair-Mädchen nach Israel.

Über Jahre hatte sie immer wieder versucht, Kontakt mit unserem Vater aufzunehmen. Verständlicherweise möchte ein Kind irgendwann wissen, wo seine Wurzeln sind. Den Versuch, ihn jemals kennenzulernen, gab sie niemals auf. Seit ihrem 14. Lebensjahr machte sie seinen jeweiligen Aufenthaltsort immer wieder ausfindig und schrieb viele unbeantwortete Briefe. Nach Sittenbach fuhr sie kurzerhand ohne Voranmeldung. Zu ihrem Pech war das Haus zu diesem Zeitpunkt bereits verkauft worden. Der neue Besitzer konnte ihr lediglich sagen, dass ihr Vater dort seit einiger Zeit nicht mehr gemeldet ist. Ich komme nicht umhin, sie für diese jahrelange Ausdauer zu bewundern.

Als sie dann auch seine neue Adresse in Erfahrung gebracht hatte, kam endlich eine Reaktion. Kurz nachdem er sich telefonisch bei ihr meldete, trafen sie sich tatsächlich. Das war mir ebenso neu, wie sie wusste, dass ich bereits seit inzwischen 17 Jahren keinen Kontakt mehr zu Vater hatte. Ihr Treffen mit ihm muss genau zu dem Zeitpunkt stattgefunden haben, als ich beschloss, den Kontakt abzubrechen.

Mit einem Blumenstrauß empfing er sie am Bahnhof. Das einzige „Geschenk", das sie jemals von ihm bekam. Im Verlauf dieses Treffens, das in einem Café in der Nähe des Bahnhofs stattfand, lernte sie dann auch die Tussi kennen. Was sie von dieser Frau zu berichten weiß, deckt sich im Wesentlichen mit dem Bild, das ich mir von ihr in Gedanken bereits gemacht habe.

Den Schlaganfall hatte Vater zu diesem Zeitpunkt bereits hinter sich. Sein Geschäftspartner war vor einigen Jahren im Urlaub tödlich verunglückt. Er konnte aufgrund des Schlaganfalls nicht mehr arbeiten. Daher war er gerade im Begriff, die Firma aufzulösen. Meine Schwester wusste vor diesem Treffen weder, dass er Bauunternehmer war, noch wie er überhaupt finanziell gestellt war. Ebenso gut hätte er von Sozialhilfe leben können. Das war für sie auch nie wichtig gewesen. Wichtig war ihr lediglich, ihn endlich kennenzulernen.

Die Frage der Tussi, warum sie sich denn ausgerechnet jetzt, da das Unternehmen aufgelöst wurde, gemeldet hätte, war somit vollkommen daneben. Man sollte anderen Menschen besser nicht die wahrscheinlich eigenen Beweggründe unterstellen. Vermutlich kann sich diese Frau keine anderen als ausschließlich finanzielle Gründe vorstellen.

Verheiratet war sie zu diesem Zeitpunkt mit unserem Vater noch nicht. Machte aber keinen Hehl daraus, dass sie das, offensichtlich damals noch im Gegensatz zu ihm, unbedingt möchte. Schließlich muss man sich als wesentlich jüngere Frau doch für die Zukunft absichern. Wohlgemerkt sagte sie das in seiner Gegenwart. Ich kann kaum glauben, dass seine Reaktion auf diese Bemerkung gleich null war. Nachtigall, ich hör dir trapsen. An diesem Tag sprach er dann eine Einladung zu sich nach Hause aus. Die eine Tochter will mit mir nichts mehr zu tun haben, dann schaue ich mir doch einmal die andere genauer an. So könnte er unter Umständen gedacht haben. Ich traue ihm inzwischen alles zu.

Kurz vor Weihnachten traf sie ihn in seinem Haus zu einem gemeinsamen Mittagessen. Nach dem Essen verließ die Tussi mit dem Hund das Haus und kam die nächsten Stunden auch nicht mehr zurück. Die Anwesenheit eines Mitglieds seiner Familie war ihr offensichtlich immer noch nicht sehr angenehm. Als sich Sylvia nach zwei Stunden verabschieden wollte, fragte er sie, ob sie denn nicht auf die Rückkehr der Tussi warten möchte. Eine Antwort hätte sich eigentlich erübrigt. Wer bleibt schon gerne, wenn er sich nicht willkommen fühlt?

Dass es das letzte Mal sein sollte, dass sie ihn getroffen hat, wusste sie zu diesem Zeitpunkt noch nicht. Kurz nach ihrem Besuch erhielt sie einen Brief. Er hätte sich inzwischen überlegt, dass er doch keinen Kontakt haben möchte. Eigentlich sieht er keinen Sinn darin. Lächerlich. Ob das Schreiben tatsächlich in seiner Handschrift abgefasst wurde? Das hätte nur ich beurteilen können. Sie hatte ja vorher nie einen Brief von ihm erhalten.

Sie hörte jedoch nicht auf, ihm Karten und Briefe zu schicken. Aber jeder Brief, jede Karte kam mit dem Vermerk „Annahme verweigert" zurück. Ob er diese wirklich zu Gesicht bekam, wagen wir heute zu bezweifeln. Das letzte Lebenszeichen sollte dann eine Weihnachtskarte sein.

„Frohe Weihnachten wünschen xxxx und xxxx xxxx."
Sie hatten also geheiratet. Sie vermutete damals, dass diese Karte nur eines zum Ausdruck bringen sollte: „Schau her, ich habe mein Ziel erreicht, er hat mich geheiratet."
Vor Jahren erzählte mir ein Bekannter meines Vaters, dass er zu ihm gesagt hätte: „Lass dich nur nicht scheiden. Über kurz oder lang ist alles das Gleiche." Sehr aussagekräftig, oder? Sieht so aus, als ob er doch noch bekommen hatte, was er, in meinen Augen, verdiente.
Überhaupt schildert Sylvia unseren Vater ganz anders, als ich ihn noch in Erinnerung habe. Krankheitsbedingt scheint er sich charakterlich sehr verändert zu haben. Er erweckte den Eindruck, in Selbstmitleid zu versinken und seinem Leben vor der Krankheit nachzutrauern. Stolz erzählte er ihr von seinem erfolgreichen Bauunternehmen und den Bauten, die er auch teilweise im Ausland hochgezogen hatte. Natürlich gehörte man zu den „oberen Zehntausend" der Stadt. Die Mitgliedschaften im Golf- sowie Tennisclub waren selbstverständlich. Na ja, man muss jungen Frauen halt was bieten, damit sie bei alten, kranken Männern ausharren.
Lachen musste ich, als Sylvia erzählt, dass er sie als Kind immer in unsere Familie holen wollte. Er bedauerte, dass das wegen seiner damaligen Frau nicht möglich war. Diese wäre extrem eifersüchtig gewesen. Eifersucht ist kein Zug, der mir an Mama jemals auffiel. Zudem kenne ich diese Geschichte seit vielen Jahren etwas anders.
Mama nämlich sagte immer, dass es schön wäre, Sylvia bei uns zu haben. Zumal beide Kinder vom Alter her lediglich nur ein Jahr auseinander sind. Ein Geschwisterchen wünschte ich mir als Kind immer. Über diesen Familienzuwachs wäre ich begeistert gewesen. Wieder einmal hatte er versucht, sich in ein gutes Licht zu rücken. Inzwischen erstaunt mich das nicht mehr.
Natürlich können wir an diesem Nachmittag nicht über alles sprechen, das uns auf dem Herzen liegt. Ihre Bemerkung beim Abschied: „Ich hoffe sehr, dass wir beide jetzt

in Kontakt bleiben", kann ich uneingeschränkt mit „natürlich" beantworten. Obwohl unterschiedlich, sind wir uns trotzdem sehr sympathisch. Einem besseren Kennenlernen steht nichts im Wege.

Sylvia hat das Mandat in dieser Erbangelegenheit ebenfalls einer Rechtsanwältin erteilt. Allein schon, um uns gegenseitig auf dem Laufenden zu halten, telefonieren wir die nächsten Tage fast täglich.

Die Tussi meldete sich wieder zu Wort und beteuert, dass es zu seinen Lebzeiten weder Schenkungen noch Zuwendungen an sie gegeben hätte. Lebensversicherungen, sonstige Verträge zugunsten Dritter sowie Übertragung eines Grundstücks und daraus folgend keine Einräumung eines Nießbrauchs, Altenteils oder Wohnrechts sind ebenfalls nicht vorhanden.

Ist er doch tatsächlich völlig „verarmt" gestorben, der ehemals so erfolgreiche Bauunternehmer. Wer's glaubt, wird selig.

Erbe annehmen? Erbe ablehnen? Eine diesbezügliche Entscheidung haben weder Sylvia noch ich bis dato endgültig getroffen. Das ändert sich im Moment tagtäglich. Im Grunde haben wir absolut keine Lust auf diesen Stress. Andererseits kommt verständlicherweise auch der Gedanke hoch, dass uns für sein Verhalten ein gewisser Ausgleich durchaus zustehen würde.

Finanzieller Ausgleich für jahrelange Verletzungen. Warum eigentlich nicht das wenigstens? Immerhin sind wir jetzt zu zweit. Gemeinsam sind wir stärker, und dass wir beide an einem Strang ziehen wollen, das zumindest wissen wir ganz sicher.

Der Einfachheit halber und nicht zuletzt um Kosten zu sparen, beschließen wir, uns nur noch von einem Anwalt vertreten zu lassen. Unsere Wahl fällt auf meinen Anwalt, der bisher wesentlich mehr Vorarbeit geleistet hat. Ich vereinbare am Freitag um elf Uhr einen Termin, um meine Schwester persönlich vorzustellen.

Sylvia möchte sich unbedingt noch mal Vaters Haus anschauen. Inzwischen ist es 18 Jahre her, dass sie dort eingeladen war. Ich frage mich, ob das Sinn macht. Was soll das bringen? Aber ganz frei von Neugierde bin ich dann doch nicht. Da wir am Pfingstsonntag mit unseren beiden Enkelinnen zum Campen an den Lido di Jesolo fahren wollen, drängt die Zeit.

Wir beschließen, die Fahrt zum Haus mit dem Termin beim Anwalt zu koordinieren. Bei der Gelegenheit kann ich ihr auch gleich meinen Mann und unser vierbeiniges Familienmitglied vorstellen. Perfekt. Etwas stressig zwar, aber durchaus machbar, wenn alles glatt läuft. Wenn.

Es macht mich wütend, wenn ich die Erkenntnisse der letzten Wochen Revue passieren lasse. Ein Gefühl von Ohnmacht steigt in mir hoch. Ohnmacht, weil ich nie die Gelegenheit hatte, mich mit ihm auseinanderzusetzen. Weil es diese Gelegenheit niemals wieder geben kann. Zu spät ist die ganze Wahrheit ans Licht gekommen.

Hat diese Dame auch nur die geringste Vorstellung davon, was er, und auch sie, meiner Schwester und mir angetan haben? Mit ihrer Ignoranz, ihrem Egoismus.

Ich will, dass sie es erfährt. Sie soll meine Gedanken, meine Gefühle kennen. Jetzt geht es mal ausnahmsweise nur um mich. Ich fange an zu schreiben.

Der Brief

Frau xxxx,

es ist mir ein Bedürfnis, einige Gedanken mit Ihnen zu teilen, nachdem ich im März „zufällig" erfahren habe, dass mein Vater verstorben ist. Sogar seine eigene Schwester musste ganz nebenbei am Telefon von seinem Tod erfahren. Erst, als sie ihn anrufen wollte, um sich für seine Geburtstagskarte zu bedanken. Sie hatten ihr im Verlauf dieses Gesprächs gesagt, dass sie mir nichts von seinem Tod sagen soll. Sie würden sich mit mir in Verbindung setzen, um mich einzuladen, da Sie „etwas mit mir zu klären" hätten, von dem es Ihnen lieber gewesen wäre, mein Vater hätte das selbst mit mir geklärt.

Ich habe auf Ihren Anruf gewartet. Wann hätten Sie mich informieren wollen? Wenn das Wetter schöner ist? Da hätten wir dieses Jahr ja schlechte Karten. Der Tod richtet sich bekanntlich nicht nach der Jahreszeit. Sie wollten die Beerdigung im engsten Kreis der Familie abhalten. Was ist enger als die eigene Schwester oder leibliche Kinder? Sie?

Beim Nachlassgericht wollte ich dann den Todestag erfragen und war erstaunt über die Aussage der Bearbeiterin des Nachlassgerichts. Diese sagte mir, dass man bereits auf der Suche nach meiner Schwester und mir sei und sie froh wäre, dass ich Kontakt aufgenommen habe. Nach meiner Kenntnis müssten Ihnen bereits zu diesem Zeitpunkt sowohl Name und Adresse meiner Schwester als auch meine Telefonnummer bekannt gewesen sein.

Ich trauere nicht um den Vater, der im Februar verstorben ist. Ich trauere um den Vater, der er mir einmal war. Bevor Sie sich in unser Leben gedrängt und ihn mir entfremdet haben. Sekretärin angelt sich Chef. Ein Märchen wurde wahr.

Ich war ein Papakind. Hat er Ihnen das einmal erzählt? Ich kann Ihnen sagen, egal wie alt Kinder sind, wenn der Vater geht, dann bricht eine Welt zusammen.

Es ist mir auch ein Bedürfnis, Ihnen zu sagen, dass er damals die Entscheidung zu Ihren Gunsten nicht selbst getroffen hat. Mama hatte ihn auf seine Geliebte angesprochen und ihm ein Ultimatum für eine Entscheidung gestellt. Ja, Mama hat Charakter. Er sollte sich für eine von beiden entscheiden, Ehefrau oder Geliebte. Ein Dreiecksverhältnis kam für sie nicht infrage. Das war es aber, was er eigentlich wollte. Seine Familie am Wochenende und von Montag bis Freitag seine Geliebte. Wussten Sie das schon? Mama konnte und wollte das nicht akzeptieren und hat demzufolge auf einer Trennung bestanden. Darum, Frau xxxx, hat er sich damals dann für Sie „entschieden".

Nicht nur mein Leben, auch das Leben meiner Mutter ist nach dieser Trennung von einem zum anderen Tag zusammengebrochen. Mit einem Zweitschlüssel bin ich nachts heimlich in ihre Wohnung geschlichen, um zu sehen, ob sie noch atmet. Ob sie sich nichts angetan hat. Sie war ein nervliches Wrack und ich habe mit ihr gelitten. Können Sie meine Gefühle nachempfinden? Und heute muss ich lesen, dass Mama nicht nur nervlich zerstört wurde, nein, sie wurde auch noch finanziell hintergangen. Wie schäbig.

Ehen gehen in die Brüche, das ist heutzutage fast schon normal. Aber, dass dabei die Kinder auf der Strecke bleiben, das ist es nicht. Seinen Vater braucht man immer, nicht nur als Kleinkind. Und dabei spreche ich wahrlich nicht von materiellen Gütern. Die waren mir noch nie besonders wichtig.

Dass Kinder nicht zwingendermaßen unter der Scheidung der Eltern leiden müssen, sehe ich u. a. bei meinem Mann. Obwohl seine Tochter als Kind vom zweiten Mann seiner Exfrau adoptiert wurde und er somit aller Rechte und Pflichten vor dem Gesetz entledigt gewesen wäre, hat er sich nicht aus seiner Verantwortung geschlichen.

Er hat entschieden, die Scheidung nicht auf dem Rücken seiner Tochter auszutragen. Wir haben noch heute ein tolles Verhältnis zu ihr, den Enkelkindern und auch zu seiner Exfrau. Er ist und bleibt Vater und Opa. Aber natürlich kann so nur ein starker Mann handeln, mit einer Frau an seiner Seite, die dies auch akzeptiert und unterstützt.

Die Welt ist manchmal klein, denn vom Schlaganfall meines Vaters habe ich dann zufällig, von Fremden, erfahren müssen. Wie seit der Trennung meiner Eltern immer nur alles „zufällig" geschehen ist. Auf meinen Brief hin hat er sich telefonisch mit mir in Verbindung gesetzt. Im Laufe dieses Gesprächs haben wir beide geweint. Erstaunt Sie das? Eigentlich nicht die Reaktion eines Mannes, der mit seiner Tochter nichts mehr zu tun haben wollte.

Nach der Reha wollte er sich wieder bei mir melden, um mich zu sich einzuladen. Damit wir uns aussprechen können. Nach zehn Jahren, fünfzehn Jahren? Ich weiß es nicht einmal mehr genau. Ich habe mich darüber gefreut und auf seinen Anruf gewartet. Wieder einmal. Nach diesem Telefonat habe ich dann nichts mehr von ihm gehört. Ach ja, zu meinem 40. Geburtstag hat er mir dann noch eine Karte geschickt. Eine Blumenkarte mit dem Aufdruck „Alles Gute zum Geburtstag" und hinten drauf stand handschriftlich „Dein Papa".

Ich habe ihn damals nicht verlassen. Ich habe ihn niemals verletzt. Irgendwann aktiviert sich bei jedem Menschen der Selbsterhaltungstrieb. Zurückweisungen, Enttäuschungen, Verletzungen über Jahre kann man nur bis zu einem gewissen Grad ertragen.

Über das Nachlassgericht habe ich jetzt endlich die Adresse meiner Schwester erhalten und freue mich sehr darüber, dass wir uns endlich kennenlernen konnten. Ich wollte das schon viele Jahre und mein Vater wusste es. „Das geht dich nichts an", waren seine einzigen Worte auf meine Fragen. Nach vielen unbeachteten Briefen von Sylvia hat er sich dann offensichtlich, nach immerhin 40 Jahren, doch noch erweichen lassen. Wie sie mir erzählte, hat sie unseren Vater nebst Ihnen

*und Ihrer Tochter vor Jahren dann getroffen. Ich selbst habe Sie
ja nie persönlich kennengelernt. Mein Bedauern darüber hält
sich allerdings in Grenzen.*

*Meine Schwester hat damals erst erfahren, dass er noch eine
Tochter hat. Wie ich sie, so hätte auch sie mich gerne kennengelernt. Verständlich, oder? Ihr wurde gesagt, dass das nicht
gehen würde. Ich frage mich, warum das wohl nicht gegangen
ist. Wo ein Wille ist, ist auch immer ein Weg.*

*Aber ich habe da so eine Ahnung und die aktuellen Gescheh-
nisse unterstützen meine These in genau diese Richtung. Ich
stelle fest, dass alles, was ich je über Sie gehört habe, wohl leider den Tatsachen zu entsprechen scheint.*

*Warum ich Ihnen das alles schreibe? Sie hätten sich nicht
alleine um ihn kümmern müssen, als er krank wurde. Ich hätte
mich gerne gekümmert um den Vater, der er früher einmal war.
So, wie ich auch heute die Verantwortung für meine Mutter
übernommen habe. Viele Dinge sind mir erst jetzt, nach Ein-
sicht diverser Unterlagen, klar geworden. Ich frage mich, ob er
den Kontakt wirklich nicht wollte oder ob der Kontakt unter-
bunden wurde. Systematisch, zielorientiert.*

*Von mir nahestehenden Menschen werde ich als herzlicher,
warmer Mensch beschrieben. Glauben Sie mir, die Gefühle, die
in diesen Tagen in mir hervorgerufen werden, mag ich nicht
besonders.*

*Vielleicht bedenken Sie, dass früher oder später alles Gute
oder Schlechte, das man anderen Menschen zufügt, unweigerlich wieder auf einen zurückkommt. Irgendwann.*

*Viele Fragen, auf die es wohl keine Antworten mehr geben
wird. Wie schon gesagt, das sind lediglich meine Gedanken. Gedanken, an denen ich Sie, Frau xxxx, teilhaben lassen möchte.*

Sylvia schätzt diese Frau als so kaltschnäuzig ein, dass
der Brief sicherlich an ihr abprallen wird. Mir ist das vollkommen egal. Will ich doch weder eine Antwort noch
Kontakt zu ihr. Endlich habe ich mir von der Seele geschrieben, was schon lange auf ihr gelastet hat. Ich fühle
mich gut. Ziel erreicht.

17. Mai 2013

Wir sitzen im Büro des Anwalts. Gründlich, wie er ist, klärt er nun auch Sylvia nochmals über den Stand der Dinge auf. Er weist darauf hin, dass wir im Falle einer Ausschlagung des Erbes unbedingt die Frist einhalten müssen. Liegt die notarielle Beurkundung der Ausschlagung nicht bis zum 28.05.2013 um null Uhr beim Nachlassgericht vor, haben wir das Erbe automatisch angenommen. Für Sylvia kein Problem. Wir aber planen, erst am 26.05.2013 aus dem Urlaub zurück zu sein. Das könnte eng werden.

Was nun? Eine Entscheidung muss getroffen werden. Aufgrund der Sachlage und des undurchsichtigen Erbvertrages empfiehlt er uns, das Erbe in jedem Fall auszuschlagen. Nur dann können wir den Erbvertrag anfechten. Als „Nichterben" besteht für uns keine Verpflichtung mehr, dem Wunsch des Erblassers Folge zu leisten. Als leibliche Töchter aber können wir dann sehr wohl den Pflichtteilergänzungsanspruch anmelden bzw. einklagen. Etwas verwirrend, aber wenn man genauer darüber nachdenkt, doch wieder logisch. Unser Entschluss ist gefasst. Erbe ablehnen, Klage einreichen. Jetzt ist Schluss mit lustig.

Inzwischen hungrig geworden, holen wir uns belegte Brötchen und machen uns auf den Weg zu mir. Eine kleine Pause kann nicht schaden, bevor wir uns mit meinem Auto auf den Weg nach Ingolstadt machen. Die Chemie stimmt offensichtlich auch zwischen Sylvia, meinem Mann und Bella. Besser kann's doch gar nicht laufen.

Unsere Mädels müssen um siebzehn Uhr vom Hauptbahnhof in München abgeholt werden. Sie kommen mit dem Zug aus Nürnberg. Werner beschließt, mit der S-Bahn zu fahren, da es mit dem riesigen Dodge sicherlich ein Parkplatzproblem geben wird. Sylvia und ich machen uns auf den Weg, unser zweites Vorhaben des heutigen Tages in die Tat umzusetzen. Vor lauter Hektik habe ich leider vergessen, dass dieser Freitag auch der Ferienbeginn in Bayern ist. Das allerdings sollte mir relativ schnell bewusst werden.

Da mir der Weg nicht bekannt ist, leihe ich mir das Navi meines Mannes. Aus unerfindlichen Gründen leitet uns dieses über einige Umwege erst nach einer Dreiviertelstunde endlich auf die Autobahn Richtung Nürnberg. Sofort stehen wir im Stau. Ach ja, Ferienbeginn. Da haben wir uns den perfekten Tag für unseren „Ausflug" ausgesucht.

Wir haben ausreichend Stoff für eine längere Unterhaltung, also stört uns das nicht besonders. Nach einer weiteren Stunde, wir sind noch immer nicht nennenswert weitergekommen, höre ich hinten rechts am Auto ein merkwürdiges Geräusch. Das Lenkrad ruckelt. Ich habe Probleme, das Auto korrekt zu lenken. Shit, ist mir jetzt etwa ein Reifen geplatzt? Ich kann nur noch mit Tempo 20 weiterfahren und bin gezwungen, auf dem Standstreifen zu halten. Also Warnblinkanlage einschalten und als Erstes die Stelle mit dem Warndreieck absichern. Nach weiteren fünf Minuten haben wir es endlich gemeinsam geschafft, dieses zusammenzusetzen. Ich hatte es noch nie vorher gebraucht und somit keine Übung.

Der Reifen ist in Ordnung. Auf den Knien robben wir beide durchs Gras und werfen „fachmännische" Blicke unter das Auto. Einen Schaden können wir nicht erkennen. Was nun? Wie immer, wenn ich nicht weiter weiß, rufe ich meinen Mann an. Hoffentlich ist er zu Hause. „Hiiiiiilfe, das Auto ist kaputt. Wir stehen auf dem Standstreifen an der Autobahn."

Seine Antwort: „Und was denkst du, soll ich nun machen? Am Telefon eine Diagnose abgeben?", war natürlich vorhersehbar. Klar, was sonst hätte er auch dazu sagen sollen? „Du musst zu einer Werkstatt." Logisch, erzähl mir was Neues.

Sylvia ruft in der Zwischenzeit ihren Lebensgefährten an, um einen kurzen Statusbericht abzugeben. „Super, dann lernst du deine Schwester ja gleich mal in einer extremen Situation kennen." Wirklich gut der Witz.

Lachend sage ich zu ihr: „Sieht aus, als ob wir seinen letzten Wohnort nicht erreichen sollen. ‚Er' schikaniert uns wohl noch aus der Hölle."

Makaber? Ich weiß. Johanna, du bist jetzt bestimmt wieder einmal entsetzt. Aber wie du weißt, ist das nun mal die mir eigene Art von schwarzem Humor. Oder Galgenhumor? Tatsache ist, dass ich den Eindruck habe, vom Pech verfolgt zu sein, seit ich von seinem Tod erfahren habe.

Mit Tempo 20 und eingeschalteter Warnblinkanlage zuckeln wir auf dem Standstreifen weiter. Glück im Unglück war, dass wir nur drei Kilometer von der nächsten Autobahnausfahrt entfernt waren. Ich muss zugeben, es hätte auch wesentlich schlimmer kommen können. Zu diesem Zeitpunkt bin ich noch der Meinung, dass es sich um eine Kleinigkeit handelt. Sicher können wir nach einem kurzen Aufenthalt in der Werkstatt unseren Weg fortsetzen. Positiv denken. Bei meinem Mann funktioniert das immer.

Mit dem positiven Denken war es dann allerdings schnell vorbei. Der Mechaniker sagt mir, dass er für die Reparatur ein Ersatzteil braucht, das er nicht auf Lager hat und erst bestellen muss. Wohlgemerkt, es ist inzwischen Freitagnachmittag, fünfzehn Uhr. Weiterfahren ist nicht mehr. Das Auto kann ich dann am Montag wieder abholen. Montag geht auf keinen Fall, da wir am Sonntag Richtung Italien aufbrechen wollen. „Aber nicht mit diesem Auto", sagt er. Hahaha, selten so gelacht. Na ja, eine Woche später passt auch. Wenigstens etwas. Also ist unser Ausflug somit beendet. Aber wie kommen wir jetzt wieder zurück? Der nächste Hilferuf in Richtung meines Mannes ist fällig. Oh je, die Mädels müssen um siebzehn Uhr abgeholt werden. Passt ja wieder perfekt. Egal, ich kann's nicht ändern.

Natürlich ist mein Holder nicht besonders erfreut, als er hört, dass er uns „einsammeln" muss. „Mist, wie soll ich das dann noch bis siebzehn Uhr nach München schaffen?" Das allerdings weiß ich jetzt auch nicht. Was ich aber weiß, ist, dass ich keine Lust habe, eine Nacht in einem Motel an der Autobahn zu verbringen.

Er macht sich also auf den Weg, der Gute. Wir nehmen bei Burger King eine Stärkung zu uns und warten dort im Garten auf ihn. Wir warten und warten und warten. Kolonnen von Autos fahren an uns vorbei. Ein silberner Pick-up Truck ist nicht in Sicht. Ergo, ich rufe noch mal durch und frage, wo er bleibt. „Ja wo denn schon? Im Stau auf der Autobahn", knurrt er ins Telefon. Um ihn gnädig zu stimmen, spreche ich eine Einladung zum Abendessen aus.

„Ist er jetzt sauer?", fragt meine Schwester.

„Klar, aber das hält bei ihm nie lange an."

Dann fängt es auch noch an, in Strömen zu regnen. Wir bringen uns unter einem kleinen Vordach in Sicherheit. Ins Lokal können wir uns nicht flüchten, damit wir unseren „Retter" nicht übersehen. Noch mal anrufen, um zu fragen, wo er bleibt, traue ich mich jetzt doch nicht mehr. Auch gutmütige Männer sollte man nicht überstrapazieren.

Wie vorausgesagt, hat sich mein Göttergatte auch schon wieder beruhigt, als wir dann bei ihm im Auto sitzen. Ich nehme mir vor, mir seine gute Tat ins Gedächtnis zu rufen, wenn er mich wieder einmal auf die Palme bringt. Ja sicher, das kommt auch vor. Manchmal. Nein, eigentlich öfter.

Inzwischen ist es zu spät geworden, um noch mit der S-Bahn nach München zu fahren. Wir machen uns mit dem Pick-up auf den Weg. Gebe Gott, dass wir einen Parkplatz finden. Sylvia freut sich, denn wir lassen sie auf unserem Weg zum Bahnhof in Schwabing aussteigen. Mit dem Auto nach Hause gefahren zu werden, ist allemal bequemer als mit der S-Bahn. Wenigstens für sie ein angenehmes Ende dieses verrückten Tages. Des einen Leid, des anderen Freud. So war es schon immer.

Die Mädels sind informiert, dass wir später kommen. Hoch lebe das Handy. Natürlich stehen wir im Halteverbot. Mein Mann holt die Mädels und ich bleibe im Auto sitzen. Ich schwitze Blut und Wasser und hoffe, dass kein Polizist des Weges kommt. Das hätte mir jetzt gerade noch gefehlt. Nach Diskussionen über Parkverbote steht mir jetzt wahrlich nicht mehr der Sinn. Ohne weitere unvorhergesehene Ereignisse treffen wir vier dann um zwanzigUhr endlich zu Hause ein.

Und nun? Heute erreiche ich keinen Notar mehr. Sonntag fahren wir bis zum 26. Mai in den Urlaub. Ich brauche dringend einen Termin für den 27. Mai. Klappt das nicht, kann ich die Frist für die Erbausschlagung nicht einhalten. Ich fühle mich ausgelaugt, meine Stimmung ist am Boden. Egal, morgen ist auch noch ein Tag.

18. Mai 2013

Es ist Samstagvormittag, mein Mann und die Mädels sind mit Vorbereitungen für den Campingurlaub beschäftigt.

Ich suche übers Internet einen Notar in Ebersberg. Vorzugsweise einen, der eine E-Mail-Adresse angegeben hat. Telefonisch erreiche ich heute natürlich keinen. Trotzdem muss ich unbedingt sicherstellen, dass ich am 27.05.2013 diesen Termin bekomme. Nachdem ich fündig geworden bin, schreibe ich, dass es um eine Erbausschlagung geht und ich aufgrund des Ablaufs der Ausschlagungsfrist um eine Terminbestätigung um elf Uhr bitte. Jetzt heißt es hoffen und beten.

So, endlich kann ich mich nun auf den Urlaub freuen. Bevor wir abreisen können, müssen wir Bella noch auf der Hunde-Ranch abliefern. Alle unsere üblichen Hundesitter für die vierbeinige Prinzessin sind dieses Mal leider ausgefallen. Wir waren gezwungen, uns etwas anders einfallen zu lassen. Von meiner Chefin wurde mir die Hunde-Ranch sehr empfohlen. Die Ranch wird von einer jungen Irin zusammen mit ihrem Lebensgefährten geführt. Es ist ein großer alter Bauernhof inmitten von Feldern und Wäldern. Die Hunde haben dort tagsüber einen riesigen Auslauf und nachts dürfen sie sich im Innenbereich frei bewegen. Jeder hat sein eigenes Körbchen. Weder tagsüber noch nachts werden sie in Käfige gesperrt. Hört sich perfekt für uns an.

Einen guten Platz für sie zu finden, war uns wichtig. Unsere Bella ist total menschenbezogen und würde es sicherlich nicht ertragen, in einen Käfig gesteckt zu werden. Eirene macht einen sehr netten Eindruck auf uns. Sie liebt Tiere über alles. Von ihrer Professionalität konnten wir uns im Vorfeld bereits überzeugen. Einfach Klasse.

Um sicherzustellen, dass sich unser Hund wohlfühlt und nicht zuletzt, um zu testen, ob sich Bella in die „Hundegemeinschaft" einfügen kann, brachten wir sie bereits vor einer Woche probeweise für einen Tag auf der Ranch unter. Alles ist bestens gelaufen. Wir können unbesorgt in unseren wohlverdienten Urlaub aufbrechen.

Als der Bauernhof vom Auto aus zu sehen ist, wird Bella schon nervös. Sieht für uns ganz nach Vorfreude aus. Sie springt aus dem Auto, läuft schwanzwedelnd auf Eirene zu und verschwindet gleich im Haus, um ihre Freunde zu begrüßen. Von einer Sekunde auf die andere sind wir vergessen. So ein kleiner Pharisäer.

19. Mai 2013

Sehr zu meinem Leidwesen kann ich nicht wie üblich ausschlafen. Meine Lieben wollen so früh wie möglich aufbrechen. Bella Italia ruft.

Warum eigentlich erstaunt es uns nicht, dass unsere kleine Aileen nach einer halben Stunde das erste Mal fragt, wie lange es denn noch dauert, bis wir in Italien sind? Einfach putzig, die Kleinen. Um sie bei Laune zu halten, machen wir mehrere Pinkelpausen.

Kurz vor der imaginären italienischen Grenze müssen wir tanken. Während Werner bezahlt, macht sich ein junger Mann daran, die Scheiben des Dodge zu säubern. Seine verstohlenen Blicke zur Rückbank bemerke ich schnell. Verständlich, die 15-jährige Noreen sieht wirklich schnuckelig aus. Ich muss herzlich lachen, als er mich fragt, ob ich denn noch einen Schwiegersohn für meine Tochter suchen würde. Na, das ist wenigstens mal eine ausgefallene Anmache. Natürlich kläre ich ihn nicht darüber auf, dass ich eigentlich die stolze „Oma" bin.

Am frühen Nachmittag kommen wir am Ziel unserer Wünsche an. Wir finden einen Campingplatz, an dem auch für die Kids einiges geboten wird. Schließlich müssen die beiden bei Laune gehalten werden. Zum Check-in müssen wir nicht einmal aussteigen. Ein sehr netter Angestellter erledigt alle Formalitäten für uns. Super Service. Es scheint sich einiges geändert zu haben, seit ich das letzte Mal am Lido campen war.

Trotz Pfingstferien gibt es noch viele freie Plätze. Wir haben die Qual der Wahl und entscheiden uns schließlich für einen Platz nahe am Meer. Dafür sind die Sanitäranlagen etwas weiter entfernt. Perfekt für meine schwache Blase. Aber man kann eben nicht alles haben. Prioritäten müssen gesetzt werden. Von der Sauberkeit, die hier herrscht, bin ich mehr als angenehm überrascht. Davon könnte sich so manches Hotel ein Stück abschneiden. Von wegen Campen ist unsauber und nicht komfortabel. Blödsinn.

Während Werner und Noreen das Zelt aufstellen, pumpe ich schon mal die Luftmatratzen auf. Die kleine Aileen beobachtet uns gelangweilt vom Autofenster aus. Ihr Einsatz beschränkt sich auf ständiges Fragen, wie lange es noch dauert und was wir denn machen, wann endlich einmal alles fertig ist.

Schon nach kurzer Zeit gesellen sich ein Junge und ein Mädchen zu uns. Sie wollen mir unbedingt beim Aufpumpen der Luftmatratzen helfen. Ich werde darüber aufgeklärt, dass der Junge sechs Jahre, das Mädchen fünf Jahre ist. Auf meine Frage, woher sie denn kommen, antworten mir beide mit stolzgeschwellter Brust: „Aus Deutschland." Na ja, im Grunde ist das auch Aussage genug. Der kleine Jonas kann das Gebiet dann immerhin noch etwas eingrenzen. Er kommt aus Starnberg und natürlich geht er schon zur Schule. Die kleine Mia kann oder will ihr Geheimnis nicht preisgeben.

Mit der Ausdauer, die Kinder manchmal an den Tag legen können, überzeugten sie mich dann davon, dass ich ihnen Luftmatratze und Pumpe überlasse. Natürlich halte ich eigentlich nichts von Kinderarbeit. Aber wer kann bittenden Kinderaugen auf Dauer schon widerstehen? Der Einsatz ist groß, die Kraft hat schnell nachgelassen. Wobei ich hervorheben muss, dass Mia die Ausdauernde von beiden ist. Als sich die Farbe ihrer Wangen dann allerdings langsam kirschrot färbt, übernehme ich das Ruder wieder.

Ein junger Mann kommt auf mich zu und fragt, ob er mir seine elektrische Pumpe leihen soll. Vielen Dank, nicht nötig, ich bin fast fertig. Mist, hätte der nicht eine halbe Stunde früher kommen können? Anschließend eile ich zur Hilfestellung beim Zeltaufbau. Das Grundgerüst steht und ich bezweifle stark, dass es in diesem Zelt zwei Schlafkabinen gibt. Das nämlich hatte mein Mann zu Hause behauptet. Ich habe mir darüber dann keine weiteren Gedanken gemacht. Meine Einwände werden wieder mal mit einer kurzen Handbewegung weggewischt. Egal, es wird sich ja gleich herausstellen.

Natürlich habe ich (ausnahmsweise) recht. Tatsächlich müssen wir mit nur einer Kabine auskommen. Etwas klein für vier Personen. Na ja, dreieinhalb (sorry, Aileen). Platz findet sich hier lediglich für unsere Doppelmatratze und eine normale Luma. Noreen beschließt, die Nacht im Pick-up zu verbringen.

Wer arbeitet, muss auch essen. Also lassen wir uns im Anschluss an die „Bauarbeiten" erst mal das leckere Essen in einem der italienischen Restaurants am Platz schmecken. Gesättigt gehen wir auf Erkundungstour, um uns mit den örtlichen Gegebenheiten vertraut zu machen. Der Campingplatz ähnelt einem kleinen Dorf.

Neben diversen Restaurants gibt es noch eine Eisdiele, eine Spielhalle, verschiedene Supermärkte, mehrere Poolanlagen und einige Boutiquen. Alles, was man fürs „Dolce Vita" benötigt, ist vorhanden. Auch das Angebot an Veranstaltungen ist groß. Langweilig wird es uns hier bestimmt nicht werden.

Nach dem langen Tag müde geworden, legen wir uns schlafen. Im Schlafzelt fällt mir sofort auf, dass unsere Doppelmatratze platt wie eine Flunder ist. Anscheinend ein Loch, das wir vorher nicht entdeckt hatten. Jetzt ist mir auch klar, warum ich extrem lange brauchte, bis die Matratze aufgeblasen war. Was soll's, von solchen Kleinigkeiten lassen wir uns die Laune nicht verderben. Kurzum werden die beiden Plastikmatratzen, die eigentlich fürs Wasser bestimmt waren, aufgeblasen. Wir legen uns nieder und schlafen wie die Bären.

Also, wir im Zelt schliefen wie die Bären. Noreen, die immerhin eine Größe von 1,75 m vorweisen kann, hat im Pick-up keine wirklich erholsame Nacht verbracht. In der zweiten Nacht schlägt die kleine Aileen vor, es sich im Pick-up bequem zu machen. Ich bin überrascht, denn eigentlich ist sie ängstlich und wollte ausschließlich bei uns schlafen. Anscheinend fühlt sie sich im Auto sicher.

Als wir am nächsten Morgen aufwachen, befinden wir uns alleine im Zelt. Noreen ist nicht zu sehen. Als wir Erwachsenen eingeschlafen waren, flüchtete sie, aufgrund des anschwellenden Geräuschpegels im Zelt, ins Auto. Das Schnarchen meines Göttergatten ist aber auch kaum zu ertragen. Im Gegensatz zu mir noch unwissend, hatte sie keine Ohrenstöpsel zur Hand. In der Tat sind die gelben Ohrenstöpsel nachts für mich unverzichtbar und quasi unser Beziehungsretter.

Zu Anfang unserer Beziehung wäre ich an so manchem Morgen, nach einer durchwachten Nacht, durchaus zu einem Mord fähig gewesen. Oft bin ich aus dem Schafzimmer regelrecht ins Wohnzimmer geflohen. Obwohl durch zwei geschlossene Türen getrennt, wurde ich von seinem „Gesäge" immer noch verfolgt. Schnarchen als Scheidungsgrund konnte ich durchaus nachvollziehen. Dann traten die Ohrenstöpsel in unser Leben. Alles ist gut.

Den Rest des Urlaubs schlafen also beide Mädels im Auto. Gut, dass wir Meister im Improvisieren sind. Wir stellen fest, dass das Zelt, das wir jahrelang nicht mehr in Gebrauch hatten, im Dach unzählige kleine Löcher aufweist. Da nachts Regen erwartet wird, werfen wir zu unserem Schutz vorsichtshalber eine große orange Plane darüber.

Unser Zeltplatz ist schnell zur Anlaufstelle für einige kleine Jungs geworden. Das Zugpferd ist der Dogde RAM. Ein Auto, das nicht nur die Herzen kleiner Männer höherschlagen lässt. Der kleine Jonas verbringt viel Zeit damit, die Ladefläche mit einem Besen von heruntergefallenem Laub zu befreien. Nicht nur für ihn, auch für einige andere Jungs ist das offensichtlich der ideale Spielplatz geworden. Großer Vorteil für ihre Mütter. Ab sofort wissen diese genau, wo sie ihre Sprösslinge finden können.

Am dritten Tag suche ich ein Internetcafé auf. Praktischerweise ist das auch am Campus vorhanden. Vorsichtshalber möchte ich mich vergewissern, dass der Notartermin bestätigt wurde. Leider ist keine Bestätigung eingegangen. Wäre auch zu schön gewesen.

Gott sei Dank habe ich mein Handy dabei. Zwar ausgeschaltet, aber immerhin dabei. Nachdem ich die PIN eingegeben habe, stelle ich fest, dass ich drei Nachrichten von meiner Schwester bekommen habe. Aufgeregt bittet sie mich, sie dringend zurückzurufen. Es gibt Probleme mit meinem Auto. Na, das passt ja mal wieder. Trotzdem ist meine erste Priorität der Anruf beim Notar.

Die Dame im Sekretariat sagt mir, dass der Termin noch nicht bestätigt werden konnte. Es würden zur Vorbereitung der Ausschlagungsurkunde noch einige Angaben benötigt. Schon wieder etwas gelernt.

Warum ich die kompletten Unterlagen mit in den Urlaub genommen habe, weiß ich wirklich nicht. Intuition wahrscheinlich. Immerhin kann ich dadurch sofort alle noch offenen Fragen beantworten. Die Erbausschlagung kann somit vorbereitet werden, der angefragte Termin steht. Wenn's läuft, dann läuft's eben.

Das Gespräch mit meiner Schwester verläuft weniger angenehm. Die Werkstatt hatte sich bei ihr gemeldet und wollte grünes Licht für die Reparatur. Der Kostenvoranschlag in Höhe von 250 Euro hatte sich zwischenzeitlich auf 600 Euro erhöht. Es war mehr beschädigt, als ursprünglich an-genommen. Sylvia wollte ihr Go natürlich nicht ohne vorherige Rücksprache mit mir geben. Na super, das hatte mir gerade noch gefehlt. Aber was soll ich machen? Ich bin auf mein Auto angewiesen.

Außen hui, innen pfui. Das habe ich nun davon, dass ich bei dem dunkelblauen Golf Cabrio nur nach dem Aussehen gegangen bin. Die 14 Jahre, die er schon auf dem Buckel hatte, und die 145.000 km habe ich einfach außer Acht gelassen. Wenn ich mir etwas unbedingt einbilde, kann auch ich manchmal naiv sein. Bei Männern und Autos sollte man eben nicht nur nach dem Aussehen gehen. Kein Augenmerk auf die inneren Werte zu legen, hat sich bei keinem von beiden je bewährt. Da bleibt Lehrgeld bezahlen leider nicht aus. Daran bin ich wohl jetzt selbst schuld.

Während der nächsten zwei Stunden lasse ich mir von dieser Nachricht doch tatsächlich die gute Laune verderben. Mein positiv denkender Göttergatte überzeugt mich jedoch dann wieder einmal davon, zu vergessen, was ich nun mal nicht ändern kann. Ich pflichte ihm bei und genieße weiterhin die schönen Tage mit meinen Lieben. Allerdings nur bis Freitag.

24. Mai 2013

Während des Frühstücks beginnt es zu regnen. Im Laufe des Vormittags regnet es sich ein. Noreen flüchtet ins Auto und legt sich noch ein bisschen aufs Ohr. Werner, Aileen und ich machen es uns auf unseren Campingstühlen im Vorzelt „gemütlich".

Ich habe zu meinem Bedauern vergessen, Gesellschaftsspiele einzupacken. Also erinnere ich mich an: „Ich sehe was, was du nicht siehst, und das ist …" und: "Ich packe meinen Koffer und nehme mit …". Wir haben unseren Spaß dabei, aber nach zwei Stunden beginnt auch das langweilig zu werden. Besonders für uns Erwachsene. Aileen könnte diese Spiele offensichtlich bis ins Unendliche ausdehnen.

Werner, ein Freund von schnellen Entscheidungen, beschließt, unsere Zelte (im wahrsten Sinne des Wortes) abzubrechen. Bei strömendem Regen werden in aller Schnelle die Koffer gepackt. Das Zelt, das seine besten Zeiten sowieso bereits hinter sich hat, wird gleich an Ort und Stelle entsorgt.

Als der kleine Jonas unsere Aktivitäten bemerkt, kommt er sofort angerannt und fragt uns, was wir denn da machen. Sein trauriger Blick, als er von unserer Abreise erfährt, gilt wohl eher dem Verlust „seines" Dodge RAM als uns.

Nachdem wir uns notdürftig „trockengelegt" haben, machen wir uns auf den Heimweg. Natürlich alle ein bisschen traurig über das plötzliche Ende unseres Urlaubs.

Das schlechte Wetter begleitet uns während der ganzen Fahrt. Als wir die imaginäre Grenze nach Österreich überschreiten, geht der Regen in Schneeregen über. Wir trauen unseren Augen kaum, als wir weiße Dächer und verschneite Berghänge entdecken. An einer Tankstelle spricht mich ein Mann an und fragt, ob wir auch vom Meer kommen. Lachend bejahe ich seine Frage und sage: „Ja, und jetzt fahren wir gleich im Anschluss in den Skiurlaub." Was für ein verrücktes Jahr. Sogar das Wetter schlägt Kapriolen.

Total müde und erschöpft kommen wir schließlich kurz vor Mitternacht, bei immer noch strömendem Regen, zu Hause an. Ein ungemütliches, eiskaltes Haus erwartet uns. Auspacken ist heute nicht mehr. Wir lassen alles stehen und liegen, wickeln uns in dicke Decken ein und schlafen erst mal den Schlaf der Gerechten. Die Arbeit nimmt uns sowieso keiner weg und morgen ist auch noch ein Tag.

25. Mai 2013

Das Wichtigste heute ist erst mal, unsere Bella nach Hause zu holen. Wir sind gespannt, ob sie sich auch anständig aufgeführt hat, der kleine Rabauke.

Kaum auf der Hunde-Ranch angekommen, öffnet sich die Tür und Eirene spaziert uns mit Bella entgegen. Die Vierbeinige führt sich auf wie eine Verrückte, als sie uns zu Gesicht bekommt. Wie immer, wenn sie sich freut, dreht sie mit einem Affenzahn einige Runden auf dem Gelände, springt abwechselnd an jedem von uns hoch und schlabbert uns mit ihrer feuchten Zunge übers Gesicht.

Eirene berichtet, dass sich die Kleine gut in die Gemeinschaft eingefügt hat. Nichtsdestotrotz hat sie „ihre" Sachen erfolgreich verteidigt. Das von ihr auserkorene Körbchen wurde eines Tages von einem etwa viermal so großen schwarzen Rüden belegt. Unsere Bella lief daraufhin fuchsteufelswild und laut bellend wie eine Furie quer durch das Zimmer und stürzte sich auf ihn. Der Rüde räumte sofort das Feld. Der Klügere gibt eben nach.

Eirene versichert uns, dass wir im Bedarfsfall jederzeit wieder einen Platz bei ihr buchen können. Sobald die Autotür geöffnet ist, springt Bella in Windeseile als Erste hinein. Wahrscheinlich, damit wir sie nur ja nicht hierlassen können. Ihr Rudel ist endlich wieder komplett. Wir können uns auf den Heimweg machen.

Am Nachmittag bringt Werner die Mädels zum Bahnhof nach München. Italien ist Vergangenheit, jetzt haben sie es auf einmal eilig, wieder nach Hause zu kommen. Steht doch noch ein Urlaub auf dem Reiterhof mit den anderen Großeltern an. Für sie hoffe ich, dass ihnen der Dauerregen keinen Strich durch die Rechnung macht.

Wir verbringen das restliche Wochenende damit, die Koffer auszupacken, Wäsche zu waschen und die üblichen Arbeiten zu verrichten, die nach einem Campingurlaub nun mal leider unumgänglich sind.

27. Mai 2013

Am Montag hat uns dann der Alltag wieder und der „Erledigungsmarathon" kann beginnen. Der Termin beim Notar geht schnell und problemlos über die Bühne. Die Unterlagen sind perfekt vorbereitet. Nachdem die Unterschriften geleistet sind und die unvermeidliche Bearbeitungsgebühr bezahlt wurde, machen wir uns auf den Weg zum Amtsgericht. Als ich die Erbausschlagung dort persönlich abgegeben hatte, packt mich dann doch die Neugierde. Nachdem wir jetzt schon mal hier sind, möchte ich dann doch einen Blick auf das Haus meines in Armut verblichenen Vaters werfen.

Obwohl nicht gerade begeistert von meiner Idee, fährt mich mein Göttergatte dann doch dorthin. Das Navi zeigt uns den Weg. Natürlich parkt er um die Ecke und geht, während ich langsam an dem Anwesen vorbeispaziere, mit Bella lieber Gassi.

Nicht schlecht, Herr Specht. Hier lässt es sich leben. Das hat sich doch gelohnt für die Tussi. Ein Auto steht in der Einfahrt und es brennt Licht. Die Dame ist also zu Hause. Als ich wieder im Auto sitze, verspüre ich einen leichten Druck auf die Blase. Lachend sage ich zu Werner: „Eigentlich könnte ich doch läuten, mich kurz vorstellen und fragen, ob ich die Toilette benutzen darf." Als wir uns ihr verdutztes Gesicht vorstellen, brechen wir beide in schallendes Gelächter aus.

Schade eigentlich, dass ich das nicht im Kreuz habe. Meiner Schwester würde ich das wohl zutrauen. Wir kehren dem Anwesen wieder den Rücken und machen uns auf den Weg, mein hoffentlich wieder fahrtüchtiges Auto aus der Werkstatt abzuholen.

Meistens kommt es anders, als man denkt. Schlussendlich bezahle ich sage und schreibe 700 Euro für die Reparatur. Da kommt Freude auf. Als ich mir die Rechnung genauer anschaue, stelle ich fest, dass exakt die gleiche Reparatur bereits im November letzten Jahres in einer anderen Werkstatt durchgeführt wurde. 600 Euro hatte ich damals bereits dafür bezahlt. Das riecht nach Reklamation. Alle paar Monate ein paar Hundert Euro für den Einbau der gleichen Ersatzteile zu bezahlen, das sehe ich nun absolut nicht ein. Einen „Geldscheißer" habe ich nun wirklich nicht. Ich denke sogar daran, die ausgebauten defekten Teile als Beweismittel mitzunehmen.

Nachdem ich beim Anwalt noch die Kopie der Erbausschlagung abgegeben habe, mache ich mir dann noch einen gemütlichen Abend. Ab morgen hat mich der Alltag dann erst einmal wieder.

Wie ich von Sylvia noch erfahre, hat auch sie ihre Kopie bereits an den Anwalt geschickt. Uns bleibt nun nichts weiter übrig, als den weiteren Verlauf des „Dramas" abzuwarten. Darin haben wir in der Zwischenzeit ja Übung.

22. Juni 2013

Der Anwalt ist tätig geworden und hat die Tussi nochmals angeschrieben. Die Kopie seines Schreibens bekomme ich heute zu Gesicht.

Er weist sie darauf hin, dass die bereits erteilte „Auskunft", weder Zuwendungen noch Schenkungen erhalten zu haben, nachweislich falsch ist. Wird doch im uns vorliegenden Erbvertrag darauf verwiesen, dass sie vom Erblasser ein Darlehen in unbekannter Höhe erhalten hat und dass dieser sowohl die laufenden Zinsen als auch die Tilgungen für das Grundstück nebst Haus übernommen hat.

Zum Nachlass gehört somit diese Forderung gegen sie in unbekannter Höhe, die ihr gemäß vorgenanntem Erbvertrag „vermächtnisweise" erlassen wurde. Da wir das Erbe abgelehnt haben, ist der Erbvertrag für uns nicht mehr bindend und wir bestehen auf Auszahlung des Pflichtteilergänzungsanspruchs.

Er gibt ihr nochmals die Gelegenheit, die offensichtlich unvollständige Auskunft zu ergänzen. Nicht ohne darauf hinzuweisen, dass wir darauf bestehen werden, dass sie an Eides statt versichert, dass der Bestand nach bestem Wissen und Gewissen angegeben wurde. Unsererseits besteht mehr als hinreichend Grund zu der Annahme, dass die Auskunft nicht mit der erforderlichen Sorgfalt ausgestellt wurde.

Fristende für ihre Antwort ist der 5. Juli 2013.

2. Juli 2013

Noch vor Ablauf dieser Frist erhalte ich die Kopie eines Schreibens des gegnerischen Anwalts. Anscheinend hat sie nun doch festgestellt, dass wir nicht so leicht klein beigeben werden. Merkwürdig finde ich, dass es sich dabei um einen Fachanwalt für Verkehrsrecht handelt. Na, wahrscheinlich ein guter Bekannter aus dem Golfclub und somit der „Upperclass" ihres Wohnorts.

Dieser bestätigt noch einmal, dass seine Mandantin nach der Eheschließung keinerlei anrechnungspflichtige Zuwendungen erhalten hat. Insbesondere der Darlehensvertrag, der in Kopie beigelegt wird, wurde bereits vor Eheschließung vollständig zurückgezahlt.

Durch den Darlehensvertrag der Bank erfahren wir nun auch, um welchen Betrag es eigentlich geht. Merkwürdigerweise fast genau der Betrag, der bei Verkauf des Hauses in Sittenbach erzielt werden konnte. Ein nettes Sümmchen.

Warum uns dieser Vertrag interessieren sollte, kann ich allerdings nicht nachvollziehen. Basiert doch unsere Forderung nicht auf dem Darlehen der Bank, sondern auf dem Darlehen, das unser Vater ihr für eben diese Rückzahlung gegeben hatte. Ergo wollen wir nicht wissen, ob sie das Darlehen an die Bank zurückgezahlt hat. Wir wollen wissen, ob und wann unser Vater das Geld wieder von ihr zurückbekommen hatte.

Den Satz „Das versichert meine Mandantin an Eides statt" hätte er sich sparen können. Den Eid soll sie doch bitte schön vor Gericht ablegen, im Beisein meiner

Schwester und mir. Weitaus interessanter ist da für mich schon der zweite Teil des Schreibens, der sich auf meinen Brief an sie bezieht. Die Dame beschwert sich darüber, dass ich ihr einen persönlichen Brief geschrieben habe, in dem ich ihr, ungefragt, mutmaßliche Details aus dem Privatleben des Verstorbenen aufgedrängt habe und sie als „schäbig" bezeichnet hätte.

Guter Ansatz, das muss ich mir merken. Auch ich bekomme hin und wieder Schreiben, in denen mir ungefragt Details aufs Auge gedrückt werden. Das Finanzamt steht dabei an erster Stelle. Vielleicht kann ich auch mal versuchen, diese dann auf diese Weise abzuschmettern. Einen Versuch ist es allemal wert.

Zudem scheint sie den Inhalt meines Briefes teilweise nicht richtig verstanden zu haben. Mit keinem Wort habe ich sie persönlich als schäbig bezeichnet. Vielleicht hätte ich mich einfacher ausdrücken sollen. Wahrscheinlich habe ich mehr Intelligenz, als tatsächlich vorhanden, vorausgesetzt. Warum fällt mir in diesem Zusammenhang jetzt einer meiner Lieblingssprüche ein? „Wenn du nicht mit Intelligenz überzeugen kannst, dann verwirre durch Schwachsinn."

Dies bestätigt dann auch der abschließende Satz, in dem er in ihrem Namen darauf hinweist, dass die Dame keine weitere Kontaktaufnahme mehr wünscht. Dies würde auch ganz besonders für nächtliche Telefonanrufe gelten.

Als Kontaktaufnahme kann mein Brief wohl kaum verstanden werden. Anrufen würde ich in der Tat nur Menschen, denen ich auch tatsächlich etwas zu sagen habe. Den Sinn nächtlicher Anrufe, bei denen dann aufgelegt wird, konnte ich noch nie nachvollziehen. Kompletter Schwachsinn.

Mit so viel Aufmerksamkeit ihrerseits hätte ich gar nicht gerechnet. Anscheinend ist die Dame doch nicht so abgebrüht, wie meine Schwester und ich angenommen haben. Könnte es unter Umständen sein, dass ich direkt ins Schwarze getroffen habe? Ihre Reaktion könnte fast zu dieser Annahme führen. Ich könnte wetten, dass sie niemals irgendwelche nächtlichen Anrufe bekommen hat. Leute, die sich ertappt und an die Wand gedrückt fühlen, kommen auf die merkwürdigsten Ideen. Das weiß man ja und Angriff war bekanntlich schon immer die beste Verteidigung.

Meine Schwester meldet sich wieder zu Wort. Auch sie hat das Anwaltsschreiben in Kopie erhalten. Sie befürchtet, dass ich mich darüber aufregen könnte, und möchte mir Trost spenden. Nett, dass sie sich um mein Gefühlsleben sorgt, aber in diesem Fall absolut nicht notwendig.

Der Anwalt bittet per E-Mail um einen Besprechungstermin.

8. Juli 2013

Damit er sich selbst ein Bild machen kann, lege ich dem Anwalt eine Kopie besagten Briefes vor. Natürlich bestätigt er mir, dass ich sie in keiner Weise persönlich angegriffen habe. Es wurden lediglich meine Gedanken und Empfindungen weitergegeben.

Die Gerichte müssen sich bereits mit viel zu vielen schwachsinnigen und lächerlichen Klagen herumschlagen. Wäre ich nicht dieser Meinung, würde ich durchaus in Betracht ziehen, hinsichtlich der Unterstellung nächtlicher Anrufe, eine Anzeige wegen Verleumdung einzureichen. Durch Einzelverbindungsnachweise, sowohl vom Handy als auch vom Festnetz, könnte ich ohne Probleme nachweisen, dass ich ihre Telefonnummer niemals angewählt habe. Zudem sind mir kindische Handlungsweisen wie diese ohnehin viel zu anstrengend.

Er rät mir, die Unterstellungen einfach zu ignorieren, da diese mit der Sache an sich ohnehin überhaupt nichts zu tun haben. Seine Meinung, sowohl über den Intelligenzgrad der Dame als auch die Kompetenz ihres Anwalts, gebe ich an dieser Stelle lieber nicht wörtlich weiter.

Von weiteren Kontaktaufnahmen soll ich aber künftig besser absehen. Kein Problem, das hatte ich auch nie vor. Die Dinge, die mich beschäftigten, konnte ich mir von der Seele schreiben. Dass mir ihre überspitzte Reaktion eine unerwartete Befriedigung verschafft, will ich nicht bestreiten. Alles gut.

Endlich können wir nun über Fakten reden. Er klärt mich über die Gesetzeslage bezüglich des Pflichtteilergänzungsanspruchs auf. Für den Fall, dass sie daran festhält, das Darlehen an Vater zurückbezahlt zu haben, sieht es nicht so rosig für uns aus. Was ich zu hören bekomme, haut mich fast von den Socken. Privatpersonen müssen ihre Behauptungen NICHT belegen. Es bleibt uns dann lediglich die Möglichkeit, Klage einzureichen und sie eventuell dazu verdonnern zu lassen, dies durch Eid vor Gericht zu bezeugen.

Wie in vielen anderen Fällen hat uns der Gesetzgeber auch hier wieder einmal ein schönes Ei gelegt. Recht haben heißt, wahrscheinlich nicht nur in Deutschland, eben nicht automatisch auch recht bekommen.

Ein im Nachhinein nachweisbarer Meineid wird als kriminelle Tat geahndet und kann durchaus „Ferien auf Staatskosten" nach sich ziehen. Laut Anwalt würden sich auf Androhung eines zu leistenden Eids viele Menschen doch noch überlegen, die ursprünglich gemachten Angaben zu korrigieren. Ich denke allerdings, dass es auch genug skrupellose Menschen gibt, die ohne mit der Wimper zu zucken einen Meineid ablegen. Insbesondere, wenn sie der Meinung sind, dass ihnen keiner etwas nachweisen kann. In welche Kategorie kann die Dame wohl eingeordnet werden?

Der Anwalt legt mir nahe, noch mal in mich zu gehen. Vielleicht fällt mir doch noch eine Möglichkeit ein, an detailliertere Informationen bezüglich der Rückzahlung des Darlehens zu kommen. Diese Hoffnung muss ich ihm leider nehmen, da sich Vater garantiert bei niemandem über finanzielle Angelegenheiten ausgelassen hat. Trotzdem verspreche ich, bei unserem geplanten Familientreffen meine Tante danach zu fragen.

Am Abend informiere ich meine Schwester über das Resultat des Termins. Sie wirkt sehr niedergeschlagen, nimmt sich die Geschehnisse wesentlich mehr zu Herzen, als ich das tue. „Gibt es denn wirklich keine Gerechtigkeit auf der Welt? Mein Gott, was haben wir eigentlich für einen Vater gehabt?" Diese Frage kann schnell beantwortet werden. Wie hatte sich doch der Anwalt ausgedrückt? „Ihr Vater war ein Lügner und genialer Betrüger." Ja, das trifft wohl exakt den Punkt. Je schneller Sylvia das akzeptiert, desto besser für sie.

Natürlich kann ich ihre Gefühle verstehen. Ist sie doch im Grunde ihr ganzes Leben lang immer und immer wieder beschissen worden. Trotzdem können wir die Fakten nicht ändern. Nach vielen Wochen der Enttäuschung und Aufregung komme ich für mich immer mehr zu dem Entschluss, mir mein Leben davon nicht länger vermiesen zu lassen. Ich habe vorher entspannt gelebt und ich werde das auch nach Abschluss dieser unerfreulichen Angelegenheit wieder tun.

Jetzt freue ich mich erst mal wieder auf ein paar Tage Italien. Wir haben Karten für das Open Air von Rammstein, das in der Nähe von Udine stattfindet. Dorthin werden wir am Donnerstag aufbrechen, uns mit einigen Freunden treffen und ein paar (hoffentlich) schöne Tage genießen.

Rammmmsteiiiiin

Bei herrlichstem Sonnenschein machen wir uns am 11. Juli 2013 vormittags auf den Weg zur Villa Manin. Rammstein, eine deutsche Hardrock-Band, wurde bereits vor der Wende im Osten Deutschlands gegründet. Die Texte der Band beschäftigen sich mit tabuisierten, kontroversen und vor allem schambesetzten Themen wie Homosexualität, Missbrauch, Inzest, Kannibalismus, Sextourismus, Asyl-bewerbern …

Aufgrund der mehrdeutigen harten Texte wird die Band nur sehr eingeschränkt von deutschen Radiosendern gespielt. Im Grunde bin ich kein großer Fan des Hardrock. Da ich aber schon viel über die grandiosen Bühnenshows gehört habe, möchte ich jetzt unbedingt einmal ein Konzert live erleben. Rammstein arbeitet viel mit Feuer und die Brandschutzbestimmungen in Italien sind wesentlich lockerer als in Deutschland. Uns erwartet hier sicherlich ein tolles Spektakel.

Am frühen Nachmittag kommen wir bei brütender Hitze in dem kleinen beschaulichen Ort, der die Villa Manin umgibt, an. Die Beschaulichkeit wird sich heute kurzfristig in einen brodelnden Hexenkessel verwandeln. Bis auf eine wurden alle Straßen in dem Örtchen gesperrt. Das Polizeiaufgebot ist groß. Als wir langsam an einer kleinen Kneipe vorbeifahren, sehen wir schon Werners Tochter mit Freund wild winkend in dem kleinen Garten sitzen. Nachdem wir unser Auto auf dem etwas entfernten Parkplatz abgestellt haben, gesellen wir uns zu ihnen.

Noch sind relativ wenig Leute angekommen. Im Laufe des Nachmittags sollte sich das schlagartig ändern. Wir genießen die vorläufige Ruhe und lassen das fröhliche Treiben um uns herum auf uns einwirken.

Die Fans der Gruppe sind breit gefächert. Von zehn bis achtzig Jahren, vom Punk bis hin zum Rechtsanwalt in teuren Punkklamotten ist alles vertreten. Die Menschen kommen aus ganz Europa. Sogar aus Russland und Japan sind einige angereist. Was die Politiker dieser Welt nicht fertigbringen, das schafft die Musik. Sie vereint alle Menschen, und zwar in Frieden.

Ein junger Mann schafft es kurzzeitig, mir fast den letzten Nerv zu rauben. Nach offensichtlich extrem hohem Biergenuss bei glühender Hitze brüllt er alle paar Minuten aus vollem Hals „Raaammmmmsteiiiin". Nachdem keiner der Anwesenden in sein Gebrüll einstimmt, versucht er es wahlweise mit „Seminooooo Rossssiiiiii". Daraufhin hatte er natürlich alle Lacher auf seiner Seite. Ich befürchte nur, dass er vom Konzert nicht mehr viel mitbekommen wird, sollte er so weitermachen.

Jetzt sind wir vollzählig. Alle unsere Freunde sind in der Zwischenzeit eingetroffen. Bevor wir das Gelände betreten können, müssen wir noch unsere vorher im Internet bestellten Eintrittskarten abholen. Die Karten sind personalisiert und werden nur gegen Vorlage eines gültigen Personalausweises ausgehändigt. Damit will die Band verhindern, dass Preise auf dem Schwarzmarkt durch ominöse Geschäftemacher in schwindelnde Höhen getrieben werden. Eine Einstellung, die mir sehr gut gefällt.

Kurz bevor wir uns auf den Weg machen wollen, kommt plötzlich starker Wind auf. Ich befürchte, das ist der Vorbote eines Gewitters. Mein Göttergatte wischt meine „schüchtern" geäußerten Bedenken mit einem knappen „Blödsinn" zur Seite. Was er nicht will, passiert auch nicht. Nun, sein Draht zum italienischen Wettergott scheint nicht der beste zu sein. Es fängt an zu regnen.

Werner holt unseren Schirm aus dem Auto. Gesteigerte Lust darauf, nass zu werden, hat er nicht. Der Optimist meint, wir kommen mit diesem „Schlaginstrument" tatsächlich in das Gelände. Wie (von mir) vorhergesehen, wird uns der Regenschirm abgenommen und kurzerhand auf die bereits aufgehäuften anderen Schirme geworfen.

Die Location ist malerisch. Ein altes wunderschönes Schloss umrahmt von einem Kranz kleinerer Gebäude mit Torbögen. Im riesigen Innengelände ist eine imposante Bühne aufgebaut. Als wir uns vor einem riesigen Truck in Stellung gebracht haben, beginnt es wie aus Eimern zu schütten. Im Gegensatz zu uns hatten unsere Freunde an Regenjacken gedacht. Ja, die hätten wir auch. Liegen natürlich, wie immer, wenn wir sie brauchen könnten, zu Hause in der Schublade. Zu unserem Trost stellten wir bald fest, dass die Regenjacken bei diesem extremen Unwetter auf Dauer auch keinen Schutz bildeten.

Natürlich sind die wenigen geschützten Plätze bereits von einer Menschenmasse belagert. Innerhalb weniger Minuten verwandeln wir uns in getaufte Mäuse und sind bis auf die Unterwäsche durchnässt. Der aufgekommene Wind ist alles andere als warm. Wir beginnen zu frieren. Der Konzertbeginn verzögert sich. Wir beschließen, vorerst zum Auto zurückzulaufen. Nicht ohne uns vorher beim Security-Mann am Eingang zu vergewissern, dass er uns später auch wieder auf das Gelände lässt. Sobald man dieses verlassen hat, darf man normalerweise nicht wieder zurück. Wie (fast) immer sind wir optimistisch und vertrauen seinem ehrlichen Gesicht.

Umständlich entledigen wir uns im Auto der nassen Klamotten und warten, eingewickelt in warme Decken, erst mal ab. Nach ungefähr eineinhalb Stunden lässt der Regen merklich nach. Wir starten noch einmal einen Anlauf. Kurz vor dem Einlass treffen wir auf ein äußerst verärgertes Pärchen, das wir am Nachmittag kennengelernt hatten.

Mit den Worten „Dieser Idiot am Einlass weigert sich, uns wieder auf das Gelände zu lassen" laufen sie zum Parkplatz zurück. Na, das sind ja tolle Aussichten. Wir haben Glück, unsere Gesichter hat er sich gemerkt. Ohne jegliche Probleme lässt er uns wieder durch. Bei unserer Platzwahl gehen wir dieses Mal schlauer vor. Wir lassen uns ganz in der Nähe eines Torbogengangs nieder und tun gut daran. Der Regen, begleitet von Blitz und Donner, kommt in unregelmäßigen Abständen wieder. Das Konzert beginnt sehr zeitverzögert. Rammstein betritt erst gegen halb zwölf die Bühne.

Die Show ist perfekt, die Pyrotechnik leistet ganze Arbeit. Tausende Menschen, egal ob deutschsprachig, Russen oder Japaner, grölen aus vollen Kehlen die Texte mit. Sicher bin ich mir nicht, ob sie auch verstehen, was sie „singen". Egal, der Atmosphäre tut das keinen Abbruch.

Je nach Intensität des Regens wandern wir ständig zwischen freiem Gelände und Unterstand hin und her. Vom Unterstand aus wird uns allerdings der Blick auf die Bühne versperrt. Alles, was wir hier sehen können, ist die Rückseite der in einer Reihe aufgestellten Toiletten. Wieder einmal hat mein Mann eine seiner phänomenalen Ideen. Eng nebeneinander stellen wir uns in eine Toilette. Werner hält mit seinem rechten Arm die Türe auf und wir „genießen" das Konzert nun überdacht. So alt kann man gar nicht werden, dass man nicht immer wieder etwas Neues erlebt. Aus einer Toilette habe ich bisher auch noch kein Konzert verfolgt.

Der Rückzug der Massen nach Ende des Konzerts läuft unerwartet zivilisiert ab. Wir verbringen die folgende Nacht im Auto. Nur mein Mann macht es sich hinter dem Wagen auf einer Luftmatratze bequem. Ich hoffe nur, dass er vom nächsten Regenguss nicht weggeschwemmt wird. Dann habe ich keinen Fahrer mehr.

Die extrem schlecht verbrachte Nacht im Auto lässt mich zum Frühaufsteher werden. Unsere Freunde stehen bereits um sieben Uhr wieder auf der Matte. Zu zweit im

BMW Cabrio schläft man nicht wirklich gut. Im Gegensatz zu uns wollen sie sich nun so schnell wie möglich ans Meer begeben. Wir beschließen, uns erst wieder am Campingplatz „Scarpiland" zu treffen. Gemütlich, wie es nun mal unsere Art ist, machen wir uns erst einmal auf die Suche nach einem Café. Der Kaffee nach einer ungemütlichen Nacht hellt meine Laune nicht wirklich auf.

Erst jetzt stellen wir fest, dass wir von dem Unwetter, das letzte Nacht sein Unwesen trieb, offensichtlich kaum etwas mitbekommen haben. Überall sind die Menschen mit Aufräumarbeiten beschäftigt. Abgebrochene Äste und sogar entwurzelte Bäume säumen unseren Weg. Eine Tankstelle musste sogar geschlossen werden, da der Sturm eine der Zapfsäulen halb aus der Verankerung gerissen hatte. Da hatten wir ja wieder Glück im Unglück. Hurra, wir leben noch.

SCARPILAND

Der Campingplatz ist klein und überschaubar. Werner hat ihn ausgewählt, da nur hier Bungalows für je zwei Personen angeboten werden. Dieses Mal wollten wir nicht campen, hatten unser Zelt aber vorsichtshalber mitgenommen. Da die kleinen Bungalows ausgebucht waren, mussten wir doch mit einem Platz für das Zelt vorliebnehmen.

Unsere Freunde waren nicht ausfindig zu machen und tauchten auch im Laufe des Nachmittags nicht mehr auf. Ohne Komplikationen geht's bei uns einfach nicht. Gut, für solche Situationen gibt's ja Handys. Nachdem ich Esel allerdings dreimal die falsche PIN eingegeben hatte, wurde nun nach der PUK gefragt. Super, wie auch schon unsere Regenjacken, so hängt auch die zu Hause an der Pinnwand.

Gott sei Dank hat auch Werner dieses Mal ausnahmsweise sein Handy mitgenommen. Normalerweise liegt das ausschließlich zu Hause im Wohnzimmer. Trotzdem wird natürlich immer höchster Wert auf die neuesten Modelle gelegt. Verstehe einer die Männer. Allerdings hat er die Nummer seines Freundes nicht eingespeichert. Klar, warum auch. Wie kann ich nur annehmen, dass man die Nummer seines besten Freundes im Telefonbuch speichert. Anrufen hat sich somit erledigt. „Vielleicht haben sie es sich anders überlegt und sind lieber gleich nach Südtirol gefahren", wirft mein Mann kurz ein. Wie bitte? Das geht ja mal gar nicht. Ausgemacht ist ausgemacht. Da bestehe ich drauf. Jetzt bin ich stinkig.

Am Abend sitzen wir gemütlich im Garten eines Restaurants vor dem Campingplatz. Auf einmal ruft eine mir sehr gut bekannte Stimme in gewohnter Lautstärke „Hallihallo". Das unverkennbare Organ seines besten Freundes, von mir auch gerne „Werners Zwillingsbruder" genannt.

Da keine kleinen Bungalows mehr verfügbar waren, sind die vier kurzerhand auf einen anderen Campingplatz ausgewichen. Durch einige vorangegangene Aufenthalte wusste Gerald genau, wo sich sein Freund ganz sicher am Abend aufhalten würde. Juchuuu, wir hatten uns wiedergefunden.

Zusammen mit unseren Freunden verbringen wir entspannte Tage am Meer. Neidisch, dass wir beide noch etwas länger bleiben können, reisen die anderen am Montag bereits wieder ab. Wir genießen das italienische „Dolce Vita" noch eine weitere Woche und lassen uns von Sonne, Meer und vor allem dem hervorragenden italienischen Essen verwöhnen. Mensch, geht's uns gut.

21. Juli 2013

Kaum zu Hause angekommen, holt mich die Wirklichkeit wieder ein. Das Handy, das ich während der letzten Tage ausgeschaltet hatte, zeigt mir drei neue Nachrichten. Ich gehöre zu den Menschen, die dem Handy-Kult noch nicht verfallen sind. Im Urlaub muss und will ich auch gar nicht erreichbar sein.

Wie kann es auch anders sein, alle Nachrichten sind von meiner Schwester. Thema ist natürlich wieder die Erbschaft. Ihr ganzes Denken und Handeln ist offensichtlich nur noch davon bestimmt. Zumindest drehten sich bisher alle unsere Gespräche fast nur um dieses eine Thema. Andere Gemeinsamkeiten konnten wir bisher noch nicht finden. Schade, ich hoffe, das wird sich noch ändern.

Im Verlauf unseres Gesprächs mache ich ihr klar, dass diese Sache für mich im Grunde „gegessen" ist und ich keine Lust mehr habe, mich damit noch viel zu beschäftigen. Während der letzten Tage dachte ich nicht eine einzige Minute darüber nach und möchte, dass das auch so bleibt. Ich will endlich wieder mein normales Leben zurück.

Im Gegensatz zu mir ist sie mit der Arbeit des Anwalts unzufrieden. „Der hat für uns doch bisher überhaupt nichts erreichen können." Was soll er denn auch erreichen? Der Mann macht auch nur seinen Job. Wir können ihn nun mal nicht mit mehr Informationen versorgen. Dadurch sind dem Mann auch die Hände gebunden. Tatsachen sind eben Tatsachen und müssen irgendwann als solche akzeptiert werden. Natürlich gibt es auch Menschen, die Jahre damit verbringen, über Anwälte aussichtslose Kämpfe zu führen. Das schadet den Nerven und belastet den Geldbeutel.

(Noch) bin ich froh, einen Anwalt zu haben, der über die Fakten aufklärt und sich nicht an einem aussichtslosen Fall bereichern möchte. Meine Entscheidung steht fest. Null Bock mehr auf sinnlose Aktivitäten.

27. Juli 2013

Meine Schwester erhält natürlich eine Kopie der E-Mail, die ich heute dem Anwalt schicke.

Hallo Herr xxxx,
wie bereits vermutet, konnte ich bezüglich des Darlehens an xxxx nichts weiter in Erfahrung bringen. Unser Vater hat mit niemandem, auch nicht mit seiner Schwester, über finanzielle Angelegenheiten gesprochen. Alles andere hätte mich auch sehr überrascht.

Fakt ist somit, dass wir zwar wissen, dass wir hier offensichtlich betrogen werden sollen, aber leider keine Handhabe gegen xxxx haben. Der Gedanke ist zwar nicht schön, aber gegen Windmühlen anzukämpfen ist es noch weniger. Da die Dame laut Gesetz die Rückzahlung des Darlehens an unseren Vater nicht belegen muss, sind uns somit hier die Hände gebunden. Als Pflichtteilberechtigte hat uns der Gesetzgeber, wie leider sooft, wieder mal ein Ei gelegt.

Ich habe heute mit meiner Schwester gesprochen. Wir haben nun entschieden, dass Klage eingereicht werden soll, und bestehen auf jeden Fall auf der eidesstattlichen Erklärung. Muss dieser Eid dann vor Gericht unter Anwesenheit der Kläger abgelegt werden?

Macht es Sinn, ihr anzubieten, von einer Klage und der eidesstattlichen Erklärung abzusehen, wenn wir uns über eine Ausgleichszahlung einigen würden? Ihre Meinung hierzu würde uns interessieren. Ich denke zwar, dass die Aussichten diesbezüglich relativ gering sind, aber es würde auf einen Versuch ankommen. Danke für Ihre Stellungnahme.

So, für mich war es das jetzt vorerst. Ich kann mich wieder auf die wirklich wichtigen Dinge des Lebens konzentrieren.

6. August 2013

Geschafft. Nach diversen Telefonaten findet heute um achtzehn Uhr unser erstes kleines Familientreffen in einem Münchner Biergarten statt. Nach 58 Jahren wird meine Schwester heute endlich ihre Tante Lieserl, deren Tochter Nicole und Enkel Niklas kennenlernen. Auch ich bin gespannt.

Kurz vor achtzehn Uhr hole ich Sylvia mit meinem Auto an einem U-Bahnhof in der Nähe des Biergartens ab und wir machen uns auf den Weg. Die drei sind schon da, Nicole kommt uns auf halbem Weg entgegen. Auch ich freue mich sehr, die drei nach Jahren wieder einmal zu treffen. Eigentlich weiß ich nicht wirklich, warum es immer so lange dauert, bis wir uns wiedersehen. Die Scheidung meiner Eltern hat die ganze Familie auseinandergerissen. Irgendwie schade.

Obwohl wir uns so viele Jahre nicht gesehen haben, ist die Begrüßung herzlich. Tantchen, obwohl gezeichnet von ihrer Krankheit, ist immer noch so lieb und knuddelig wie früher. Mein Cousine Nicole hat sich kein bisschen verändert. Niklas ist inzwischen 15 Jahre alt geworden. Als ich ihn das letzte Mal sah, war er noch ein Knirps von sechs Jahren, ein sehr hübsches Kind. Jetzt ist er ein gut aussehender junger Mann geworden. Ich bin erstaunt darüber, dass er auch hier ist. Welcher 15-Jährige trifft sich schon gerne freiwillig mit uns alten Tanten? ?

Die Stimmung meiner Schwester und meines Tantchens ist etwas angespannt. Klar, Sylvia ist das erste Mal mit im Grunde fremden Menschen konfrontiert und weiß nicht, was sie erwartet. Tantchen ist natürlich etwas unsicher und hat ebenfalls keine Ahnung, was jetzt auf sie zukommen wird. Wie ist sie wohl, ihre zweite Nichte? Wird sie unangenehme Fragen stellen? Wird sie vielleicht sogar nach all den Jahren noch mit Vorwürfen konfrontiert werden?

Dass das jedoch absolut nicht dem Charakter meiner Schwester entspricht, stellt sich relativ schnell heraus. Berührungsängste gibt es nicht und die Stimmung wird lockerer. Bei der Erinnerung an ihren Bruder steigen Tantchen dann doch Tränen in die Augen. Gott sei Dank schaffen wir es schnell, sie abzulenken.

Wieder einmal stelle ich fest, dass unser Vater Sylvia niemals hätte verleugnen können. Wie Tantchen und Nicole ist sie zierlich, blond und hat grüne Augen. Die familiäre Verbindung sieht man auf den ersten Blick. Ich bin hier die, die aus der Art schlägt.

In der Zwischenzeit ist es windig geworden, dunkle Wolken ziehen auf. Nun geht's Schlag auf Schlag. Die Kellner klappen die Schirme zu und decken die Tische ab. Ein Gewitter steht kurz bevor. Wie bei jeder Begebenheit, die mit unserem Vater zusammenhängt, treten unvorhergesehene Ereignisse ein. Ein Gruß aus der Hölle?

Spontan lädt uns Nicole, die ganz in der Nähe wohnt, zu sich nach Hause ein. Nette Idee. Für mich heißt das, Sylvia ist im Kreis der Familie aufgenommen und akzeptiert. Nicole hätte diese Einladung ansonsten sicherlich nicht ausgesprochen. Eines haben wir alle durchaus gemeinsam. Verstellen können und wollen wir uns nicht.

Bei Nicole angekommen, wühlen wir uns durch alte Fotoalben. Bei dieser Gelegenheit sehe ich dann das erste Mal ein Foto der Tussi. Na ja, das Aussehen kann wohl nicht der Grund gewesen sein, dass er Mama mit ihr betrogen hat.

Nicole hat nun die glorreiche Idee, Tante Helga in Amerika über Skype zu erreichen. Helga ist die älteste der drei Geschwister. Schätzungsweise ist es mindestens 40 Jahre her, dass ich sie das letzte Mal gesehen bzw. gesprochen habe. Die Verbindung steht, wir erreichen sie tatsächlich.

Zuerst reden Nicole, Niklas und Tantchen mit ihr. Als ich dann plötzlich im Bild erscheine, bekommt Helga große Augen und fragt: „Ja, wer ist denn das?"

Auf mein „So, so, jetzt erkennst du mich wohl nicht mehr" kommt umgehend: „Mei, das ist ja die Christa." Und als ich ihr dann noch die zweite Nichte ankündige und sie Sylvia sieht, ist sie vollkommen aus dem Häuschen. Unsere Überraschung ist geglückt.

Wir lachen viel und reden, als ob wir uns erst vor Kurzem das letzte Mal gesehen hätten. Ich bin beeindruckt von den beiden Schwestern, die trotz ihrer Krankheiten den Humor nicht verloren haben. Auf meine Frage an Helga, wie es ihr denn geht, kommt lediglich ein trockenes „Scheiße". Im Gegensatz zu anderen alten Leuten hat sie offensichtlich keine Lust, sich lange über Krankheiten zu unterhalten. Gibt ja auch Wichtigeres.

Nicole erzählt, dass Tantchen der Liebling des gesamten Krankenhauspersonals war. Ich stelle das keine Sekunde infrage. Wenn sie ihr spitzbübisches Lächeln aufsetzt, muss man sie einfach gern haben. Und Helga, die vor immerhin bereits 57 Jahren nach Amerika ausgewandert ist, spricht noch immer ein astreines Bayrisch mit charmantem amerikanischen Akzent. Kaum zu glauben.

Bezogen auf die Tussi schwimmen wir alle auf einer Wellenlänge. Keiner kann sie ausstehen. Im Gegensatz zu mir haben die anderen alle so ihre eigenen (schlechten) Erfahrungen mit ihr gemacht.

Nicole erzählt, dass unser Vater, der ihr Firmpate war, sie als Geschenk in einen gemeinsamen Skiurlaub mitgenommen hatte. Zusammen mit Tussi und deren Tochter. Sobald er nicht anwesend war, wurde sie wie der letzte Depp (ihre Worte) behandelt. Wurde ständig ignoriert und stand immer hinten an. Netter wurde sie nur behandelt, wenn ihr Onkel wieder in der Nähe war. Erinnert mich irgendwie an ein bestimmtes Märchen. Aschenputtel, glaube ich.

Tante Lieserl, die inzwischen am Tegernsee wohnt, traf die Dame dort vor Jahren am Abend in einem Restaurant. Zusammen mit einer Clique war sie dort im Skiurlaub und hatte offensichtlich eine Menge Spaß. Natürlich ging Tantchen zu ihr, um zu fragen, wo denn ihr Bruder sei. Die Antwort, dass er ja schließlich krank ist und nicht mehr Skifahren kann, gefiel ihr als Schwester natürlich überhaupt nicht. Der Mann erkrankt zu Hause und sie amüsiert sich mit anderen. Tantchens Satz „Der blöde Bauerntrampel, der blöde" entlockt uns allen ein Schmunzeln. So ist sie immer schon gewesen. Sagt, was sie denkt, ohne Rücksicht auf Verluste.

Tante Helga hat in den vergangenen 20 Jahren lediglich dreimal mit ihrem Bruder telefoniert. Und das auch nur, weil SIE bei ihm angerufen hatte. Allerdings hatte er ihr offensichtlich nicht viel zu sagen gehabt. Das letzte Telefonat brach er nach ein paar Sätzen mit den Worten ab: „Ich muss jetzt aufhören, das Essen steht auf dem Tisch." Somit sollte das dann auch der letzte Anruf seiner Schwester aus Amerika gewesen sein.

Sie erinnert sich auch noch an einen gemeinsamen Besuch des Oktoberfestes, als sie das letzte Mal in Deutschland war. Damals hatte sie das „Vergnügen", die Tussi persönlich kennenzulernen. Sympathie auf den ersten Blick war das wohl nicht. Auch nicht auf den zweiten, dritten oder vierten. Das Erinnerungsfoto verwendet sie noch heute als Bildschirmschoner. Den „blöden, hässlichen Bauerntrampel", wahlweise „The bitch", hat sie aber kurzerhand herausgeschnitten.

Man kann nicht unbedingt behaupten, dass sich die Dame Freunde in unserer Familie gemacht hat. Meine Meinung, dass sie unseren Vater seiner Familie systematisch entfremdet hat, entspricht augenscheinlich den Tatsachen. Wie schon meine Schwester, so sagen auch beide Tanten, dass er wohl als Folge seines Schlaganfalls keine Ähnlichkeit mehr mit dem Mann von früher hatte. Er ließ sich alles bieten, stand unter dem Pantoffel und finanzierte der Dame nebst Tochter ein angenehmes Leben.

Wir „skypen" immerhin eine Stunde. Tantchen ist müde geworden und möchte ihr „Schlafmittel", ein Glas Bier. Ihren Schlafanzug hat sie inzwischen bereits angezogen. Ihre Worte „So, jetzt reicht's, jetzt verabschiedet euch mal" läuten das Ende unseres lustigen Gesprächs ein.

Bevor wir uns von Helga verabschieden, kündige ich ihr an, ihr demnächst via Skype meinen Mann vorzustellen. Darauf freue ich mich schon jetzt. Die beiden werden sich hervorragend verstehen. Als ich ihr erzähle, dass wir erst vor fünf Jahren in Las Vegas geheiratet haben, droht sie mir lachend eine Ohrfeige an. „Du Luder heiratest ganz in meiner Nähe und ich weiß nichts davon."

Immer noch von den Socken ob der Überraschung, die wir ihr bereitet haben, verabschiedet sie sich von uns. „Guys, you made my day."

Inzwischen ist es dreiundzwanzig Uhr und Zeit, sich zu verabschieden. Sylvia schloss Tantchen im Laufe des Abends ebenfalls in ihr Herz. Der Abschied fällt sehr,

sehr herzlich aus. Wir nehmen uns vor, noch im September einen Ausflug an den Tegernsee zu machen.

In den kommenden Tagen hat Sylvia einiges zu verarbeiten. Erst 58 Jahre keine eigene Familie und dann an einem einzigen Tag die volle Packung. Aber sie bestätigt mir den Eindruck, den ich ohnehin schon hatte. Sie fand es super und hat sich rundherum wohlgefühlt.

Ein aufregender Tag neigt sich dem Ende zu. Familienzusammenführung geglückt.

22. August 2013

Im Gegensatz zu mir scheint unser Anwalt die Wahrheitsfindung noch nicht aufgegeben zu haben. Mit nachstehendem Schreiben an den Anwalt der gegnerischen Partei startet er einen neuen Versuch.

Er kommt auf den bisher geführten Schriftverkehr zurück und weist darauf hin, dass die Auskunft nach wie vor unvollständig ist und sich die Auskunftspflicht seiner Mandantin auf alle Zuwendungen erstreckt, die sie vom Erblasser zu dessen Lebzeiten erhalten hat.

Nochmals unterstreicht er, dass es für uns nicht von Bedeutung ist, dass das Darlehen an die Bank bereits vor Eheschließung zurückbezahlt wurde. Wir möchten wissen, wann das Darlehen an unseren Vater zurückbezahlt wurde (langsam sollte das aber jetzt auch wirklich der Dümmste begriffen haben).

Die Vorlage von Belegen bezüglich der Rückzahlung ist erforderlich, da ohne diese der Pflichtteilsanspruch nicht errechnet werden kann.

Aus dem bisherigen Verhalten der Dame kann nur der Schluss gezogen werden, dass sie nicht wirklich um eine Aufklärung des Sachverhalts bemüht ist. Im Namen meiner Schwester und mir fordert er nochmals dazu auf, ein notarielles Bestandsverzeichnis vorzulegen.

Es wird hervorgehoben, dass wir das Recht haben, bei der Aufnahme des Nachlassverzeichnisses anwesend zu sein und uns der Termin der Bestandsaufnahme durch den Notar rechtzeitig mitzuteilen ist.

Da wegen des bisherigen Verhaltens seiner Mandantin Grund zu der Annahme bestehen würde, dass die in der Auskunft enthaltenen Angaben nicht mit der erforderlichen Sorgfalt gemacht wurden, verweist er nochmals darauf, dass wir auf eine eidesstattliche Erklärung bestehen werden.

Auf die in dem Schreiben angesprochene „persönliche Gegenwart" kann ich gerne verzichten. Es gibt durchaus Situationen, denen ich mich nicht unbedingt freiwillig aussetzen muss.

Schwesterchen ist da natürlich anderer Ansicht und schöpft wieder Hoffnung. Unverhofft kommt oft.

Vielleicht wissen wir ja schon mehr, wenn wir von Kärnten zurück sind. Ja, wir machen uns wieder mal aus dem Staub. Sieht irgendwie aus, als ob wir ständig Urlaub machen, oder? Zu unserer Ehrenrettung muss ich betonen, dass es sich hierbei ausschließlich um Kurzurlaube handelt. Die habe ich immer schon bevorzugt. Man hat dann übers Jahr verteilt einfach öfter etwas, auf das man sich freuen kann.

In der ersten Septemberwoche findet die jährliche „European Bike Week" am Faaker See statt. Wir „Altrocker" dürfen da keinesfalls fehlen.

29. August 2013

„Die Plakette kann ich Ihnen leider nicht geben." Was ich bereits befürchtet habe, ist eingetreten. Mein Cabrio ist nicht durch den TÜV gekommen. FUCK, FUCK, FUCK. Jetzt habe ich die Faxen aber dicke. Die Karre muss weg.

Natürlich komme ich um die Reparatur nicht herum. Ohne TÜV kann ich das Auto gleich verschenken. Wäre ich 20 Jahre jünger, hätte vielleicht ein Augenaufschlag und ein bisschen Gesülze den Mann vom TÜV erweichen können. Aber mit 57?

Ich suche nach einem Kleinwagen im Internet und stoße auf den FIAT 500. Den fand ich schon immer schön und für meine Zwecke reicht er vollkommen aus. Wir fahren zu einem FIAT Händler in unserer Nähe und sehen uns dort um. Die Entscheidung für eine kleine rote Schmusekugel ist schnell gefallen. Ein tolles Angebot.

Weniger toll finde ich, dass mein Cabrio lediglich noch für 1.500 Euro in Zahlung genommen wird. Nur mit neuem TÜV, wohlgemerkt. Ich rechne mir lieber nicht im Detail aus, was mich das VW Cabrio in nur einem Jahr an Geld gekostet hat. Dafür hätten wir zwei uns gut und gerne zwei Wochen in der karibischen Sonne aalen können. Glücklich ist, wer vergisst, was nicht mehr zu ändern ist. Wer will schon in die Karibik, wenn er den Tegernsee vor der Tür hat?

Der liebste aller Ehemänner streckt mir das Geld für die „Schmusekugel" vor. „Bis zur Auszahlung deines Millionenerbes." Hahaha, ich stehe auf seine Witze.

Das Cabrio inseriere ich im Internet. Vielleicht habe ich Glück und kann ihn privat für etwas mehr verkaufen. Ein Doofer läuft immer herum. Man muss ihn nur finden.

European Bike Week 2013

Dieses Jahr findet die Bike Week vom 3. bis 8. September 2013 wie in jedem Jahr am Faaker See in Österreich statt. Der azurblaue See und das idyllische Tal in Kärnten verwandeln sich in dieser Woche in einen Hexenkessel. Über 120.000 Biker aus aller Welt mit etwa 75.000 Bikes erfüllen das Tal mit einem lauten Grollen, so als würde sich eine Lawine den Weg ins Tal bahnen.

Vor nunmehr 16 Jahren wurde dieses Spektakel von Harley Davidson ins Leben gerufen. Andersgläubige Biker, die Maschinen der Konkurrenz bevorzugen, sind dabei ebenso herzlich willkommen. Wer jetzt glaubt, kurzfristig mit dem Auto anreisen zu können, um die außergewöhnliche Veranstaltung zu besuchen, irrt gewaltig. Die Zufahrtsstraßen zum See sind in dieser Zeit für andere Kraftfahrzeuge gesperrt. Pech für den, der spontan anreist, um dort einen ruhigen Urlaub zu genießen. Zufahrt erhalten ausschließlich Anwohner oder Personen, die die Buchung für einen der rund um den See gelegenen Campingplätze vorweisen können.

Einige unserer Freunde sind mit ihren Bikes bereits am Sonntag angereist und konnten noch einen der gefragten Wohnwagen ergattern. Da auch die Zeltplätze in dieser Zeit schnell belegt sind, machen wir zwei uns bereits am Dienstagvormittag auf den Weg. Werner auf seinem Bike nimmt natürlich den kürzeren Weg durch die Berge. Ich, der Packesel, bin voll beladen mit unseren Campingutensilien über die Autobahn angereist.

Autofahren zählt nicht unbedingt zu meinen größten Leidenschaften. Somit bin ich nicht sonderlich begeistert, mich alleine auf den Weg zu machen. Da ich mich mit Isy und Brigitte, die auch mit dem Auto anreisen wollen, nicht über den Tag der Rückfahrt einigen konnte, muss ich wohl oder übel in den sauren Apfel beißen. Drei Frauen unter einen Hut zu bringen, gestaltet sich eben manchmal schwierig. Na ja, unabhängig zu sein, ist auch nicht das Schlechteste.

Als wir dann am Abend komplett eingetroffen sind, wird schnell klar, dass dieser Urlaub mit Entspannung und Erholung nicht wirklich viel zu tun haben wird. Das Geknatter der Bikes begleitet uns, wo auch immer wir uns aufhalten. Besonders die Anwohner brauchen in dieser Zeit gute Nerven. Zumindest Geschäftsleute und Campingplatzbetreiber werden dafür mit enormen Umsätzen entschädigt werden. Wer sich eine Harley Davidson leisten kann, hat es mit Sicherheit auch sonst nicht nötig zu knausern.

Rund um den See bieten unzählige Verkaufsstände alles, was das Herz begehrt. Von Klamotten über Schmuck bis hin zu Motorradersatzteilen ist hier garantiert für jeden etwas dabei. Natürlich darf auch das leibliche Wohl keinesfalls zu kurz kommen. Auf was immer man auch Appetit hat, hier findet auch der Heikelste das perfekte Menü. Das enorme Angebot an (insbesondere) alkoholischen Getränken muss sicherlich nicht speziell erwähnt werden. Ein Glück, dass wir das Festgelände vom Campingplatz zu Fuß erreichen können.

Die unzähligen Bühnen sorgen fast rund um die Uhr für Beschallung vom Feinsten. Vorwiegend Hardrock. Natürlich. Für das musikalische Highlight sorgt am Samstagabend die finnische Gruppe Leningrad Cowboys, deren Mitglieder mit ihren ausgefallenen Frisuren irgendwie an verrückte Einhörner erinnern. Die Vielfalt an unterschiedlichen Menschen und Bikes ist kaum zu überbieten. Vom abgefuckten Rat Bike bis hin zum chromblitzenden „Ungetüm" ist alles vorhanden. Die Parade, die immer samstags rund um den See stattfindet, bringt die Bikes nebst ihren „Reitern" hervorragend zur Geltung.

Wir haben es uns an einer Bushaltestelle bequem gemacht und genießen den Anblick in vollen Zügen. Großes Geklatsche und Gejohle begleitet die ausgefallensten der Biker. Uns fällt ein „alter" Wikinger auf, dessen Bike seitlich mit einem riesigen Penis ausgestattet ist. Auf gleicher Höhe mit uns werden wir urplötzlich von einem Wasserstrahl getroffen. Bärbels Kommentar dazu: „Ich hoffe, er hat da nicht reingepinkelt und das ist wirklich nur Wasser." Nicht so abwegig. Diesen „Verrückten" ist so einiges zuzutrauen.

Die Bike Week erinnert an ein riesiges Volksfest, auf dem sich die Menschen aus aller Herren Länder nach Herzenslust amüsieren und friedlich zusammen feiern können.

Wie immer haben wir eine Menge Spaß mit unseren Freunden und genießen die Woche in vollen Zügen. Als wir uns am Sonntag auf den Weg nach Hause machen, blicken wir auf einen tollen Kurzurlaub zurück und freuen uns bereits wieder aufs nächste Jahr.

10. September 2013

Schwesterchen meldet sich zu Wort. Ach ja, da war doch noch was. Der Alltag hat mich wieder.

Ich stelle fest, dass es keine besonders weise Entscheidung war, zwecks Kostenersparnis mit nur einem (meinem) Anwalt weiterzuarbeiten. Die Chemie zwischen den beiden scheint nicht zu stimmen. Sie ist mit seiner bisher geleisteten Arbeit nicht zufrieden. Insbesondere mit der Tatsache, dass er der Tussi in seinem letzten Schreiben keine Frist gesetzt hat.

Gut, in diesem Fall stimme ich ihr zu. Auch ich konnte das nicht nachvollziehen. Hat sie so doch nun noch alle Zeit der Welt, uns schmoren zu lassen.

Da ich aber der Überzeugung bin, dass diese Angelegenheit für uns nicht positiv enden wird, ist mir das absolut egal. Ganz im Gegensatz zu Sylvia. Sie wünscht sich mehr Kampfgeist von mir. Ich erkläre ihr zum x-ten Mal, dass ich keine Lust habe, gegen Windmühlen zu kämpfen, und meine Energie für wichtigere Dinge brauche.

12. September 2013

Sylvias Einwand bezüglich der fehlenden Fristsetzung ist beim Anwalt offensichtlich auf fruchtbaren Boden gefallen.

Ich bekomme die Kopie eines Schreibens, in dem er nun die Frist für die Bekanntgabe des Termins für die notarielle Beurkundung auf den 25. September 2013 gelegt hat.

Oktoberfest 2013

Ist es als gutes oder schlechtes Zeichen zu werten, dass die Dame zum ersten Mal eine Frist ohne Reaktion hat verstreichen lassen? Fast acht Monate sind seit „seinem" Tod vergangen und außer Spesen ist bisher nichts gewesen. Wie schnell doch die Zeit vergeht.

Mit Riesenschritten ist der Herbst ins Land gekommen und in München ist der Welt größtes Volksfest, die „Wiesn", in vollem Gange. Wie in jedem Jahr fiebern mein Mann und unsere Freunde diesem Spektakel schon seit Wochen entgegen. Die männlichen Freunde, wohlgemerkt. Naturgemäß sehen wir Frauen das etwas anders.

Um nur ja keinen Tag der Wiesn zu versäumen, nimmt

sich einer unserer Freunde jedes Jahr zwei Wochen Urlaub. Nun ja, jedem das Seine. Nachvollziehen kann ich das persönlich nicht. Hat doch die Wiesn bereits seit vielen Jahren mit einem Fest des Volkes und bayrischer Gemütlichkeit nichts mehr gemein.

Bevölkert von Millionen Touristen quält man sich in Menschenmassen durch die Straßen. Sitzplätze in den Bierzelten oder Biergärten sind oft bereits vor elf Uhr vormittags nicht mehr zu ergattern. Wegen Überfüllung werden die Eingänge der Zelte oft schon vor Mittag verriegelt. Kohle scheffeln ist hier für die Wirte und Aussteller das Motto Nummer eins geworden.

Preise von 9,80 Euro für eine Maß Bier, 12 Euro für eine Viertel Ente ohne Beilagen, 4,50 Euro für eine große Brezn oder 9,90 Euro für ein halbes mickriges Hendl kann ich nur noch als Nepp bezeichnen. Und die Liste der überhöhten Preise ließe sich noch beliebig fortsetzen. Wie sollen Familien mit mehreren Kindern heute noch einen Oktoberfestbummel finanzieren können? Für eine kurze Fahrt mit einem der vielen Karussells muss man immerhin zwischen 3 Euro und oft sogar 8 Euro berappen. Wie erklärt man einem Kind plausibel, dass der Geldbeutel bei diesen Preisen lediglich eine oder zwei Fahrten hergibt?

Meine Aversion gegen das Oktoberfest begann vor rund 35 Jahren. Damals ergab sich die Gelegenheit, für diese 16 Tage als Bedienung in einem Bierzelt für Fischspezialitäten zu arbeiten. In diesem Sommer hatte ich als Servicekraft in einem großen Biergarten gejobbt und fühlte mich daher für den Betrieb auf der Wiesn bestens gewappnet. Meinem damaligen Freund, der diesen Job bereits seit vielen Jahren machte, glaubte ich kein Wort, als er sagte: „Dieser Job ist für dich absolut nicht geeignet." Bereits nach wenigen Tagen sollte sich das allerdings bewahrheiten.

Am ersten Tag erhielten wir eine allgemeine Einweisung. Jede Bedienung bekam vier Tische zugeteilt. Natürlich hatten die „Neuen" die Tische, die am weitesten von der Schänke und der Essensausgabe entfernt waren. Es gab eine Kasse, an der man die Bons für Bier und Essen kaufen konnte. Nach Aufnahme der Bestellung der Gäste musste man sich erst einmal an dieser Kasse anstellen, bevor man Bier und Essen holen konnte, um sich dann durch die drängelnde Menschenmenge wieder zum jeweiligen Tisch durchzuquälen.

Die Bedienung, deren vier Tische an meine anschlossen, fragte mich bereits am ersten Tag, ob ich mit ihr zusammenarbeiten möchte. Wir hätten dann insgesamt acht Tische zu betreuen. Eine könne sich dann ausschließlich um Getränke kümmern, die andere um das Essen. Das schien mir erst mal eine gute Idee zu sein. Musste man sich doch dann nicht an beiden Ausgaben anstellen. Somit ging ich auf den Vorschlag gerne ein.

Die erste „Einführung", wie man seinen Verdienst relativ einfach „steigern" konnte, folgte auf den Fuß:

Steckerlfische gab es nur außerhalb des Zeltes, da diese über offenem Feuer bereitet werden. Bei Ausgabe an die Bedienung schreibt die Kassenkraft normalerweise den Preis auf das Papier der Verpackung. Ich wurde angewiesen, darauf zu achten, dass der Preis nicht angegeben wurde. So könne man beim Abkassieren vom Gast mal eben locker ein paar (damals noch) DM mehr ansetzen.

Beim Zusammenzählen der einzelnen Positionen einer Rechnung rechnet man zum Endbetrag ein paar Mark dazu. Die meisten Gäste rechnen, besonders im leicht angetrunkenen Zustand, sowieso nicht nach. Sollte es doch auffallen, hat man sich eben „ausnahmsweise" einmal verrechnet. „Oh, ich bitte vielmals um Entschuldigung. Wie konnte mir das nur passieren."

Lädt eine Firma ihre Mitarbeiter zum Oktoberfestbesuch ein, werden die einzelnen Bestellungen in der Regel aufgeschrieben.

Bevor die Gäste dann aufbrechen, begleicht eine Person die gesamte Rechnung. Hier wäre es ein Leichtes, mal kurz ein paar Maß Bier und auch mehr Essen aufzuschreiben. „Wenn die besoffen sind, fällt das keinem mehr auf."

Auch beim Herausgeben kann man sich in der Hektik und dem Trubel schnell mal „vergreifen" und ein paar Münzen oder den einen oder anderen Schein zu wenig zurückgeben.

Auf solche Ideen wäre ich in meiner Naivität niemals selbst gekommen. Von so viel Unverfrorenheit war ich regelrecht geschockt. Ich, bei der sogar ein Blinder eine Lüge „riechen" kann, sollte Gäste derart betrügen, nur um am Abend mehr Geld in der Tasche zu haben? Natürlich habe ich meine neuen Erkenntnisse nicht umgesetzt.

Bereits am ersten Abend machte mich meine „Partnerin" bei der Abrechnung äußerst resolut darauf aufmerksam, dass unser Verdienst nicht akzeptabel wäre und ich endlich mit der Umsetzung der von ihr erhaltenen „Informationen" beginnen sollte. Am zweiten Abend wurde dann in beiderseitigem Einvernehmen beschlossen, unsere „Zusammenarbeit" zu beenden.

Eine Bedienung wurde bereits am zweiten Tag fristlos entlassen. Einem aufmerksamen Gast war aufgefallen, dass sie beim Abkassieren für jede Maß Bier eine DM mehr verlangt hatte, als diese tatsächlich kostete. Auf seine Beschwerde hin war ihr Einsatz auf dem Oktoberfest schnell beendet.

Zu meinem Leidwesen musste ich lernen, dass nicht jede der sogenannten „Kolleginnen" vertrauenswürdig war. Ja klar, die Bedienungen werden für diese 16 Tage aus der ganzen BRD und sogar Österreich zusammengewürfelt. Trotzdem ging ich davon aus, dass wir alle in dieser Zeit im gleichen Boot sitzen. Irrtum meinerseits. Von Kollegialität konnte hier keine Rede sein.

Mit einem fast durchgerissenen 50-DM-Schein stand ich am zweiten Tag an der Kasse. Ich fragte die Kassenkraft, ob sie zufällig Tesafilm zur Hand hätte, um den Schein zu kleben. „Du hältst hier den ganzen Betrieb auf. Lass mir den Schein einfach hier, ich mache das für dich und beim nächsten Mal holst du ihn wieder ab." Als ich „beim nächsten Mal" nach meinem Schein fragte, gab sie mir zur Antwort: „Den habe ich doch schon vorher deiner Kollegin mitgegeben." Unnötig zu erwähnen, dass meine „Kollegin" davon natürlich nichts wusste. Ich hatte mein erstes „Lehrgeld" auf dem Oktoberfest bezahlt.

Eine weitere „Gefahrenquelle", die ich noch kennenlernen sollte, war die Essensausgabe. Wenn viel Betrieb ist, hat keine Bedienung Zeit, sich so lange anzustellen, bis das Essen fertig ist. Der Bon wird abgegeben, und wenn das Essen zur Abholung bereitsteht, wird über Lautsprecher die Nummer der Bedienung ausgerufen. Nun, das eine oder andere Mal war das von mir bestellte und selbstverständlich auch bereits bezahlte Essen auf mysteriöse Art und Weise verschwunden, als ich an der Theke ankam. „Ja mei, wir können hier nicht aufpassen, welche Bedienung welches Essen abholt", war die Antwort eines Mitarbeiters an der Essenstheke auf meine Nachfrage, als es das erste Mal passierte. Wieder etwas gelernt. Ehrlichkeit währt anscheinend doch nicht überall am längsten.

Sogar einige der „Gäste" bescherten mir so manch leidvolle Erfahrung. Oft kamen mir die Worte einer Bekannten in den Sinn: „Du wirst den Respekt vor den Menschen verlieren." Die Rede war von den Typen, die den Trubel ausnutzen, um die Bedienung zu betatschen. Von den ausländischen Gästen, die, wenn es ums Bezahlen ging, weder Deutsch noch Englisch verstanden.

So manches Mal wünschte ich mir, die Menschen zu filmen, um ihnen den Film am nächsten Tag, in wieder nüchternem Zustand, zeigen zu können. So mancher, der vornehm und hochnäsig auf dem Fest ankam, hätte sich wohl gewundert, zu sehen, wie nach dem Konsum mehrerer Maß Bier seine gute Erziehung kontinuierlich flöten ging.

Nun, trotz aller Widrigkeiten überstand ich die 16 Tage mehr oder weniger gut. Was ich mir vornehme, stehe ich in aller Regel auch durch. Trotzdem der Verdienst leider nicht meinen ursprünglichen Vorstellungen entsprach. Hört man doch oft von utopischen Beträgen, mit denen die Bedienungen nach Ende des Oktoberfestes angeblich nach Hause gehen.

Mir waren lediglich zwei Bedienungen bekannt, von denen am Ende eine jede etwa 10.000 DM in der Tasche hatte. Die beiden bedienten an einer Bar im Weinzelt, das im Gegensatz zu den anderen Zelten verlängerte Öffnungszeiten hatte und auch heute noch hat. Allerdings machten sie den meisten Umsatz mit dem „privaten Ausschank" von Getränken, die sie heimlich mit ins Zelt schmuggelten, um sie dann ebenso heimlich dort zu verkaufen. Wären sie aufgeflogen, hätte das logischerweise den umgehenden Rausschmiss zur Folge gehabt. Oft siegt Frechheit und Unverfrorenheit eben doch.

Betonen möchte ich aber, dass mir nichts ferner liegt, als alle Bedienungen oder Gäste über einen Kamm zu scheren. Selbstverständlich gibt es die netten, freundlichen, gemütlichen und ehrlichen auch. Wie auch „unsere" Andrea, bei der sich die Jungs und auch wir Mädels jedes Jahr im Garten eines bestimmten Bierzeltes treffen.

Bei den vorhergehenden Schilderungen handelt es sich lediglich um meine ganz persönlichen Erfahrungen, die ich nun mal bei meinem „Ausflug" in die Arbeitswelt auf dem Oktoberfest machte.

Kurz und gut, nach Ende des Oktoberfestes wusste ich auf jeden Fall, dass ich dieses Experiment unter gar keinen Umständen wiederholen wollte. Schade ist nur, dass mir dadurch der Spaß an dieser Attraktion für die Touristenmassen aus aller Welt dauerhaft verloren gegangen ist.

Trotzdem begleite ich heute meinem Mann ein- bis zweimal auf die Wiesn, um Freunde zu treffen. An unzähligen Buden können die Menschenmassen hier ihren Hunger stillen oder sich (eventuell) eine Grundlage für das kommende Besäufnis verschaffen.

Obwohl ich hungrig bin, vergeht mir der Appetit, wenn ich daran denke, dass hier während dieser 16 Tage etwa 120 Ochsen, 50 Kälber und mehr als eine halbe Million Hühner, Enten und Gänse ihr Leben lassen müssen. Beim Anblick der kleinen Hühnerhälften wird mir klar, dass diese Hühnchen weder ein langes noch ein glückliches Leben hatten. In solchen Mengen können die Tiere nur aus Massentierhaltungen stammen.

Oft entscheide ich mich dann für eine Portion Pommes mit Majo und überlege wieder einmal, dass es langsam Zeit für mich wird, Vegetarier zu werden. Wenn ich an das Leid all dieser Tiere denke, wird mir Fleisch immer mehr zuwider. Überhaupt reagiere ich, je älter ich werde, immer sensibler auf das Leid der Tiere und Tierquälerei.

Die Menschen sollten sich ihrer Verantwortung für die Tiere endlich einmal bewusst werden. Diese Geschöpfe haben das gleiche Recht auf ihr Leben wie wir Menschen. Wir können doch nicht zulassen, dass sich diese armen Kreaturen immer mehr und mehr in engen Käfigen quälen müssen. Es ist ganz einfach nicht nötig, sich jeden Tag, am besten noch morgens, mittags und abends, den Bauch mit Billigfleisch oder Wurst vollzuschlagen. Mehr Verantwortungsbewusstsein und weniger Fleischkonsum würden bereits helfen, dieses enorme Leid zu lindern.

Sie haben einen Hund, eine Katze oder ein anderes Haustier? Sie lieben es über alles und würden niemals zulassen, dass ihm Leid zugefügt wird? Dann sollten genau Sie sich über meine Worte Gedanken machen und mithelfen, dass auch anderen Tieren Leid erspart bleibt. Von den herzlosen Idioten, die regelmäßig kurz vor Beginn der Sommerferien ihre Tiere an Autobahnparkplätzen aussetzen, kann das natürlich nicht erwartet werden.

Und wenn mir, wie vor einiger Zeit, jemand sagt: „Tiere wurden immer schon gezüchtet, um geschlachtet und gefressen zu werden", würde ich am liebsten antworten: „Wird Pädophilie nur dadurch entschuldbar, weil einige Männer über viele Jahre Kinder missbrauchen?" Sie finden diesen Vergleich abartig und ekelhaft? Sehr gut. Wenngleich auf andere Art und Weise, so ist das Massentierhaltung nämlich ebenfalls. Oft ist es nötig zu schockieren, um zum Nachdenken anzuregen.

Das Gespräch zwischen Mama und dem Kellner bei einem gemeinsamen Restaurantbesuch vor einigen Jahren kommt mir in den Sinn:

„Ich hätte gerne eine Forelle blau."
„Welche Größe hätten Sie denn gerne?"
„Was können Sie denn anbieten?"
„Nun, wir haben Forellen in allen Größen im Bassin."
„Soll das heißen, der Fisch lebt noch und Sie töten ihn jetzt, weil ich ihn essen möchte?"
„Selbstverständlich, frischer geht es nicht."
„Um Gottes willen, dann suche ich mir lieber etwas anderes aus."

Aus Mamas Entscheidung erschließt sich für mich die Lösung des Problems. Jeder, der Wurstwaren oder Fleisch essen möchte, muss das Tier selbst töten oder dabei zusehen, wie es getötet wird. Der Anteil der Vegetarier in unserer Gesellschaft würde ganz schnell sprunghaft ansteigen.
Eine Kollegin, deren Eltern einen Bauernhof führen, sagte mir, dass der absolute Verzicht auf Fleisch die Existenz vieler Bauern bedrohen würde. Zustimmen kann ich dem nicht, denn die Bauern haben noch nie von der Massentierhaltung profitiert. Auch wenn der Fleischkonsum, wie früher, auf ein bis zwei Tage die Woche beschränkt würde, könnten unsere Bauern sehr wohl noch gut davon leben.

Sie denken „früher", nach dem Krieg, beschränkten sich die Menschen nur auf den Sonntagsbraten, weil sie sich Fleisch nicht jeden Tag leisten konnten? Nun, wie wir wissen, steigt heute auch bei uns die Zahl der Menschen, die unter der Armutsgrenze leben müssen, wieder an. Nur die Massentierhaltung ermöglicht es heute, Fleisch billig zu „liefern". Das Gewissen der Menschen und vor allem das Mitleid mit der gequälten Kreatur scheint den meisten abhandengekommen zu sein.

Wie auch den beiden fettleibigen Damen, die sich gestern vor mir an der Supermarktkasse unterhielten. „Richtig satt wird man eben nur von einer guten Portion Fleisch. Diese Gemüseesserei kann mir gestohlen bleiben." Was für ein Schwachsinn. Es kostet mich tatsächlich Überwindung, mich nicht einzumischen. „Mehr Gemüse und etwas weniger Fleisch wären sicherlich gut für Ihre Gesundheit und würden Ihnen helfen, Ihren Leibesumfang auf ein einigermaßen normales Maß zu reduzieren."

Natürlich kann man Menschen nicht dazu zwingen, sich zu ändern. Daher fange ich jetzt damit an, mich selbst zu ändern. Aus Liebe zu den Tieren, die das gleiche Recht auf Leben haben wie der Mensch.

Das sind für mich die essenziell wichtigen Dinge im Leben. Nicht diese verflixte Erbschaft.

27. September 2013

Der Anwalt der Tussi trägt heute wieder einmal mit einer Frage, die schriftlich an unseren Anwalt gerichtet ist, zu meiner Erheiterung bei.

Aus heiterem Himmel fragt er noch einmal nach, ob wir tatsächlich auf unserem Antrag auf Offenlegung bestehen. Den tieferen Sinn hinter seiner Frage können weder unser Anwalt noch meine Schwester oder ich verstehen. Am 25. September 2013 wurde der späteste Termin für die notarielle Beglaubigung angesetzt. Diese haben wir nicht erhalten. Warum also sollten wir unsere Meinung geändert haben? Unser Anwalt teilt unseren Standpunkt umgehend mit.

Nach einem Gespräch mit meiner Schwester informiere ich unseren Anwalt telefonisch, dass wir von dieser offensichtlichen Verzögerungstaktik absolut nichts halten. Anscheinend hat die Dame Probleme damit, ihre „Aussagen" von einem Notar in unserer Anwesenheit beglaubigen zu lassen.

Auf Anraten unseres Anwalts beschließen wir, ihr noch zehn Tage Zeit zu geben, um auf das letzte Schreiben zu antworten. Sollte bis dahin keine Reaktion erfolgt sein, beabsichtigen wir nach einer weiteren Fristverlängerung von zehn Tagen Klage bei Gericht einzureichen. Es ist an der Zeit, endlich Nägel mit Köpfen zu machen.

24. Oktober 2013

Wieder ist fast ein Monat ins Land gegangen und noch immer keine Reaktion. Anscheinend hat man sich jetzt für die „Vogel-Strauß-Taktik" entschieden. Kopf in den Sand. Alles ist gut.

Die Dame hat wohl nicht mit unserer Hartnäckigkeit gerechnet und gedacht, wir geben uns mit ihren doch eher dürftigen Auskünften zufrieden. Nix da.

Leider verfährt unser Anwalt in dieser Angelegenheit nicht weiter, wie vorher abgesprochen. Wieder wird es nötig, ihn darauf hinzuweisen, dass jetzt endlich der nächste Schritt, die Klage, eingeleitet werden muss. In der Zwischenzeit neige ich dazu, mich der Meinung meiner Schwester anzuschließen. Besonders viel Biss hat er anscheinend wirklich nicht, der Gute.

Vielleicht war meine Wahl doch die falsche. Aber jetzt noch den Anwalt zu wechseln, macht keinen Sinn. Schraubt die Kosten nur noch weiter in die Höhe, und das kann sich keine von uns beiden wirklich leisten.

Ein kleines Fünkchen Hoffnung auf Gerechtigkeit keimt trotzdem wieder auf. Denn welchen Grund gäbe es für sie, nicht zu reagieren, wenn sie nichts zu befürchten oder zu verbergen hat?

Liebend gerne würde ich von einer eventuellen Erbschaft der weltweit agierenden Tierschutzorganisation PETA eine größere Summe spenden. Aufgrund eines herzzerreißenden Berichts in der Sendung „37 Grad" im ZDF habe ich mich entschlossen, dieser Organisation als aktives Mitglied beizutreten.

Von Natur aus ist der Mensch nun mal phlegmatisch. Jammern und meckern ist in der Regel an der Tagesordnung. Auf die Idee, selbst etwas zu tun, kommt kaum einer. „Man kann ja sowieso nichts ändern." Schwachsinn! Ich habe es mir zum Ziel gesetzt, die Menschen aufzurütteln und auf das unsägliche Leid mancher Tiere aufmerksam zu machen. Schluss mit „Was ich nicht weiß, macht mich nicht heiß". Zu informieren und Petitionen gegen Tierquälerei zu zeichnen, ist enorm wichtig. Nur in der Gemeinschaft können wir etwas erreichen. Packen wir es an.

Zu meiner großen Freude konnte ich bereits einige Personen, darunter auch viele meiner Kolleginnen und Kollegen, dazu animieren, durch Unterzeichnung von Petitionen unterstützend mitzuwirken. Schön war auch zu hören, dass viele bereits selbst im Tierschutz aktiv geworden sind. Sei es durch Patenschaften für Affen, Katzen mit Katzenaids oder auch Futterspenden für Tierheime. Gott sei Dank gibt es doch noch Menschen, die nicht von Gleichgültigkeit geprägt sind.

Auch die großen Fernsehanstalten, Radiosender, Tageszeitungen sowie Illustrierten werden nicht von meinen Aktivitäten verschont bleiben. Der aktuelle Verteiler umfasst bereits 36 Unternehmen, die ich informieren und zur Mithilfe bewegen möchte.

Mein erstes Projekt startet JETZT. Denn **das große Leid der Marderhunde auf den Pelztierfarmen in China geht uns alle an.**
Wenn es nicht so traurig wäre und dazu noch eine Beleidigung für die netten, gutmütigen Schweinchen, dann hätte dieses Kapitel auch heißen können:

Der Mensch ist das größte Schwein.

Liebe Tierfreunde,

alleine kann ich nichts erreichen, aber eine starke Gemeinschaft kann helfen, vieles zu verändern. Daher möchte ich Sie heute von Herzen um Ihre Unterstützung bitten, das Leiden vieler kleiner Pelztiere publik zu machen.

Immer noch wissen viel zu wenig Menschen, welche unsäglichen Qualen die Tiere erleiden müssen, nur damit sich der Mensch mit ihrem Fell „schmücken" kann. Wozu ist es nötig, Ärmel, Kapuzen, Taschen, Spielsachen, oft sogar Spielzeug für Hunde und Katzen, mit echtem Pelz zu besetzen? Sinnlos ist das einzige Wort, das mir hierzu einfällt. Diese Pelzbesätze spenden weder Wärme, noch machen sie hässliche Menschen schöner. Es werden wunderschöne Webpelze angeboten, durch deren Tragen man sich nicht mitschuldig am Leiden so vieler unschuldiger Tiere macht. Die sogenannten Attribute „Echt Leder", „Echter Pelz" oder „Echtes Fell" sind für mich schon sehr lange kein Anreiz zum Kauf mehr. Für tierliebe Menschen mit Herz muss das Gegenteil der Fall sein.

Vor einigen Jahrzehnten war es extrem verpönt, Pelz zu tragen. Leider hat sich das seit geraumer Zeit wieder sehr verändert. Es ist an der Zeit, die Menschen wieder auf das Leid, das ihr sogenannter „Schönheitswahn" hervorruft, aufmerksam zu machen.

Noch weigere ich mich zu glauben, dass unsere Gesellschaft tatsächlich so verroht und mitleidlos ist, dass ihr die Quälerei von Tieren egal geworden ist. Zumindest hoffe ich das sehr. Die Hoffnung stirbt ja bekanntlich zuletzt.

Das Leiden der Marderhunde, die zu Tausenden in China für den europäischen Bedarf „gezüchtet" bzw. gequält werden, hat mich veranlasst, der Tierschutzorganisation PETA beizutreten und endlich aktiv etwas zu tun. Wer diese Dokumentation gesehen hat, bekommt die Bilder nie mehr aus dem Kopf.

Ihr sowieso schon kurzes Leben fristen diese bedauernswerten Geschöpfe in kleinen Käfigen mit einem Boden aus Beton. Die nächste Station in ihrem traurigen Leben ist dann der Markt für Pelzeinkäufer. Mehrere Tiere werden dort, eingequetscht in winzige Käfige, zur Schau gestellt. Ist ein Interessent gefunden, wird ein Tier brutal herausgezerrt, damit der Pelz begutachtet werden kann.

Die traurigen Augen dieser Tiere werde ich in meinem ganzen Leben nicht wieder vergessen.

Zum „Service" der Händler zählt, die Tiere an Ort und Stelle zu häuten. Dazu schlägt man ihnen eine lange Eisenstange ins Genick.

Es dürfte nicht schwer sein, sich vorzustellen, dass die meisten der Tiere dadurch nicht sofort getötet werden. Und weil der Mensch das perverseste aller Lebewesen zu sein scheint, wird den Tieren dann bei lebendigem Leib der Pelz abgezogen.

Als Undercover Ermittler auf einer chinesischen Pelztierfarm waren, mussten sie sehen, dass viele Tiere noch am Leben sind und verzweifelt kämpfen, während Arbeiter sie auf den Rücken schmeißen oder an den Beinen oder Schwänzen aufhängen, um sie zu häuten. Wenn Arbeiter auf diesen Farmen den ersten Schnitt durch die Haut machen und den Pelz vom ersten Bein des Tieres abziehen, tritt das andere Bein noch um sich und windet sich. Arbeiter treten den Tieren, die sich zu sehr wehren, um einen sauberen Schnitt möglich zu machen auf den Hals oder auf den Kopf. Wenn die Haut schließlich den Tieren über den Kopf abgezogen wird, werden ihre nackten, blutenden Körper auf die Stapel all der anderen Leidensgenossen vor ihnen geworfen. Einige sind noch immer am Leben, atmen in kurzen Stößen und zwinkern langsam. Das Herz von einigen Tieren schlägt noch ganze fünf bis 10 Minuten lang, nachdem sie gehäutet wurden. Ein Ermittler machte Aufnahmen von einem gehäuteten Marderhund auf dem Leichenberg, der noch genug Kraft hatte, seinen blutigen Kopf zu heben und in die Kamera zu starren.

Bevor man sie bei lebendigem Leibe häutet, schleift man die Tiere aus ihren Käfigen und wirft sie zu Boden. Die Arbeiter knüppeln sie mit Metallrohren oder knallen sie mit Gewalt gegen harte Gegenstände, was zu Knochenbrüchen und Krämpfen führt, aber nicht immer zum sofortigen Tod. Und die anderen Tiere müssen hilflos mit ansehen, wie die Arbeiter sich in der Reihe vorarbeiten.

(Die durch Kursivschrift hervorgehobenen Passagen, wurden einem Bericht von der Internetseite der Tierrechtsorganisation PETA Deutschland e. V. entnommen, die mir für die Verwendung des Textes freundlicherweise ihre Zustimmung erteilt hat. Weitere Informationen über die wertvolle Arbeit, die die PETA leistet, erhalten Sie unter www.peta.de).

Den Menschen muss endlich wieder bewusst gemacht werden, dass die billig angebotenen Kleidungsstücke eben nicht nur mit Webpelz bestückt sind. Für diesen überflüssigen Pelzbesatz musste zum Beispiel ein ausschließlich zum Töten gezüchteter Marderhund ganz elendig sein ohnehin schon armseliges Leben lassen.

Wie der Mensch, so haben auch Tiere ein Recht auf Leben. Auf ein schönes und artgerechtes Leben. Wenn sich die Menschen dieser Verantwortung nicht endlich einmal bewusst werden, schäme ich mich, dieser Spezies anzugehören.

Ich denke an die strahlenden Kinderaugen beim Anblick eines mit Pelz besetzten Anoraks oder Spielzeugs unter dem Weihnachtsbaum. Können Sie sich wirklich darüber freuen, wenn dagegen Zehntausende von traurigen Tieraugen stehen?

Im Gegensatz zu mir haben Sie die Möglichkeit, Tausende von Menschen zu erreichen. Ich bitte Sie von ganzem Herzen, durch detaillierte Informationen Ihre vielen Hörer, Zuschauer oder Leser auf dieses unmenschliche Leid aufmerksam zu machen.

Die Tiere danken es Ihnen und mir erfüllen Sie schon heute meinen wichtigsten Weihnachtswunsch.

Tausend Dank und herzliche Grüße

25. Oktober 2013

Heute erreicht mich eine großartige Nachricht unserer Nichte Daniela. Unter Mitwirkung von chinesischen Tierschützern ist es einer Tierschutzorganisation tatsächlich gelungen, ein Hundeschlachthaus und 33 Verkaufsstände von Hunden und Katzen in China schließen zu lassen. Mehr als eineinhalb Millionen Hunde und Katzen werden diesem grausamen Handel nun nicht mehr zum Opfer fallen.

Mein Herz geht auf, als ich das Video mit dieser frohen Botschaft sehe. Da soll mir nicht noch einmal jemand sagen, „dass man ja doch nichts erreichen kann". Wie man sieht, ist genau das Gegenteil der Fall.

Auf diesem Wege bitte ich auch Sie, ja genau SIE, der oder die Sie dieses Buch gerade lesen, mitzuhelfen, dass Tiere nicht mehr unnötig gequält werden. Ich bin mir ganz sicher, dass gerade SIE ebenfalls ein großes Herz für Tiere haben.

3. November 2013

Noch immer haben wir keine Nachricht unseres Anwalts erhalten. Obwohl ich ihn letzte Woche bereits zweimal sehr freundlich per E-Mail dazu aufgefordert hatte, uns ein kurzes Update zukommen zu lassen. Super, inzwischen hören wir weder von der Tussi noch von unserem Anwalt.

Meine Geduld ist am Ende, ich verfasse nachstehenden Brief und schicke ihn meiner Schwester, um ihre Meinung dazu zu erfragen.

Guten Tag Herr xxxx,
warum ich auf keine meiner E-Mails eine Antwort bekommen habe, kann ich ebenso wenig nachvollziehen wie die Tatsache, dass offensichtlich keine weiteren Aktivitäten von Ihnen erfolgt sind. Zumindest haben weder meine Schwester noch ich diesbezügliche Informationen erhalten.
Die letzte Frist (25. September 2013), die der Dame für den Notartermin gesetzt wurde, ist nun bereits seit mehr als fünf Wochen verstrichen. Nachdem wir von Ihnen nichts weiter gehört haben, gehen wir davon aus, dass keine Reaktion auf Ihr Schreiben erfolgte. Bei unserem letzten Termin in Ihrem Büro im September einigten wir uns darauf, dass nach zwei Wochen Klage eingereicht werden soll.
Meine Schwester hatte bereits Anfang letzter Woche bei Ihnen angerufen und darum gebeten, Klage einzureichen. Ich hatte Ihnen am selben Tag eine E-Mail mit der gleichen Bitte geschickt. Sie sagten meiner Schwester, dass Sie das „vielleicht" nächste Woche erledigen werden.

Als Ihre Mandanten bzw. Kunden können wir nicht verstehen, warum es in Ihrer Entscheidung liegen soll, ob und wann Klage eingereicht wird. Zumal wir den weiteren Ablauf in Ihrem Büro bereits festgelegt hatten.

Einerseits kann ich nachvollziehen, dass sich unser „Fall" aufgrund des fehlenden Streitwerts für Sie u. U. als nicht besonders lukrativ erweisen könnte. Andererseits hätten Sie das Mandat dann auch von vorneherein ablehnen können.

In meinen Augen ist eine Anwaltskanzlei einem Dienstleistungsunternehmen gleichgestellt. Einem Dienstleister, der weder auf E-Mails antwortet, noch getroffene Vereinbarungen fristgerecht durchführt, kann ich leider kein Vertrauen entgegenbringen.

Tatsache ist, dass auch ich mich in der Zwischenzeit nicht mehr gut vertreten fühle und für den Fall einer gerichtlichen Auseinandersetzung inzwischen höchste Bedenken habe. Ich hätte mir von Ihnen etwas mehr „Biss" bei unserer Vertretung gewünscht.

Sowohl meine Schwester als auch ich möchten daher auf eine Vertretung Ihrerseits verzichten und unsere Zusammenarbeit an diesem Punkt beenden.

Mit freundlichen Grüßen

Sylvias Antwort lässt nicht lange auf sich warten. Ihre Bitte, das Schreiben nicht abzuschicken und erst noch einmal einen gemeinsamen Gesprächstermin zu vereinbaren, erstaunt mich. Dachte ich doch, sie wäre hocherfreut, da sie mit dem Anwalt bisher nicht unbedingt gut klargekommen ist. Na ja, irren ist eben doch menschlich.

Natürlich stimme ich ihr zu, dass mein Schreiben zu emotional ausgefallen ist und wir uns doch lieber nüchtern auf die Fakten konzentrieren sollten. Aber so bin ich nun mal. Anfangs eher geduldig und abwartend. Reißt mir dann aber der Geduldsfaden, reagiere ich höchst emotional. Wahrlich nicht immer von Vorteil.

Nächste Woche werde ich versuchen, kurzfristig einen Termin zu bekommen.

7. November 2013

An unseren vorletzten großen Ehekrach kann ich mich nicht einmal mehr erinnern. Das ist inzwischen einige Jahre her. Bis auf kleinere Kabbeleien oder Meinungsverschiedenheiten führen wir eine harmonische Ehe. Mit dieser Harmonie sollte es heute Vormittag erst einmal schlagartig vorbei sein.

Vor einigen Wochen hatte uns unser Vermieter darüber informiert, dass er plant, das Haus zu verkaufen. Uns zuliebe würde er Wert darauf legen, jemanden zu finden, der es als Geldanlage kauft und wir somit hier wohnen bleiben könnten. Nachdem der erste Schock überwunden war, beschlossen wir, uns trotzdem auf die Suche nach einer neuen Bleibe zu machen. Zur Eile sahen wir uns nicht genötigt, da während der kommenden Wochen lediglich zwei Interessenten zur Besichtigung angetreten waren. Von beiden hatte man daraufhin nie wieder etwas gehört.

Bei einem Haus, das inzwischen 80 Jahre auf dem Buckel hat, wundert mich das auch nicht. Keine besonders gute Geldanlage, in meinen Augen. Zudem erscheint mir der von ihm festgesetzte Preis doch sehr utopisch.

Die Suche nach einem neuen Objekt für uns gestaltet sich schwieriger als angenommen. Nachdem wir uns hier inzwischen zwölf Jahre sehr wohl gefühlt haben, sind wir natürlich verwöhnt. Die Gegebenheiten sind für uns perfekt und Voraussetzung für einen Wechsel ist es, etwas Gleichwertiges zu finden.

Vor allem erstaunt mich, dass Vermieter von Häusern mit Garten zum großen Teil keine Hundehaltung gestatten. Die Logik dahinter konnte ich bisher noch nicht nachvollziehen. Werner vermutet, die Leute befürchten unter Umständen, der Hund könnte sein „Geschäft" ständig im Garten verrichten. Schwachsinn! Unser Hund kackt genauso wenig in sein Territorium, wie der Vermieter in sein Wohnzimmer scheißt.

Zu hundert Prozent sicher ist für uns auf jeden Fall eines: Ohne unser vierbeiniges Familienmitglied gehen wir nirgendwohin.

Wie dem auch sei, nachdem das Damoklesschwert des anstehenden Auszugs ständig über uns schwebt, beschließe ich, beim nächsten Telefonat unseren Vermieter ein bisschen genauer auszufragen. Uns gegenüber hat er sich bisher relativ schwammig geäußert. Vielleicht wird verkauft, vielleicht aber auch nicht. Diese Aussage ist mir zu ungenau und gefällt mir nicht wirklich.

Langsam rückt er dann doch mit der Sprache heraus. Er hätte wohl viele Anfragen, aber alle Interessenten möchten selbst einziehen. Das Geld würde er im April 2014 benötigen. Somit sollte der Verkauf bis dahin auch über die Bühne gegangen sein. Klar weise ich ihn daraufhin dezent auf unsere inzwischen neunmonatige Kündigungsfrist hin. Aus seiner Reaktion schließe ich, dass wir wohl demnächst mit der Kündigung zu rechnen haben.

Super, ein Umzug ist auch wieder mit zusätzlichen, nicht einkalkulierten Kosten verbunden. Da müssen wir wohl noch versuchen zu verhandeln, für den Fall, dass wir diese heiligen Hallen früher als im August 2014 verlassen. Geben und nehmen, das gilt auch für Mieter und Vermieter.

Werner findet unter Immobilien Scout 24 eine vielversprechende Doppelhaushälfte. Als mir der Makler versichert, dass ein Hund kein Problem darstellt, vereinbare ich einen Besichtigungstermin für heute zwischen acht und neun Uhr. Kurzerhand nehme ich mir einen Tag frei, denn am Abend werden wir noch ein BossHoss-Konzert in München besuchen.

Zu meinem Leidwesen muss ich bereits um sieben Uhr mein warmes Bett verlassen. Aber was tut man nicht alles. Seit gestern Abend freue ich mich schon auf die Besichtigung und bin neugierig darauf, ob das Haus hält, was die Bilder im Internet versprochen haben.

Um drei viertel acht Uhr meldet sich der Makler noch, um den Termin von uns bestätigt zu bekommen. Anscheinend hat er bereits einige schlechte Erfahrungen mit unzuverlässigen Kunden gemacht. Mein Mann sagt ihm, dass wir fast auf dem Sprung sind, und klärt noch die Einzelheiten bezüglich des Treffpunkts. Denke ich jedenfalls.

Gut zehn Minuten vor Termin kommen wir in Buch am Buchrain an und biegen in die vom Makler genannte Straße ein. Mein Mann sieht sich suchend um und fährt zweimal die Straße hinauf und wieder hinunter. Blick links, Blick rechts, außer einem ab und an erstaunten „Mmmh" vernehme ich nichts. Noch warte ich hoffnungsvoll ab.

Als er dann aber zum dritten Mal eine Kehrtwende macht, sehe ich mich doch genötigt nachzufragen.

„Welche Hausnummer suchst du denn?"

„Keine Ahnung."

„Wie? Warum keine Ahnung?"

„Na, eben keine Ahnung. Ich kenne die Hausnummer nicht."

„Willst du mir damit sagen, dass du einen Besichtigungstermin bestätigst, ohne die Hausnummer zu erfragen?"

„Warum denn auch? Habe doch im Lageplan im Internet genau gesehen, wo das Haus steht."

„Nun, offensichtlich ja nicht."

„Was kann ich denn dafür, dass der Depp von Makler nicht vor dem Haus steht, um auf uns zu warten?"

„Vielleicht tut er das ja. Fahr doch einfach mal die GANZE Straße hinunter und suche nicht nur immer in diesem kurzen Bereich."

„Brauche ich nicht, laut Lageplan steht das Haus genau zwischen diesen beiden kleinen Seitenstraßen hier."

„Ich sehe aber kein Doppelhaus."

„Gut, dann fahren wir jetzt eben wieder nach Hause."

„Geht's noch? Bleib jetzt sofort stehen und lass uns die ganze Straße entlanggehen."

„Ich fahre jetzt wieder nach Hause, du kannst ja aussteigen, wenn du willst."

„Mein Gott, das darf man ja wirklich keinem erzählen."

„Dann erzähle es eben keinem", erwidert mein Mann lachend. Im Gegensatz zu mir findet er die Situation anscheinend lustig.

Super, da kommt doch jetzt mal wieder der sture Löwenschädel zum Vorschein. Wie peinlich ist das eigentlich? Der Makler ruft extra noch bei uns an und wir sind nicht fähig, das Haus zu finden, weil mein Chaot von Ehemann es nicht für nötig hält, nach der Hausnummer zu fragen. Dass aber auch der offensichtlich nicht weniger chaotische Makler nicht so weit gedacht hat, seinerseits meinem Mann die Hausnummer zu geben, kommt mir zu diesem Zeitpunkt nicht in den Sinn.

Den weiteren Verlauf unseres Streits möchte ich hier lieber nicht in allen Einzelheiten wiedergeben. Unser Hund jedenfalls macht sich, ob des anschwellenden Geräuschpegels, auf dem Rücksitz lieber ganz klein und verhält sich mucksmäuschenstill.

In äußerst rasantem Tempo geht's wieder nach Hause. Während ich mir wutentbrannt eine Zigarette anzünde, setzt sich mein Mann mit dem Makler in Verbindung. Vorher informiere ich ihn noch darüber, dass sich die Besichtigung für mich erledigt hat. Dieser Peinlichkeit setze ich mich keinesfalls freiwillig aus.

Als ich dann auch noch höre, dass mein Mann die Hausnummer 35 wiederholt, haut es mir endgültig den

Vogel raus. Sind wir doch bei seiner Suche lediglich bis Hausnummer 20 gekommen. Wäre er also meinem Rat gefolgt und die ganze Straße entlanggefahren, hätte dann wahrscheinlich auch „der Depp" von Makler dort vor dem Haus gestanden.

Mann und Hund verlassen das Haus und machen sich erneut auf den Weg. Für den Bruchteil eine Sekunde nur überlege ich, ihnen zu folgen. Schließlich überwiegt aber auch bei mir Sturheit vor Neugierde. Wutentbrannt laufe ich, wie ein Tiger im Käfig, im Haus auf und ab. Ich könnte die Wände hochgehen oder mit dem Kopf gegen die Wand rennen, so sauer bin ich jetzt.

Die Bestätigung meines Ärgers durch eine Seelenverwandte wäre jetzt gefragt. Ich rufe meine Freundin Isy an. Wozu schließlich sind beste Freundinnen denn sonst da? Offensichtlich störe ich gerade. Sie fragt mich, wo ich denn bin, und will mich in 15 Minuten zurückrufen.

Oh je, 15 Minuten. Eine halbe Ewigkeit für jemanden, der dringend reden möchte. Ich verkürze mir die Wartezeit, indem ich etwas für meine Gesundheit tue, und rauche eine Zigarette nach der anderen.

Gefühlte Stunden später berichte ich ihr das ganze Drama detailgetreu (Beschimpfungen inklusive). Als Außenstehende bringt sie natürlich in dieser Situation Verständnis für beide Parteien auf. Das wollte ich jetzt nicht wirklich von ihr hören.

Als ich dann auch noch verlauten lasse, dass ICH Werner am Abend keinesfalls zu BossHoss begleiten werde, wird es ihr zu bunt.

„Du spinnst ja wohl. Da schneidest du dich doch bloß ins eigene Fleisch. Jetzt sei aber bitte nicht so kindisch."

Doch, genau das will ich jetzt sein. Kindisch. Sehr kindisch.

Wir beenden das Telefonat schnell, als ich feststelle, dass der „Wohnungsbesichtiger" in die Hauseinfahrt einbiegt. Hat ja nicht sehr lange gedauert, die ganze Aktion. Ich flüchte ins Bad, während er sich samt Hund im

Wohnzimmer niederlässt. Obwohl mein Zornespegel inzwischen um die Hälfte geschrumpft ist, möchte ich ihm jetzt keinesfalls über den Weg laufen. Ich schnappe mir meinen Autoschlüssel, knalle (natürlich) die Haustür zu und fahre, ganz entgegen meinen sonstigen Gewohnheiten, zum Shoppen. Das soll ja ganz hilfreich sein, wenn man sich abreagieren muss.

Der Nutznießer dieser ganzen vertrackten Situation ist Bella. Als ich zwei Stunden später nach Hause zurückkomme, habe ich ein neues kuscheliges Hundekörbchen nebst bequemem Sofakissen für sie im Gepäck.

Werner empfängt mich mit einem fröhlichen „Na, hast du dich jetzt wieder beruhigt?". Mein mehr oder weniger knurriges „NEIN" trägt er wie immer mit Fassung. Ungefragt erfahre ich jetzt, dass ausschließlich ich gestritten habe. Wie immer hat er lediglich diskutiert. Nach kurzem Geplänkel kann ich mir dann das Lachen doch wieder nicht mehr verkneifen. Der Haussegen ist wieder gerade gerückt.

In trauter Zweisamkeit genießen wir am Abend gemeinsam das Konzert. Die tolle Stimmung wird lediglich dadurch getrübt, dass ich nach zwei Stunden nicht mehr stehen kann. Meine Hüftarthrose macht sich bemerkbar. Ich bin eben auch nicht mehr die Jüngste. Macht nix, lieber eine kaputte Hüfte als eine kaputte Beziehung.

Ach ja, die Wohnung übrigens soll super gewesen sein. Aber die äußeren Gegebenheiten wie Garten, Garage und Einfahrt viel zu klein für unsere Ansprüche und absolut nicht akzeptabel. Gut, dann habe ich ja im Endeffekt wenigstens nicht viel versäumt und lediglich einen Urlaubstag verplempert.

8. November 2013

Meine Hoffnung, dass der heutige Tag positiver als der gestrige verlaufen wird, sollte sich schnell als trügerisch erweisen. Das wird relativ schnell klar, als meine Schwester und ich um elf Uhr dem Anwalt in seinem Büro gegenübersitzen.

„Sie würden gerne wissen, warum ich noch nichts weiter unternommen habe", stellt er nach einer kurzen Begrüßung fest. Oh ja, das ist wohl war. Genau das ist der Grund gewesen, diesen Termin mit ihm zu vereinbaren. Immerhin, Situation schon mal klar erkannt.

Nun eröffnet er uns, dass wir, da wir das Erbe abgelehnt haben, von der Tussi keine notarielle Beglaubigung mehr fordern können. Daher hätte er auch noch nicht auf die Tatsache reagiert, dass der gesetzte Termin bereits seit einigen Wochen verstrichen ist. Sowohl der Gesichtsausdruck meiner Schwester als auch meiner lässt sich hier nur sehr schlecht beschreiben. Dumm wäre wohl zu milde ausgedrückt. Denn diese Aussage ist genau das Gegenteil dessen, warum er uns vor etwas mehr als einem halben Jahr zur Ausschlagung der Erbschaft geraten hatte.

Auf meine Frage, wann er eigentlich gedachte, uns über diese „neue" Situation in Kenntnis zu setzen, erzählt er uns, dass er noch auf eine Eingebung warten würde. „Eingebung? Von wem?", rutscht mir heraus. Kurzfristig bleibt mir die Spucke weg, als er lapidar antwortet: „Na, von mir." Meine Bemerkung: „Wie man sieht, hätten wir darauf unter Umständen noch sehr lange warten können", entlockt ihm doch tatsächlich ein Lächeln. Was ist das denn jetzt für eine Clown-Nummer?

Was ich kaum mehr für möglich gehalten hätte, tritt jetzt ein. Es wird tatsächlich noch lustiger, als ich feststelle, dass wir dann vor einem halben Jahr ja wohl eine falsche Auskunft erhalten hätten. „Ja, wissen Sie, auch ein Anwalt lernt nicht aus", entgegnet er. Hoppalla, das wusste ich jetzt doch tatsächlich wirklich nicht. Bin ich doch davon ausgegangen, dass ein Fachanwalt für Erbrecht seine Ausbildung bereits abgeschlossen hat. Offensichtlich liegt der Fehler hier auf meiner Seite.

Im weiteren Verlauf des Gesprächs wird uns immer klarer, dass dieser Anwalt keinen besonderen Wert darauf legt, Klage einzureichen. Im Gegensatz zu früheren Aussagen erklärt er uns jetzt, dass er lediglich eine Chance von zehn Prozent sieht, den Erbstreit zu unseren Gunsten zu entscheiden.

Im Falle einer abgeschmetterten Klage müssten wir mit weiteren Kosten in Höhe von 2.000 bis 3.000 Euro rechnen. Verständlicherweise hält sich unsere Begeisterung ob dieser Neuigkeiten sehr in Grenzen.

Wir stellen die Frage, ob diese Kosten für jeweils eine oder für uns beide zusammen anfallen. „Gut, dass Sie mich daran erinnern", sagt er. An diesen Punkt hätte er jetzt gar nicht gedacht. Nach nochmaligem Nachschlagen in seinem „Lehrbuch" bestätigt er uns dann, dass dies wohl die Gesamtkosten sein würden.

Wir stellen fest, dass sich seine Vorbereitung auf Termine in Grenzen hält. Was auch immer wir vorbringen, wird erst entweder im Computer oder in seinem „Hilfswerk" nach-geschlagen. Mein ursprüngliches Vertrauen in ihn ist inzwischen bereits auf den Nullpunkt gesunken. Ich muss gestehen, dass seine weiteren Worte nur noch an meinen Ohren vorbeirauschen.

Als wir das Büro verlassen, hat meine Schwester mit ihm (wieder einmal) vereinbart, dass er nochmals eine schriftliche Aufforderung bezüglich des Notartermins an die Tussi schickt. Je nach Ausgang werden wir dann entscheiden, ob Klage eingereicht wird oder nicht. Keine von uns beiden hat noch ausreichend Lust oder entsprechend viel „Spielgeld" zur Verfügung, um dieses in eine nun wohl doch aussichtslose Gerichtsverhandlung zu investieren.

Wir holen uns beim Bäcker Nervennahrung, verbringen den Rest des erfreulicherweise sonnigen Tages auf unserer Terrasse und lassen das Gespräch nochmals Revue passieren. Wie wir, so ist auch mein Mann entsetzt über die neuesten Erkenntnisse und der Meinung, dass man diesen „Lehrling" der Anwaltskammer melden sollte. Reumütig gebe ich zu, dass meine Schwester wohl doch eine bessere Menschenkenntnis besitzt als ich. Na ja, auch ich lerne wohl nicht aus.

Sylvia wird in den nächsten Tagen mit ihrer ehemaligen Anwältin einen Termin vereinbaren, um eine zweite Meinung einzuholen. Alles Weitere entscheiden wir im Anschluss daran. Wir schieben dieses leidige Thema vorerst beiseite und unterhalten uns über erfreulichere Dinge. Langsam fangen wir an, uns besser kennenzulernen. Schön, so ein Plausch unter Schwestern.

Ein rabenschwarzer
19. November 2013

Von ganzem Herzen würde ich mir wünschen, dieses Kapitel nicht schreiben zu müssen. Leider gehen aber auch die sehnlichsten Wünsche nur selten in Erfüllung. Viel zu selten.

Nach einem anstrengenden Arbeitstag komme ich nach Hause und begrüße meine zwei fröhlich. Mein Mann sieht mich betreten an.

„Du musst in der großen Stadt anrufen. Deine Tante ist tot."

„Tante Lieserl?"

Sofort kommt mir die jüngere Schwester meines Vaters in den Sinn. Weiß ich doch, dass sie sehr krank ist.

„Nein, Traudl", entgegnet er.

„Traudl? Blödsinn, das stimmt doch nicht."

Obwohl ich das nicht einmal meinem Mann zutrauen würde, glaube ich im ersten Moment an einen makabren Scherz. Für ein paar Sekunden möchte ich auch daran glauben.

Waren wir doch gestern Abend noch bei Tante Traudl und Onkel Willy, um Bella abzuholen. Wir verbrachten ein fröhliches Wochenende mit Freunden auf einer Hütte im Zillertal und Bella war, wie so oft vorher, bei ihren „Pflegeeltern". Gut gelaunt erzählten wir von unserem lustigen Wochenende, plauderten über dieses und jenes. Nach einem „Dann bis zum nächsten Mal" und den üblichen herzlichen Umarmungen machten wir uns schon bald auf den Weg nach Hause.

TOT? TRAUDL? Niemals. Was nicht sein darf, das kann auch nicht sein.

Noch bevor ich den Hörer in die Hand nehmen kann, läutet das Telefon und mein Onkel bestätigt mit zitternder, schluchzender Stimme, was ich meinem Mann nicht glauben konnte. Ein zentnerschwerer Stein legt sich auf meinen Magen, die Tränen laufen unaufhörlich über mein Gesicht.

TOT! Wie ein riesiges schwarzes Ungeheuer, das sich nicht mehr vertreiben lässt, steht dieses Wort auf einmal im Raum. Mein Verstand beginnt das Fürchterliche langsam zu begreifen, mein Herz weigert sich standhaft.

Traudl, die aufgrund von nur zehn Jahren Altersunterschied eigentlich nie wirklich meine Tante war. Die ich auch nie Tante genannt habe. Viel eher war sie meine große Schwester, mit der ich mich immer blendend verstanden habe. Zu der ich immer kommen konnte, um mich auszukotzen, wenn zu Hause mal wieder etwas schiefgelaufen war. Mit der ich über Jahrzehnte im gleichen Haus gelebt habe. Die Liebe zu Hunden konnte ich mit ihr teilen. Wie oft sind wir am Abend mit ihren beiden Hunden, Bazi und Moritz, Gassi gegangen, haben eine Zigarette gequalmt und wie zwei Freundinnen gequatscht. Ihr konnte ich alles erzählen. Wie einer guten Freundin eben.

Traudl, die als Erste die Seiten 1 bis 30 dieses Buches gelesen hat und mich darin bestärkte, weiterzuschreiben. Bei Sonnenschein auf ihrem Balkon musste sie lauthals über einige Episoden lachen. „Wenn mich jemand beobachtet hat, der dachte wohl, ich bin übergeschnappt. Sitze alleine auf dem Balkon und lache mich kaputt", erzählte sie mir. Sie freute sich schon darauf, das fertige Werk zu lesen. Weder sie noch ich wären jemals auf die Idee gekommen, dass das niemals mehr möglich sein könnte. Dass sie sogar selbst zu einem traurigen Kapitel dieses Buches werden würde. Die Nächste sein würde, die gehen muss. Nein, daran hätte keiner von uns auch nur im Entferntesten gedacht.

Nun erfahre ich, welche Tragödie sich am Nachmittag abgespielt hat. Traudl will eine Freundin anrufen und Onkel Willy sagt ihr, dass er kurz in den Keller geht. Während des Telefonats mit ihrer Freundin ist die Leitung urplötzlich tot. Natürlich geht Elvira von einer Störung in der Leitung aus. Nach kurzer Zeit kommt mein Onkel aus dem Keller zurück und findet seine Frau leblos vor. Telefon nebst Hörer liegen auf dem Boden neben ihr.

Er rüttelt und schüttelt sie, versucht sie wiederzubeleben. Ruft schließlich verzweifelt den Notarzt. Der Tod hat sie offensichtlich von einer Sekunde auf die andere ereilt, niemand konnte mehr helfen. Ein gnädiger Tod eigentlich. Der gnädigste überhaupt für den, der gehen muss. Für die, die zurückbleiben, der fürchterlichste, schrecklichste, unbegreiflichste, den man sich nur vorstellen kann. Jede Möglichkeit, sich auf den Abschied vorzubereiten, auf Wiedersehen zu sagen, ist dir genommen. Von einer Sekunde zur anderen ist die Welt nicht mehr die gleiche. Wird niemals mehr die gleiche sein.

Welche Ursache ihren Tod ausgelöst hat, kann keiner der eintreffenden Ärzte feststellen. Wie immer, wenn sich ein ungeklärter Todesfall ereignet, kommt auch die Polizei. Sie müssen nun auf den Leichenbeschauer warten, stundenlang. Die Streifenpolizisten bleiben anwesend, bis nach einer halben Ewigkeit die Kriminalpolizei eintrifft, um die weiteren Untersuchungen zu übernehmen. Stunden noch liegt Traudl leblos auf dem Sofa im Wohnzimmer, bis sie gegen dreiundzwanzig Uhr zur Gerichtsmedizin mitgenommen wird. Von Onkel Willy fürsorglich mit einer Decke bis zum Kinn zugedeckt, so als ob sie nicht unter der langsam aufsteigenden Kälte leiden soll. Sorgsam hat er ihr ein Kissen unter den Kopf geschoben.

Manfred, ihr Sohn, bricht weinend zusammen, als er nach Hause kommt. Ein anwesender Psychologe kümmert sich die nächsten Stunden um ihn und Onkel Willy.

Wie sollen Ehemann und Sohn diesen Schock verkraften? Auch Mama bleibt bei ihnen, versucht so gut es ihr möglich ist, ihnen zur Seite zu stehen.

Wir sitzen auf unserer Couch im Wohnzimmer. Wieder und wieder sage ich fassungslos zu meinem Mann: „Ich kann das nicht glauben. Das kann einfach nicht möglich sein." Die Tränen laufen über mein Gesicht. Alles ist auf einmal banal geworden. Essen, fernsehen, schlafen. Unwichtige Nebensächlichkeiten. Nur an sie muss ich die ganze Zeit denken.

Ich erinnere mich daran, wie sie mir erzählte, dass ihr Terminkalender so unglaublich voll ist. Urlaube, Kurzurlaube wie vor Kurzem zum Törggelen nach Südtirol, Theater- und Konzertbesuche, ein Besuch beim Zirkus Roncalli am 3. November 2013, ihr Geschenk zum Geburtstag meines Onkels. „Man muss seine Zeit nutzen. Weiß man doch nie, wie lange man gesundheitlich dazu noch in der Lage sein wird", sagte sie. Eine gute Einstellung, die beste überhaupt. Ich bin so froh, dass sie all das noch erleben durfte.

STERBEN. TOD. Der Gedanke, dass es jeden von uns irgendwann treffen wird, ist wohl in jedem von uns. Ganz tief im hintersten Loch des Herzens vergraben. Ignorieren heißt, es wird nicht passieren. Was für ein trauriger Irrtum.

Melden die Nachrichten, dass ein Prominenter verstorben ist, denkt man, dass der Tod eben zum Leben gehört. Eher lässig geht man damit um, mit dem Tod eines Fremden. Aber dann plötzlich, hervorgerufen durch den Tod eines geliebten Menschen, brechen sie mit unaufhaltsamer Urgewalt hervor, die Ungeheuer.

STERBEN. TOD. Und mit ihnen kommt auch die Angst hoch.

Bei jedem Handgriff stelle ich mir vor, das könnte der letzte sein. Aber ich habe doch noch so viel vor. Traudl hatte doch noch so viel vor. Wir alle haben doch noch so

viel vor. Unsere Vergänglichkeit ist auf einmal allgegen-
wärtig. Mein Gott, wer muss uns als Nächstes verlassen?
Ich WILL nicht noch jemanden verlieren. Ich hasse diese Angst und den Schmerz, der sich wie ein gefräßiges
Monster in meinem Inneren ausbreitet.

Spät in der Nacht schreibt uns Onkel Willy eine E-Mail.
Er kann nicht schlafen, muss immerzu an seine Frau denken. Natürlich. Ihr letztes Foto ist beigefügt. Fürsorglich
eingebettet, die Augen geschlossen, der Gesichtsausdruck entspannt wie im Schlaf.

Hallo, du schläfst doch nur. Mach endlich die Augen
wieder auf. Verdammt noch mal. Ich blicke auf das Foto.
Stumm beginnt mein Herz mit ihr zu sprechen.

Traudl, dein Verlust schmerzt mich so sehr. Du hast
eine riesige Leere in unserem Leben hinterlassen. Ich bin
unsagbar traurig, denke ständig an dich. Meine ältere
Schwester werde ich unglaublich vermissen. Wo auch
immer du jetzt bist, ich hoffe, es geht dir gut dort.

20. November 2013

Wir fahren zu Onkel Willy und Manfred. Vielleicht
können wir helfen, unterstützen oder auch etwas Trost
spenden. Trost? Jedes Wort des Trostes scheint banal.
„Die Zeit heilt alle Wunden." Nein, manche heilt sie eben
nicht. Es gibt keinen Trost beim Tod eines geliebten Menschen. Aber da sein, falls man gebraucht wird, das kann
vielleicht ein bisschen helfen. Wortlos drücke ich die beiden ganz fest. Keine Notwendigkeit für große Worte. Wir
verstehen uns auch so.

Der Gerichtsmediziner rief am Nachmittag an. Er hätte selten einen so gesunden Menschen vor sich gehabt. „Ihre Frau hätte noch 20 oder 30 Jahre leben können." Was passiert ist, kann auch er nicht genau sagen. Die Untersuchungen haben ergeben, dass weder ein Herzinfarkt noch ein Gehirnschlag diesen Sekundentod hervorgerufen haben. Die inneren Organe, die Muskulatur, alles perfekt.

Warum auch immer, das Herz hat einfach aufgehört zu schlagen. Unfassbar. Gemerkt hat sie es nicht mehr. Das Licht ging einfach aus. Von einer Sekunde auf die andere. Sie musste nicht leiden. Sofern das überhaupt möglich ist, wenigstens ein klitzekleiner Trost.

Durch die fehlende Sauerstoffzufuhr im Gehirn hätte sie im Fall einer Wiederbelebung irreparable Schäden davongetragen. Wäre aller Wahrscheinlichkeit zum Pflegefall geworden. Unvorstellbar. Traudl, die Bewegung brauchte wie die Luft zum Atmen. Stundenlange Spaziergänge, ihre geliebten Bergwanderungen, zweimal die Woche Fitnessstudio. Das war ihre Welt. Den Rest ihres Lebens im Bett liegend, vielleicht bewegungslos, ganz sicher wäre das eine Horrorvorstellung für sie gewesen. Dieses Siechtum ist ihr erspart geblieben. Wenigstens das.

Die erhobenen Zeigefinger oder guten Ratschläge für eine gesündere Lebensweise interessieren mich nicht mehr. Dieses oder jenes soll man nicht essen. Ist schlecht für die Cholesterinwerte. Schädige ja deine Lungen und Gefäße nicht mit Zigaretten. Wann hörst du endlich auf zu rauchen? Treibe Sport, bewege dich mehr. Und, und, und …

Keiner der lieben Menschen, die ich in den letzten Jahren verloren habe, hatte auch nur einen einzigen Risikofaktor. Keiner von ihnen hat jemals geraucht oder gesoffen. Alle waren sportlich, schlank und ausgeglichen. WHAT THE FUCK …

Ich lebe, wie ich es möchte, esse, was mir schmeckt, und rauche, so viel ich will. Meine Meinung, dass bei der Geburt bereits feststeht, wann wir diese Welt wieder verlassen müssen, wurde wieder einmal bestätigt. Warum sonst sterben gesunde Menschen und solche, die aus total zerquetschten Autowracks geborgen werden, überleben? Wenn die Zeit gekommen ist, abzutreten, dann wird es passieren. Wo und wie auch immer. Krank oder gesund. Egal. Die Uhr läuft ab. Genau in dieser einen Sekunde, die dir heute bereits vorbestimmt ist.

Meine Familie und Freunde haben nach meinem Tod als Trost zumindest die Sicherheit, dass ich mein Leben in vollen Zügen genossen habe. Ich habe gelebt, wie ich es wollte. Ich war glücklich. Und genau das ist es, was am Ende wirklich zählt.

Lebe jeden Tag, als ob es dein letzter wäre, und gib vor allem jedem Tag die Chance, der glücklichste deines Lebens zu werden.

21. November 2013

Weitere zwei Wochen sind ins Land gegangen, ohne dass unser Anwalt etwas in die Wege geleitet hat. Warum wundert mich das nicht mehr?

Die ehemalige Anwältin meiner Schwester hält sich bedeckt und fällt kein Urteil über die Arbeit, die von ihrem Kollegen bisher geleistet wurde. In meinen Augen ehrt sie das sehr. Trotzdem bestätigt sie seine neueste Auskunft nicht und zeigt sich höchst erstaunt, dass bisher immer noch keine Klage eingereicht wurde.

Daher verfasst meine Schwester folgende E-Mail an ihn:

Bezugnehmend auf unser persönliches Treffen am Freitag,
den 08.11.2013 mit meiner Schwester sowie auf meine E-Mail
mit beigefügtem Schreiben bzw. die Darlegung des Pflichtan-
teilsanspruchs der Kollegin Frau xxxx und unserem Telefonat
am 19.11.2013 bitten wir darum, das Schreiben an Frau xxxx
bzw. ihren Anwalt Herrn xxxx bis zum 27.11.2013 fertigzu-
stellen. Eine entsprechende Kopie bitte an uns.

Wir haben sehr wohl einen Anspruch auf eine notarielle
Vermächtniserklärung und bestehen auch darauf. Natürlich
müssen solche Forderungen mit Frist gestellt werden, was in
der Vergangenheit von Ihnen leider versäumt wurde. Dies gilt
ebenso für eine schriftliche Darstellung der Darlehen (inkl. be-
zahlter Zinsen in Höhe von 14 Prozent) an Frau xxxx, welche
ebenfalls mit einer gesetzten Frist durch Sie erfolgen muss.

Leider haben Sie es in der Vergangenheit versäumt, Abstu-
fungsmahnungen mit gesetzter Frist zu schreiben. Wäre dies
der Fall gewesen, hätten wir Zinsen einfordern können.

Für die Zukunft, soweit es diese für uns mit Ihnen noch gibt,
erwarten wir, dass Sie sich an vereinbarte Absprachen und
Fristen halten. Auch Anwälte haften für ihre Arbeit.

Perfekt, hätte ich nicht besser machen können.

Aufgrund der im Verlauf der letzten Wochen fehlenden
Professionalität kommen bei uns starke Zweifel auf, dass
wir das Mandat tatsächlich einem Fachanwalt für Erbrecht erteilt haben. Eine diesbezügliche Anfrage geht an
die Anwaltskammer. Man darf auf die Antwort gespannt
sein.

29. November 2013

Erfreulicherweise kann ich beim Schreiben dieses Buches ein wenig Entspannung finden. Das ist in diesen Tagen mehr als erforderlich. Das Schreiben gibt mir die Möglichkeit, meine gebeutelte Seele etwas zu erleichtern. Mit etwas Wehmut denke ich daran, dass mein eigentlicher Berufswunsch Journalistin war. Nach erfolgreichem Abschluss der Realschule mit 17 Jahren war ich zum einen noch zu jung, um die Journalistenschule zu besuchen, zum anderen verweigerte mir Vater sowieso sein Einverständnis. Ich bekam einen Job in der Bayerischen Landesbank und verdiente erst einmal dort mein Geld. Wie das in jungen Jahren so ist, gewöhnte ich mich ziemlich schnell an die Tatsache, endlich mein eigenes Geld ausgeben zu können. Irgendwann hatte ich dann keine Lust mehr, noch einmal die Schulbank zu drücken, und widmete mich lieber meinen Vergnügungen.

Hätte ich damals bereits gewusst, was ich heute weiß, wäre mein ursprüngliches Vorhaben mit mehr Energie in die Tat umgesetzt worden. Ich habe das Gefühl, dass Schreiben meine tatsächliche Berufung ist. Wie wäre wohl mein berufliches Leben verlaufen, hätte ich meinen Traum tatsächlich verwirklichen können? Was soll's, dann habe ich jetzt eben ein tolles Hobby. Das ist ja auch schon viel wert.

Bis vor Kurzem hätte ich mein Leben noch aus vollem Herzen als zufrieden und glücklich bezeichnet. Während der letzten Tage hat sich das Blatt plötzlich gewendet. Aber man weiß ja, dass ein Problem selten allein kommt.

Ist in einem Bereich der Wurm drin, dann folgen weitere. So ist das Leben eben. Wer könnte es auch schon ertragen, wenn es ihm immer gut gehen würde?

Natürlich spielt der Tod meiner Tante eine nicht unwesentliche Rolle. Der Schock sitzt uns allen noch tief in den Knochen und das wird auch noch lange Zeit so bleiben. Onkel und Cousin sind nicht nur emotional schwer belastet, sie kämpfen jetzt auch mit den Anforderungen des täglichen Lebens. Wir stehen ihnen, so gut es geht, mit Rat und Tat zur Seite. Ich helfe ein bisschen mit dem Schriftkram, der zu erledigen ist, und Werner unterstützt mit Kochtipps.

Im Büro geht es drunter und drüber. Die Novemberdepression hat anscheinend auch einige der Kollegen erreicht. Eine Kündigung nach der anderen schneit in diesen Tagen herein. Unzufriedenheit überall. Ja, ich gestehe, auch bei mir.

Der Kollege, mit dem ich direkt zusammenarbeitete, hat bereits im August die Firma verlassen. Entsprechend der Mentalität, die heutzutage die meisten Unternehmen an den Tag legen, wird Personaleinsparung auch bei uns großgeschrieben.

Der Ausspruch „Das machst du doch mit links noch mit" ehrt mich zwar, aber bei aller Anstrengung und trotz der dadurch anfallenden Überstunden ist das nicht zu stemmen. Wie auch, in 24 Wochenstunden.

Nichts kann frustrierender sein, als zu ackern wie ein Pferd, und trotzdem ist kein Ende in Sicht. Die Arbeitszeit steigt stetig, das Gehalt aber nicht. Ein Schelm aber auch, der diese Möglichkeit, wenn auch kurzzeitig, überhaupt in Betracht ziehen würde.

Ach ja, noch was. Da hätte ich doch bald vergessen zu erwähnen, dass die Anwaltskammer die Vermutung bestätigt hat, dass unser ehemaliger Anwalt kein Fachanwalt für Erbrecht ist. Er ist „lediglich" Rechtsanwalt. Ergo versteht er von allem etwas, aber nichts richtig. Offensichtlich.

Ich erinnere mich noch sehr genau daran, bei meinem ersten Anruf in der Kanzlei ausdrücklich einen Termin bei einem Fachanwalt für Erbrecht verlangt zu haben. Daraufhin wurde er mir zugeteilt. Klar, dass ich das dann nicht noch einmal hinterfragt habe. Schön langsam schleicht sich die Vermutung ein, dass ich eventuell doch zu gutmütig und gutgläubig sein könnte. Wird man denn heute überall nur noch beschissen?

3. Dezember 2013

Die Kündigung des ihm erteilten Mandats warf ich heute eigenhändig in den Briefkasten der Kanzlei. Die meiner Schwester ist bereits per Post unterwegs. Als Fachanwältin für Erbrecht (und das wissen wir ganz sicher) wird ab jetzt Sylvias Anwältin schneller etwas bewegen. Das hoffen wir zumindest.

Lassen wir uns mal überraschen, ob sich der gute Mann mit der Rechnung jetzt auch so lange Zeit lässt. Für ihn wird es wahrscheinlich eine Überraschung sein, dass wir nicht im Traum daran denken, für seine unprofessionelle Vorgehensweise auch nur einen Cent zu bezahlen.

Mein ursprüngliches Vorhaben, dieses Buch bis Ende 2013 fertig geschrieben zu haben, rückt in weite Ferne. In der mir (anscheinend) eigenen naiven Art ging ich ursprünglich davon aus, dass die Nachlassgeschichte bis Ende des Jahres vollständig abgewickelt sein würde. Man lernt einfach nie aus. An was würde man denn auch wachsen, wenn nicht an den ständigen Herausforderungen? Ob wir es wohl bis Ende 2014 schon über die Bühne gebracht haben werden?

11. Dezember 2013

Für uns ganz ungewohnt, hat die Anwältin, nach vorheriger Absprache mit uns, heute zuverlässig das erste Schreiben an den Anwalt der Gegenpartei verschickt:

Sie informiert die Gegenpartei, dass wir das Mandat mit unserem vorherigen Anwalt gekündigt haben und sie uns in der Erbangelegenheit nun vertritt. Die von uns erhaltenen Vollmachten sind dem Schreiben beigefügt.

Sie weist darauf hin, dass wir eine sachliche und gütliche Pflichtteilregulierung wünschen, die von seiner Mandantin durch das bisher gezeigte Verhalten massiv behindert wird.

In unserem Namen wird die Tussi nochmals dazu aufgefordert, eine vollständige Auskunft in Form eines notariellen Nachlassverzeichnisses vorzulegen, dieses muss Auskunft über den Bestand des Nachlasses im In- oder Ausland (inklusive Forderungen des Nachlasses) geben. Ebenfalls eine Schätzung des Wertes der Nachlassgegenstände zum Zeitpunkt des Todes, die Auskunft über alle Schenkungen oder auch Zuwendungen unseres Vaters an sie während der Ehe (ohne zeitliche Begrenzung) sowie die Auskunft über Schenkungen unseres Vaters an andere Personen in den letzten zehn Jahren vor seinem Tode beinhalten.

Weiterhin fordert sie eine Auskunft über durch unseren Vater durchgeführte Schenkungen ohne zeitliche Begrenzung (keine 10-Jahresfrist), wenn er den verschenkten Gegenstand weiter genutzt oder sich dessen Rückübertragung vorbehalten hat. Dies würde auch Verträge, die er zugunsten Dritter auf seinen Todesfall abgeschlossen hat, betreffen.

Die Übersendung entsprechender Belege in Kopie, die ihre Angaben rechtlich unterstützen, wird vorausgesetzt.

Die Anwältin hebt nochmals hervor, dass es sich bei dem bereits vorgelegten Darlehensvertrag der Bank nicht um das im vorliegenden Erbvertrag geregelte Darlehen handelt. Belegt werden soll das Darlehen, das sie von unserem Vater erhalten hat. Aus den uns erhaltenen Unterlagen geht eindeutig hervor, dass es hierbei um zwei grundverschiedene Darlehen geht.

Als Termin für diesen Auskunftsanspruch wird der 19.12.2013 festgelegt. Der Hinweis, dass wir das Recht haben, bei dem Notartermin persönlich anwesend zu sein, fehlt auch in ihrem Schreiben nicht.

Für eine eventuelle Auszahlung des sich aus dieser Auskunftserteilung ergebenden Pflichtteils gibt sie das Rechtsanwalts-Anderkonto an, auf das die Beträge dann umgehend überwiesen werden müssen. Warum entlockt mir dieser Satz ein leichtes Schmunzeln?

Sollte die o. g. Frist ereignislos verstreichen, würde sie uns dazu raten, ohne weiteres Warten umgehend Klage einzureichen.

YES, YES, YES, genau das ist der Biss, den ich mir immer gewünscht habe. Dieses Schreiben lässt in der Tat keinen Zweifel mehr daran, dass wir es ernst meinen.

Allem Anschein nach spürt das auch der Anwalt der Gegenpartei. Seine Reaktion folgt dieses Mal auf den Fuß.

13. Dezember 2013

Er übermittelt der Anwältin zwei Schreiben, die er offensichtlich bereits unserem vorherigen Anwalt zugeschickt hatte.

Eines der Schreiben ist bereits aus dem August 2013 und von ihm an Rechtsanwalt xxxx adressiert. Er weist darauf hin, dass das Darlehen von seiner Mandantin bereits vor Eheschließung zurückbezahlt wurde. Der Hauskauf fand durch seine Mandantin alleine statt.

Na ja, das wissen wir ja inzwischen auch schon. Aber von welchem Geld? Das ist hier die Frage. Wieder einmal verweist er auf den mit der Bank geschlossenen Vertrag. Ist das jetzt Ignoranz oder vorgespieltes Unvermögen? Inzwischen sollte ja bereits klar geworden sein, dass es eben um diesen Vertrag hier gar nicht geht.

Die Erstellung eines Bestandsverzeichnisses wurde inzwischen wohl in die Wege geleitet und die Kanzlei würde über den entsprechenden Termin dann informiert werden.

Das zweite Schreiben aus dem September 2013 ist von einem Notariat an den Anwalt der Gegenseite gerichtet. Merkwürdigerweise bezieht sich dieses allerdings lediglich auf mich. Meine Schwester ist darin mit keinem Wort erwähnt.

Er informiert, dass im vorliegenden Fall keine Rechtsgrundlage für ein notarielles Nachlassverzeichnis gegeben ist, da dieses voraussetzt, dass der Pflichtteilberechtigte nicht Erbe geworden ist.

Daraus erschließt sich mir, dass der Notar offensichtlich nicht über unsere Erbausschlagung informiert wurde. Noch merkwürdiger finde ich aber, dass unser ehemaliger Anwalt diese beiden Schreiben uns gegenüber weder erwähnt, noch jemals an uns weitergeleitet hat. Die fehlende Professionalität, mit der wir hier vertreten wurden, schlägt dem Fass den Boden aus.

Der Anwalt der gegnerischen Partei fordert unsere Anwältin nunmehr auf, sich selbst an den Notar zu wenden, für den Fall, dass der Antrag auf Erstellung eines notariellen Nachlassverzeichnisses aufrechterhalten werden soll. Aus ihrer Antwort darauf geht spätestens jetzt hervor, dass sie in der Tat Ahnung hat von dem, was sie tut.

Sie bezieht sich auf sein Schreiben und weist darauf hin, dass der Notar offensichtlich von falschen Informationen ausgeht. Zum ich weiß nicht wievielten Mal wird ihm klar gemacht, dass wir das Erbe ausgeschlagen haben und aufgrund dessen nun unsere Pflichtteilansprüche geltend machen. Das Nachlassgericht wird ihm die Erbausschlagungen gerne bestätigen, für den Fall, dass daran immer noch Zweifel bestehen würden.

Besonders gut gefällt mir die Deutlichkeit, mit der sie hervorhebt, dass sie unseren Anspruch gewiss nicht selbst mit dem Notar diskutieren wird. Das wäre die Aufgabe seiner Mandantin, die nun letztmalig die Gelegenheit bekommt, die Auftragsbestätigung des Notars vorzulegen. Die hierfür gesetzte Frist 19.12.2013 bleibe bestehen und sollte seine Mandantin bis dahin nicht unseren berechtigten Forderungen nachkommen, wird Klage erhoben.

Das Schreiben endet schließlich mit dem Hinweis, dass seine Mandantin für eventuelle Erfüllungseinwände (Rückzahlung des Darlehens an unseren Vater) beweispflichtig ist.

Das nenne ich mal eine klare Ansage. Respekt, diese Frau handelt unverzüglich und lässt sich nicht unnötig hinhalten. Ich spüre ein kleines Fünkchen Hoffnung auf Gerechtigkeit in mir aufkeimen.

24. Dezember 2013

Wie bereits einige Jahre zuvor werden wir den Heiligen Abend ganz entspannt verbringen. An der allgemeinen Hektik und dem Konsumzwang der Vorweihnachtszeit beteiligen wir uns schon lange nicht mehr. Auf den materiellen Wert eines Geschenks kommt es keinem von uns an: Wichtig ist, dass es von Herzen kommt. Wir alle haben noch nicht verlernt, uns über Kleinigkeiten zu freuen.

Zu den Kindern, für die Geschenke dann doch etwas größer ausfallen, werden wir erst Anfang Januar des nächsten Jahres fahren.

Mama kommt schon am Nachmittag zum Kaffeetrinken, traditionell gibt es Tiramisu. Nach einem ausgedehnten Spaziergang mit Bella fahren wir dann zum Abendessen in das Hotel Westin Grand, ganz in unserer Nähe.

Ich freue mich sehr darüber, dass uns meine Freundin Isy mit Sohn Nico und Mama Susi auch in diesem Jahr wieder Gesellschaft leisten werden. Nachdem sich Isy und ihr Ehemann im Juli 2012 getrennt hatten, schlossen sie sich uns bereits im letzten Jahr an. Offensichtlich genossen auch sie den harmonischen Abend und freuen sich auch in diesem Jahr wieder darauf, den Heiligen Abend mit uns zu verbringen.

Onkel Willy und Manfred haben wir natürlich ebenfalls dazu eingeladen. Da die Beisetzung meiner Tante aber erst vor einigen Tagen war, wollten die beiden versuchen, den Erinnerungen, besonders an Weihnachten, durch einen Ortswechsel zu entfliehen. Der Schmerz über den großen Verlust sitzt noch sehr tief. Ich wünsche ihnen und hoffe für sie von ganzem Herzen, dass sie etwas Ruhe finden und mit der Aufarbeitung beginnen können.

Passend zum Geist der Weihnacht erreichen mich heute „ein paar Gedanken zu Weihnachten" von einer lieben Freundin per E-Mail. Diese sollen von George Carlin, einem US-amerikanischen Schauspieler und Komiker, anlässlich des Todes seiner Frau geschrieben worden sein. Erst später sollte ich herausfinden, dass diese Quelle nicht korrekt ist. Der Text wurde bereits tausendfach im Social Web weitergeleitet und viele Köche verderben bekanntlich den Brei.

In Wahrheit handelt es sich um eine Predigt, verfasst von dem Pastor Dr. Bob Moorehead im Jahr 1995 (Quelle: www.atase.de, 24.07.2014, 20:55 Uhr).

Seine Worte berühren mich tief im Herzen. Unglaublich gerne möchte ich diese mit so vielen Menschen wie möglich teilen. Wir alle sollten darüber, nicht nur ein paar Minuten, nachdenken. Wir sollten uns diese verinnerlichen und beginnen, danach zu leben. Jeder von uns könnte so dazu beitragen, die Welt zu einem schöneren und glücklicheren Ort zu machen.

(Beginn Zitat)

Das Paradox unserer Zeit ist:
Wir haben hohe Gebäude, aber eine niedrige Toleranz.
Wir haben breite Autobahnen, aber enge Ansichten.
Wir verbrauchen mehr, aber haben weniger.
Wir machen mehr Einkäufe, aber haben weniger Freude.
Wir haben größere Häuser, aber kleinere Familien.
Wir haben mehr Bequemlichkeit, aber weniger Zeit.
Wir haben mehr Ausbildung, aber weniger Vernunft.
Wir haben mehr Kenntnisse, aber weniger Hausverstand.
Wir haben mehr Experten, aber auch mehr Probleme.

Wir haben mehr Medizin, aber weniger Gesundheit.

Wir rauchen zu stark, wir trinken zu viel, wir geben verantwortungslos viel aus.

Wir lachen zu wenig, fahren zu schnell, regen uns zu schnell auf.

Wir gehen zu spät schlafen, stehen zu müde auf.

Wir lesen zu wenig, sehen zu viel fern, beten zu selten.

Wir haben unseren Besitz vervielfacht, aber unsere Werte reduziert.

Wir quatschen zu viel, wir lieben zu selten und wir hassen zu oft.

Wir wissen, wie man seinen Lebensunterhalt verdient, aber nicht mehr, wie man lebt.

Wir haben dem Leben Jahre hinzugefügt, aber nicht den Jahren Leben.

Wir kommen zum Mond, aber nicht mehr an die Tür des Nachbarn.

Wir haben den Weltraum erobert, aber nicht den Raum in uns.

Wir machen größere Dinge, aber nicht bessere.

Wir haben die Luft gereinigt, aber die Seelen verschmutzt.

Wir können Atome spalten, aber nicht unsere Vorurteile.

Wir schreiben mehr, aber wissen weniger.

Wir planen mehr, aber erreichen weniger.

Wir haben gelernt schnell zu sein, aber wir können nicht warten.

Wir machen neue Computer, die mehr Informationen speichern und eine Unmenge Kopien produzieren, aber wir verkehren weniger miteinander.

Es ist die Zeit des schnellen Essens und der schlechten Verdauung, der großen Männer und der kleinkarierten Seelen, der leichten Profite und der schwierigen Beziehungen.

Es ist die Zeit des größeren Familieneinkommens und der Scheidungen, der schöneren Häuser und des zerstörten Zuhause.

Es ist die Zeit der schnellen Reisen, der Wegwerfwindeln und der Wegwerfmoral, der Beziehungen für eine Nacht und des Übergewichts.

Es ist die Zeit der Pillen, die alles können: sie erregen uns, sie beruhigen uns, sie töten uns.

Es ist die Zeit, in der es wichtiger ist, etwas im Schaufenster zu haben, statt im Laden, wo moderne Technik einen Text wie diesen in Windeseile in die ganze Welt tragen kann, und wo sie die Wahl haben: das Leben ändern – oder den Text löschen.

Vergesst nicht, mehr Zeit denen zu schenken, die Ihr liebt, weil sie nicht immer mit Euch sein werden. Sagt ein gutes Wort denen, die Euch jetzt voll Begeisterung von unten her anschauen, weil diese kleinen Geschöpfe bald erwachsen werden und nicht mehr bei Euch sein werden.

Schenkt dem Menschen neben Euch eine heiße Umarmung, denn sie ist der einzige Schatz, der von Eurem Herzen kommt und Euch nichts kostet. Sagt dem geliebten Menschen: „Ich liebe Dich" und meint es auch so. Ein Kuss und eine Umarmung, die von Herzen kommen, können alles Böse wiedergutmachen. Geht Hand in Hand und schätzt die Augenblicke, wo Ihr zusammen seid, denn eines Tages wird dieser Mensch nicht mehr neben Euch sein.

Findet Zeit Euch zu lieben, findet Zeit miteinander zu sprechen, findet Zeit, alles was Ihr zu sagen habt miteinander zu teilen, denn das Leben wird nicht gemessen an der Anzahl der Atemzüge, sondern an der Anzahl der Augenblicke, die uns des Atems berauben.

(Ende Zitat)

Mein Gott, was für ein kluger Mann, was für ein Poet.

In diesem Sinne wünsche ich allen Lebewesen auf Erden, sowohl Mensch als auch Tier, ein frohes, friedliches Fest.

1. Januar 2014

Neues Jahr, neues Glück.
Wieder einmal können wir uns alle der Hoffnung hingeben, dass in diesem Jahr natürlich alles wesentlich besser werden wird, als es im letzten war. Sollte sich 2014 allerdings nur annähernd so entwickeln wie die Silvesterfeier, mit der wir im Kreise von einigen engen Freunden das neue Jahr willkommen geheißen haben, dann wird es mit Sicherheit phänomenal werden.

8. Januar 2014

Mit dem Vermerk „Mein verwunderliches Schreiben hat also doch endlich Bewegung in die Angelegenheit gebracht", übermittelt uns die Anwältin heute einigen Schriftverkehr zwischen ihr, dem Anwalt der Gegenpartei und dem Notar, der zwischenzeitlich nochmals beauftragt wurde, ein notarielles Nachlassverzeichnis zu erstellen.

Den leichten Sarkasmus ihrer Worte verstehe ich erst genau, als ich mir die übermittelten Unterlagen durchlese. Das Schreiben, in dem sie „aufklärt", dass wir aufgrund unserer Erbausschlagung sehr wohl das Recht auf ein notarielles Verzeichnis haben und die Dame uns gegenüber beweispflichtig ist, wurde vom Anwalt der Tussi genau mit diesen Worten an den Notar weitergeleitet.

Die Ausdrucksweise „Das verwunderliche Schreiben der Kollegin xxxx" lässt mich den erforderlichen Respekt, den man Kollegen entgegenbringen sollte, mehr als vermissen. Aber bekanntlich gibt es immer wieder Menschen, die sich mit ihrer Ausdrucksweise selbst ein Armutszeugnis ausstellen. Von einem Rechtsanwalt hätte ich in der Tat etwas mehr Stil erwartet. Hier scheinen sich Anwalt und Mandantin gesucht und gefunden zu haben und optimal zu ergänzen.

Hat unsere Anwältin doch bisher bereits großen Einsatzwillen und absolute Professionalität bewiesen, so wird sie durch seine respektlosen Worte wahrscheinlich nun noch mehr angestachelt, ihr Bestes zu geben. Gut gemacht, Herr Anwalt.

Ihre Antwort, in aller Kürze verfasst, lässt keinen Zweifel daran, dass mit ihr nicht wirklich gut Kirschen essen ist und sie erwartet, dass ihre Forderungen im von ihr gesetzten Zeit-rahmen erfüllt werden.

Die Information des Notars, dass die Erstellung eines Nachlassverzeichnisses erfahrungsgemäß mehrere Monate in Anspruch nehmen kann, ignoriert sie mit der Setzung eines Termins bis spätestens 31.03.2014.

Sie erwartet, dass bis dahin das fertiggestellte notarielle Verzeichnis vorliegt. Sollte das dem beauftragten Notar, aufgrund des von ihm angesprochenen hohen Arbeitsanfalls, innerhalb der gesetzten Frist nicht möglich sein, so liegt es in der Verantwortung seiner Mandantin, notfalls einen anderen Notar zu beauftragen.

Nun sollte auch der Gegenpartei klar geworden sein, dass sie es hier mit einem anderen Kaliber zu tun bekommen haben.

8. Februar 2014

Meine Schwester und ich treffen uns heute mal wieder am Ort unserer ersten Begegnung, im Café Münchner Freiheit. Die Sonne scheint und ein Hauch von Frühling liegt bereits in der Luft. Es scheint, als hätte es heute alle Menschen aus ihren Häusern gelockt. Der Garten des Cafés ist brechend voll, leider müssen wir mit einem Platz im Inneren vorliebnehmen.

Es ist das erste Mal, dass die Nachlassgeschichte nur kurz am Rande eine Rolle in unserer Unterhaltung spielt. Sylvia erzählt u. a. von dem neuen Job, den sie Anfang Dezember angefangen hat. Leider sind es keine positiven Geschichten. Anscheinend wird sie von zwei wesentlich jüngeren Kolleginnen systematisch gemobbt und ist alles andere als glücklich.

Eine schlimme Vorstellung für mich, jeden Tag mit Grauen zur Arbeit zu gehen und keinen Spaß bei der Arbeit zu haben. Ich empfehle ihr dringend, die sogenannten Kolleginnen direkt anzusprechen und sich in ihrer Gutmütigkeit nicht alles gefallen zu lassen. Solchen Leuten muss man von Anfang an den Schneid abkaufen. Das Opfer zu spielen, macht die ganze Situation nur noch schlimmer. Wenn solche Menschen merken, dass man ihnen sofort etwas entgegensetzt und sich nichts gefallen lässt, geben sie ihre bösen Spielchen meistens sehr schnell wieder auf.

Natürlich gibt es viel, auch aus der Vergangenheit, zu bereden. Sind wir doch gerade erst dabei, uns richtig kennenzulernen. Wir genießen unser Zusammensein

und ich spüre das erste Mal ein Gefühl von Verbunden-
heit. Was fällt diesen beiden „Weibern" eigentlich ein,
meine Schwester so zu behandeln? Wenn sich das nicht
ändert, dann können die mich auch noch kennenlernen.
Allerdings nicht unbedingt von meiner besten Seite.
Es ist schön, eine Schwester zu haben.

25. Februar 2014

Oh, happy day. Ja, heute ist ein toller Tag. Haben wir
doch endlich unser neues Traumhaus gefunden und
heute die telefonische Zusage bekommen, dass wir es ab
Mai 2014 beziehen können.
Als wir vor einigen Monaten zu unserem Leidwesen
erfahren haben, dass „unser" Haus verkauft werden
soll, begannen wir sofort mit der Suche nach einer neu-
en Unterkunft. Das sollte sich schwieriger gestalten, als
wir uns ursprünglich vorgestellt hatten. Natürlich ist uns
daran gelegen, etwas Gleichwertiges, wenn nicht Besseres zu einem günstigeren Preis zu finden. Nachdem wir
seit zwölf Jahren das Leben in einem Einzelhaus genießen, wollen wir auf keinen Fall eine Wohnung in einem
Mietshaus beziehen.
Die meisten der angebotenen Häuser sind für zwei
Personen viel zu groß, und wenn wir etwas gefunden
hatten, das uns beiden gefiel, dann war unsere vierbeinige Hausgenossin das Problem. Aber wenn es über einen Punkt überhaupt keine Diskussion gibt, dann ist es
der, dass wir ohne unsere geliebte Bella nirgendwohin
gehen werden. Dass ein Hund in einem Haus mit Garten ein Problem darstellen könnte, das hatte ich nicht im

Geringsten in Betracht gezogen. Man muss ja nicht alles verstehen. Aufgrund unseres langjährigen Mietverhältnisses ist der Vermieter inzwischen an eine Kündigungsfrist von neun Monaten gebunden. Für den Fall, dass wir nichts Adäquates finden, hätten wir sogar immer noch die Möglichkeit, bis zwei Monate vor Ablauf dieser Frist Einspruch gegen eine eventuelle Kündigung zu erheben. Wir waren sehr erstaunt, zu erfahren, dass es sogar ein bis zwei Jahre dauern könnte, bis wir das Haus wirklich verlassen müssen. Es ist schon unglaublich, welche Rechte Mieter haben. Ob die potenziellen Käufer das wohl wissen? Ich würde mir niemals ein Objekt kaufen, das noch vermietet ist. Jedenfalls nicht, wenn ich vorhätte, es selbst zu beziehen.

Nun, nichts liegt uns ferner, als jemandem Ärger zu bereiten. Zudem fühle ich mich in diesem Haus jetzt sowieso nicht mehr wohl. Das Damoklesschwert Auszug schwebt einfach ständig über uns.

Als ich schon das Aufsteigen einer leichten Panik verspürte, dass wir vielleicht nichts finden werden, das bezahlbar ist, uns beiden gefällt und wo auch unsere Bella willkommen ist, wurde mein Tausendsassa von Mann fündig. Er zeigte mir im Immobilien Scout 24 einen traumhaften Bungalow. Das Angebot ist von einer Privatperson, also würde in diesem Fall auch keine Maklerprovision anfallen.

Bereits kurz nachdem ich eine E-Mail an die Anbieter geschickt hatte, meldete sich die Familie ebenfalls per E-Mail bei uns. Ich bin hoch erfreut. Nachdem ich bereits auf zwei Anfragen an Makler keine Resonanz erhalten hatte, habe ich fast schon nicht mehr zu hoffen gewagt, etwas von den Leuten zu hören. Die meisten Makler haben wohl nicht zu Unrecht einen schlechten Ruf.

Unsere Hündin ist kein Problem, die Anbieter bewohnen das Nebenhaus und haben selbst auch einen acht Jahre alten Rüden mit Namen Felix. Cool, hätte Bella doch auch gleich einen Spielkameraden.

Falls der Knabe unserer Zicke auch zur „Schnauze"
steht. Die Hunde freunden sich gleich bei der ersten Besichtigung an. Hundeliebe auf den ersten Blick. Perfekt.
Ich bin begeistert von dem tollen Schnitt des 115 m2
großen Bungalows. Die erst eineinhalb Jahre alte Schrei-
nerküche könnte auch von uns ausgesucht worden sein.
Einfach super. Auf der Terrasse könnte man sich mit
Blick auf Felder und Wald hervorragend entspannen.
Der wunderschöne Garten ist etwa viermal so groß wie
unser aktueller. Werner bekommt beim Anblick der riesigen Garage schon ganz glänzende Augen. Als er dann
noch die vier großen Kellerräume sieht, ist er restlos
begeistert. Mir kommt kurz der Gedanke, dass eine Ablehnung dieses Hauses meinerseits wohl einen größeren
Ehekrach hervorrufen könnte. Aber es besteht keine Ge-
fahr. Selten sind wir uns so einig. Mit dem Vermieterehe-
paar unterhalten wir uns über eine Stunde hervorragend.
Wie ich sind beide Mitte 50. Wir merken sofort, dass die
Chemie zwischen uns stimmt.

Auch wenn die Entfernung zu München 60 km beträgt,
so hätten wir hier am Wochenende Urlaubsfeeling pur.
Ein paar Hundert Meter vom Haus entfernt schlängelt
sich der Inn durch die Landschaft. Ein malerisches Klos-
ter mit gemütlichem Café lädt im Sommer zum Verwei-
len ein. Fantastisch, hier wollen wir wohnen. Bevor wir
uns auf den Weg nach Hause machen, bringen wir das
auch gleich zum Ausdruck.

Im Geiste bin ich schon dabei, die Zimmer einzurichten. Achtung, steigere dich nicht zu sehr in den Gedanken hinein. Die Enttäuschung über eine Absage wäre rie-
sengroß. Natürlich ist sich einer in der Familie wieder
absolut sicher, dass wir im Mai hier einziehen werden.
Wer könnte das wohl sein?

Bereits nach drei Tagen erhalten wir den Anruf, dass
man sich für uns als neue Mieter entschieden hat. Wer
hat's denn wohl wieder gleich gesagt?

Wir freuen uns wie die Schneekönige und ich lade meinen Mann spontan zum Essen ein, um unser Glück gebührend zu feiern.

Anstelle von Bandnudeln mit Pesto entscheide ich mich schließlich doch für eine knusprige Schweinshaxe. Entgegen bisheriger Erfahrungen ist diese sogar mal wirklich knusprig. Die Freude darüber währt bis zum vorletzten Bissen. Ich bemerke, dass da in meinem Mund wohl nicht nur die knusprige Schwarte kracht. Tatsächlich, ein Backenzahn ist direkt in der Mitte auseinandergebrochen. Entweder meine Zähne sind auch nicht mehr das, was sie mal waren, oder das war die Rache des Schweinchens, das für mein Mahl sein Leben lassen musste. Alles klar, falsche Entscheidung getroffen. Das war die letzte Schweinshaxe meines Lebens. Meine gute Laune lasse ich mir davon trotzdem nicht verderben.

3. März 2014

Ach ja, da war doch auch noch etwas anderes.

Lange vor Fristende erreicht uns die Nachricht, dass als Termin für die Aufnahme des notariellen Nachlass-verzeichnisses der 10.03.2014 festgelegt wurde. Ich bin erstaunt, dass die Dame die Frist dieses Mal nicht bis zum Ablauf ausgereizt hat.

Die Frage der Anwältin, ob wir (meine Schwester und ich) bei diesem Termin anwesend sein möchten, kann ich für mich aus vollem Herzen verneinen. Auch wenn wir das Recht dazu hätten, muss ich mir das nun wirklich nicht antun. Ich lege nicht den geringsten Wert darauf, dieser Dame von Angesicht zu Angesicht gegenüberzustehen, und verbringe meine Zeit lieber mit angenehmen Dingen.

Wahrscheinlich erreicht mich dann genau an meinem Geburtstag wieder einmal eine unerwartete „Überraschung". Angenehm oder unangenehm, das ist noch die Frage.

12. März 2014

Kaum zu glauben, wie schnell ein Jahr vergeht. Bella und ich haben heute wieder einmal Geburtstag und der Tag der Todesnachricht jährt sich zum ersten Mal. Dass heute mein absoluter Glückstag sein wird, konnte ich am Morgen noch nicht ahnen. Sie denken jetzt sicher, das hängt mit einer positiven Nachricht bezüglich des Nachlasses zusammen, oder? Ich muss Sie leider enttäuschen. Damit hat es überhaupt nichts zu tun.

Bereits im Dezember 2013 hatte ich zwei Karten für das Michael-Jackson-Musical „Thriller" am 20. Mai 2014 im Deutschen Theater in München gekauft. Mein Cousin Manfred und ich sind totale Michael-Jackson-Fans. Gut, Manfred noch ein bisschen mehr als ich. Da er über den plötzlichen Tod seiner Mutter so unglücklich war, wollte ich ihm wenigstens eine kleine Freude bereiten und lud ihn zum Besuch des Musicals ein.

Seit nunmehr drei Monaten hingen die Karten an unserer Pinnwand in der Küche. Da ich vermeiden wollte, dass die Karten während unseres Umzugs vielleicht verloren gehen, beschloss ich, sie Manfred zur Aufbewahrung zu geben. Um das nicht zu vergessen, nahm ich sie am Montag ab und legte sie in eine Mappe, in der ich auch einige andere Schriftstücke aufbewahrte. In dieser Mappe befanden sich bereits frankierte Umschläge, die ich am Montagnachmittag in einer Poststelle in der Nähe meiner Firma abgab.

Als ich gestern Abend einen Blick in die Mappe warf, konnte ich die Karten nicht mehr finden.

Fieberhaft drehte und wendete ich jedes einzelne Blatt. Zwecklos, sie waren und blieben verschwunden. Als ich meinem Ärger Luft machte, bekam ich natürlich prompt von meinem Göttergatten einen Anschiss. „Drei Monate hingen die Karten an der Pinnwand und du musst sie natürlich abnehmen, weil du ja nie etwas da lassen kannst, wo es ist. Das ist jetzt die Strafe dafür, dass du immer alles wegräumen musst."

Leid tat mir der Verlust hauptsächlich für Manfred, der sich schon so auf den Besuch des Musicals gefreut hatte.

Im Laufe des Abends fiel mir dann siedend heiß ein, dass ich am Montag die frankierten Briefe auf der Poststelle abgegeben hatte. Wahrscheinlich hatte ich Trottel der Dame dort die Karten zusammen mit den Briefen in die Hand gedrückt. Okay, dumm gelaufen, weg ist weg. Freut sich wahrscheinlich irgendjemand, der auf der Post die Karten zufällig gefunden hat. Hoffentlich dann wenigstens auch ein Michael-Jackson-Fan.

Da ich auch fast aussichtslose Situationen nicht so schnell akzeptiere, beschließe ich, heute Morgen doch mal nachzufragen, ob etwas gefunden wurde. Die Chancen, die Karten wiederzubekommen, liegen nicht nur meiner Meinung nach bei 99 : 1.

Ich begrüße die Inhaberin des Ladens mit den Worten „Hallo, mir ist was Schreckliches passiert". Als ich ihr den Vorfall schildere, huscht ein Lächeln über ihr Gesicht, sie greift kurz hinter sich und vor mir liegen die Konzertkarten auf dem Tresen.

Das Unerwartete ist eingetroffen. Ich kann mein Glück kaum fassen, könnte sie mitten im Geschäft umarmen.

Mein Glückstag, ich muss Manfred kein enttäuschendes Geständnis machen. Alles gut, ich bin happy.

Eine höhere Macht hatte ein Einsehen. Wenn man Gutes tut, wird man Gutes ernten. Jetzt kann ich mich uneingeschränkt auf mein Geburtstagsessen mit der Familie heute Abend freuen. Zusammen mit meinem Mann, Mama, Onkel, Cousin und meiner Schwester lassen wir es uns heute Abend bei unserem Lieblingsgriechen schmecken.

Es wird Zeit, dass auch der Rest meiner kleinen Familie Sylvia kennenlernt. Ich freue mich schon sehr darauf und die nette Dame auf der Poststelle werde ich diese Woche noch mit Pralinen überraschen. Hoffentlich mag sie Süßigkeiten.

20. März 2014

Sehr zum Leidwesen meines Mannes entspanne ich mich am Abend bei einer meiner Lieblingssendungen „Germanys next Topmodel". Wie immer flüchtet er in unser Gästezimmer und sieht sich dort eine Sendung nach seinem Gusto an. Als um einundzwanzig Uhr das Telefon läutet, bin ich über die Störung nicht gerade erfreut. Blöde Erfindung, dieser Klingelkasten.

Ich versuche das Läuten zu ignorieren, als ich aber im Display „Sylvia" lese, gehe ich natürlich an den Apparat. „Was sagst du zu dem Schreiben des Notars?", begrüßt sie mich. „Wie? Was? Welches Schreiben? Ich habe noch nichts bekommen."

Offensichtlich übermittelte die Anwältin bereits am Nachmittag per E-Mail die beglaubigte Abschrift des Nachlassverzeichnisses. Da ich in der Regel nur einmal täglich, meistens am Mittag, meine E-Mails checke, habe ich das noch nicht bemerkt.

Meine Neugierde ist nun doch wesentlich größer als mein Interesse am „Zickenkrieg". Ich logge mich ein und folge interessiert den Ausführungen des Notars.

Wie bereits erwartet, erfahren wir noch einmal, dass unser Vater zum Zeitpunkt seines Todes offensichtlich absolut keine persönlichen Gegenstände, Versicherungen, eigenes Vermögen etc. hatte. Abgesehen von Anstandsschenkungen wurden keine unentgeltlichen Vergütungen unter Lebenden getroffen.

Dass er kein eigenes Fahrzeug hatte, ist nachzuvollziehen. Waren ihm doch bereits vor vielen Jahren aufgrund einer schweren Zuckerkrankheit erst die Zehen und dann der Fuß abgenommen worden.

Wir erfahren, dass er „kurze Zeit" vor seinem Tod in einem Altenheim gepflegt wurde, in dem er dann auch verstorben ist. Diese Verlegung wurde anscheinend, wie so vieles, wieder einmal im Geheimen abgewickelt. Denn weder seine Schwestern noch seine Nichte waren hierüber informiert worden. Als meine Tante noch, wenige Monate vor seinem Tod, mit ihm telefonierte, war von einem Umzug in ein Seniorenheim jedenfalls noch keine Rede gewesen. Abgeschoben ins Pflegeheim also, als es unbequem wurde. Am Ende bekommt eben doch jeder, was er verdient. Da wir keine Erben, sondern Pflichtteilberechtigte sind, sind alle diese Ausführungen für uns absolut nicht relevant. Von Interesse für uns ist ausschließlich die „angebliche" Rückzahlung des Darlehens.

Sehr zu unserem Erstaunen erfahren wir jetzt auf einmal, dass es sogar zwei Darlehen mit vierzehn Prozent Verzinsung gegeben hatte. Natürlich hat sie beide vor Eheschließung bereits wieder zurückbezahlt. Wie kann es auch anders sein. Ein Schelm, der Böses dabei denkt. Belegen konnte sie die Rückzahlung offenbar nicht, denn der Notar hat vermerkt, dass das von ihm nicht überprüft werden konnte. Hier gibt es nach wie vor lediglich ihre mündliche Aussage. Was mit den vierzehn Prozent Zinsen passiert ist, erfuhren wir ebenfalls nicht.

Ordnungsgemäß wurde sie vom Notar über die Funktion und Bedeutung eines Nachlassverzeichnisses, insbesondere auch über mögliche strafrechtliche Folgen falscher Angaben im Zusammenhang mit der Errichtung des Verzeichnisses, belehrt.

„Bedauerlicherweise" sind der Dame nun für die Erstellung dieses Verzeichnisses nicht unwesentliche Kosten entstanden. Oh je, das tut mir aber nun leid für die verarmte Witwe. Ehrlich.

23. März 2014

Sylvia und ich besprechen die weitere Vorgehensweise und sind uns einig, auf den Vorschlag der Anwältin einzugehen.

Da zumindest uns nicht daran gelegen ist, diese unerfreuliche Angelegenheit unnötig in die Länge zu ziehen, erwarten wir ein entsprechendes Vergleichsangebot, um keine Klage bei Gericht einzureichen. Dass hier etwas gewaltig stinkt und vertuscht werden soll, ist nicht nur unsere Meinung.

Was wir wollen, ist lediglich unser Recht als leibliche Töchter. Endlich. Uns beiden geht es um einen gewissen Ausgleich für das Unrecht vergangener Jahre. Wenn auch unsere Beweggründe unterschiedlich sind.

Die Tochter der Tussi war ungefähr drei Jahre, als sie damals ihren Mann für unseren Vater verlassen hatte. Dieses kleine Mädchen wuchs im Haus unseres Vaters auf und genoss all die Liebe und Aufmerksamkeiten, die Sylvia, die jahrelang verschmähte und ungeliebte Tochter, schmerzlich entbehren musste. Das hat sie geformt. Verarbeitet hat sie das wohl, aber bis heute noch nicht vergessen. Natürlich. Verständlich.

Mir ist die Offenlegung wichtig, da dieses Darlehen aus dem Verkauf des Hauses meiner Eltern stammt. Es war ja noch lange nicht genug, die Frau, die 25 Jahre an seiner Seite stand, wegen einer jüngeren sitzen zu lassen. Nein, sie wurde auch noch hinterlistig um den ihr zustehenden finanziellen Ausgleich betrogen.

Wie zum Hohn wurde ihre Gutgläubigkeit und ihr immer noch naives Vertrauen in den betrügerischen Ehemann schamlos ausgenutzt, musste sie über den Tisch gezogen werden. Das ist es, was mir heute die größten Bauchschmerzen verursacht, wenn ich zurückdenke an das, was geschehen ist.

Wir werden sehen, was passiert. Je nachdem, ob und in welcher Höhe dieses Angebot erfolgt, wird entschieden, ob wir auf eine Klage verzichten werden. Da, zumindest in meinen Augen, ein Ausgleichsangebot ihrerseits einem Eingeständnis von Schuld gleichkommen würde, gehe ich davon aus, dass wir diesbezüglich keine für uns positive Antwort erhalten werden.

29. März 2014

Heute nutzen wir das tolle Frühlingswetter und gehen auf den 1. Flohmarkt dieses Jahres in Poing. Unser Umzug steht bald ins Haus. Wir (hauptsächlich ich) wollen uns der überflüssigen Dinge entledigen, die sich im Laufe der Jahre angesammelt haben und die wir nicht mehr in unser neues Zuhause mitnehmen möchten. Wenn man daraus dann auch noch ein wenig Kapital schlagen kann, ist das perfekt und Spaß macht es auch noch.

Mein sammelwütiger Ehemann macht mir dabei den einen oder anderen Strich durch die Rechnung. Mit strengem Blick die ausgestellten Dinge auf dem Tisch immer wieder kontrollierend, wandert das eine oder andere Teil dann wieder zurück in den Wagen. Unsere Einstellungen, auf was man gut oder auch weniger gut verzichten kann, driften etwas auseinander. Warum noch wollte ich eigentlich unbedingt, dass er mich begleitet?

Die 100 Euro Verdienst hauen wir dann beim abendlichen Besuch eines Starkbierfestes wieder auf den Kopf. Als ich meinen angeheiterten Göttergatten nach einem feucht-fröhlichen Abend kurz vor Mitternacht wieder wohlbehalten nach Hause gebracht habe, stelle ich fest, dass ich einen Anruf meiner Schwester verpasst habe.

Natürlich erledigt sich ein Rückruf um diese Uhrzeit von selbst. Da ich vermute, dass sie möglicherweise über eine Nachricht unserer Anwältin mit mir sprechen wollte, fahre ich meinen Computer hoch und schaue mir die eingegangenen E-Mails an. Wie an solchen Abenden üblich, verabschiedete sich Werner bereits nach zwei Minuten ins

Reich der Träume und schnarcht mir, mit dem für ihn typischen Rhythmus, die unterschiedlichsten Melodien vor.

Wie ich bereits dachte, informiert uns die Anwältin über ein Telefonat mit dem Anwalt der Gegenseite. Wieder einmal bestätigt sich meine Vermutung, dass die Möglichkeit eines Vergleichs rigoros abgelehnt wird. Insbesondere, da die Tochter der Tussi sowie ihr Steuerberater die Rückzahlung der Darlehen bestätigen werden. Natürlich auch wieder nur vom Hörensagen.

Trotzdem schlägt er vor, ihm die Höhe unseres Vergleichsvorschlages mitzuteilen, um diesen dann mit seiner Mandantin zu besprechen. Der Betrag, den die Anwältin aufgrund der uns relativ spärlich vorliegenden Informationen errechnet, ist nicht der Rede wert.

Sie versäumt nicht, uns darauf hinzuweisen, dass eine von uns unter Umständen angestrebte Klage aufgrund der bestehenden Tatsachen unter einem ausgesprochen ungünstigen Stern stehen würde und mit einem hohen Risiko für uns verbunden sei.

Je nach Einschätzung des jeweiligen Richters haben wir lediglich eine Chance von 50 Prozent, dass unser Vorhaben von Erfolg gekrönt sein wird. Im schlechtesten Fall für uns kann der Richter die mündlich erteilten Auskünfte als ausreichend einstufen. Das würde für uns bedeuten, die kompletten Kosten des Verfahrens tragen zu müssen.

Die Möglichkeit, unsere Ansprüche weiter durchsetzen zu wollen, sinkt dadurch fast auf null.

Ihr Vorschlag ist, dem Anwalt der Gegenseite den Vergleichsbetrag zu unterbreiten. Sie würde versuchen, mit Hinweis auf eine Klageerhebung, Druck aufzubauen. Wie wir, so stuft auch sie die Chancen einer diesbezüglichen Einigung als sehr gering ein. Für den Fall, dass die Vergleichs-verhandlungen scheitern, sollen wir dann in der Zwischenzeit die Entscheidung treffen, wie wir hier weiter vorgehen möchten.

Nun, für meinen Teil ist die Entscheidung jetzt endgültig getroffen. Dass hier etwas gewaltig faul ist, wissen wir. Was wir aber jetzt nicht beweisen können, werden wir auch im Laufe einer Verhandlung nicht beweisen können. Da diese „Dame" das sehr wohl zu wissen scheint, bin ich mir felsenfest sicher, dass sie, ohne auch nur einmal mit der Wimper zu zucken, einen Eid auf ihre Aussage ablegen würde.

In den letzten Jahren habe ich mir offensichtlich die Gelassenheit angeeignet, mich schnell mit Dingen abzufinden, die nun mal nicht mehr zu ändern sind. Schlau eingefädelt von unserem sogenannten „Vater".

Ich entscheide mich dafür, das Vergleichsangebot noch zu unterbreiten und danach diese Angelegenheit zum Abschluss zu bringen. Einen Versuch ist es allemal wert. Weitere Kosten bin ich nicht bereit zu tragen, gibt es doch da noch ein neues Haus, das einzurichten ist. Dafür gebe ich mein Geld dann doch wesentlich lieber aus.

Ob ich enttäuscht bin oder ein schlechtes Gefühl habe? Absolut nicht. Ist doch alles genauso eingetroffen, wie ich es bereits vorausgesehen habe. Ich freue mich jetzt darauf, mein vor einem Jahr angefangenes Buchprojekt zu Ende bringen zu können.

Jetzt hoffe ich nur noch, dass meine liebe Schwester der gleichen Meinung ist. Sollte sie den Kampf alleine weiterführen wollen, wünsche ich ihr von ganzem Herzen Glück. Morgen werde ich sie anrufen, um ihr meine Entscheidung mitzuteilen.

30. März 2014

Schwesterchen erreiche ich den ganzen Tag über nicht. Wahrscheinlich genießt sie irgendwo den herrlichen Frühlingstag zusammen mit ihrem Lebensgefährten. Als sie gegen achtzehn Uhr ans Telefon geht, klingt sie dann allerdings alles andere als fröhlich. Sie hatte den Tag vorwiegend im Bett verbracht und einige Tränen der Enttäuschung wegen der schlechten Neuigkeiten vergossen.

Dass sie die „Neuigkeiten" wesentlich tiefer treffen würden als mich, hatte ich bereits angenommen. Auch heute stellt sie sich und mir wieder diese Frage: „Was haben wir eigentlich für einen Vater gehabt?" Dann folgt der Satz: „Ich habe jetzt auch keine Lust mehr."

Ein bisschen Erleichterung macht sich in mir breit. Gut, auch sie hat jetzt eingesehen, dass unsere Chancen weiterzukommen gleich null sind, und möchte diesen Kampf gegen Windmühlen anscheinend ebenfalls nicht weiter fortführen. Ihren Erzählungen entnehme ich, dass auch ihr Lebensgefährte ihr dazu geraten hat.

Sie tut mir leid, ich kann ihre Enttäuschung gut verstehen. Hat sie doch im Gegensatz zu mir von unserem „Vater" zeitlebens ausschließlich Ablehnung und Abweisung empfangen. Ihre Erinnerungen sind zu wahr, um schön zu sein.

Ich versuche sie etwas zu trösten, sage ihr, dass sie ihn, besonders jetzt, da er bereits länger als ein Jahr tot ist, endlich vergessen soll. „Dieser Mensch ist es gar nicht wert, dass man überhaupt noch einen Gedanken an ihn verschwendet."

Schön ist doch, dass wir uns endlich getroffen haben. Wir verstehen uns gut und haben jetzt alle Zeit der Welt, uns besser kennenzulernen. Als Schwestern zusammenzuwachsen.

We are family. Und das soll auch so bleiben.

Über die weitere Vorgehensweise sind wir uns auf jeden Fall schon mal einig. Noch am gleichen Tag setze ich unsere Anwältin darüber in Kenntnis.

5. April 2014

Die Anwältin teilte inzwischen das Vergleichsangebot von jeweils 10.000 Euro für meine Schwester und mich dem gegnerischen Anwalt telefonisch mit. Obwohl auch er der Meinung ist, dass sich die Dame darauf nicht einlassen wird, ist er bereit, das Angebot weiterzugeben.

Ich bin stolz auf mich, denn ich empfinde weder Wut noch Zorn oder Enttäuschung. Alles, was ich fühle, ist Gleichgültigkeit. Alles klar, zur Kenntnis genommen und wieder ad acta gelegt. Es gibt schönere und auch wichtigere Dinge, als sich mit dieser Dame über Peanuts zu streiten. Denn genau das ist es, um was es geht. PEANUTS.

Werner und ich haben bereits vor einer Woche die Schlüssel zu unserem neuen Haus bekommen und sind bereits beim Packen. Unsere Tage sind ausgefüllt mit Möbel aussuchen und bestellen. Die Bilder sind bereits von den Wänden verschwunden, alles, was nicht mehr unbedingt benötigt wird, ist schon in Kisten verpackt. Kurz und gut, es sieht bei uns aus wie auf einem Schlachtfeld. Bellas bequeme Schlafcouch ist schon auf dem Sperrmüll gelandet. Wahrscheinlich fragt sich die Vierbeinige schon, warum wir wohl solch eine ungewohnte Hektik verbreiten und ihr zu Hause inzwischen alles andere als gemütlich ist.

In der Tat ist unser sonst so entspanntes Leben durch den Umzug ein klein wenig aus den Fugen geraten. Zum einen anstrengend, zum anderen macht es aber auch großen Spaß und die Vorfreude auf unser neues Domizil ist riesig.

Gut, dass mein Göttergatte seit Kurzem in Rente ist. Die meiste Arbeit wird wohl an ihm hängen bleiben. Meine wenigen Habseligkeiten sind im Grunde in ein bis zwei Stunden gepackt. Und das ist absolut kein Witz, das sind Tatsachen.

Bei ihm sieht das anders aus. Jetzt kristallisiert sich klar heraus, dass die meisten Schränke mit seinen Sachen belegt sind. Ich werde einen Teufel tun und mich hier einmischen, geschweige denn etwas entsorgen. Weiß ich doch inzwischen nur zu gut, dass unsere Meinungen über nützliche und unnütze Dinge grundverschieden sind. Das Vergnügen werde ich ihm nicht nehmen, da gehe ich wirklich lieber ins Büro.

Zudem ist auch noch Mama im Krankenhaus. Die Arme hat in diesem Jahr bereits die zweite Operation überstehen müssen. Nach monatelangen Schmerzen im Schultergelenk wurde ihr vor zwei Tagen eine Metallplatte eingesetzt, die (hoffentlich) Linderung verschafft. Morgen kommt sie für drei Wochen zur Reha ins Medical Center in Prien am Chiemsee.

Als ich heute im Krankenhaus ihren Koffer vorbeibrachte und ihr half, ihre Habseligkeiten einzupacken, wirkte sie sehr angeschlagen und nervös. Natürlich steckt man das mit 83 Jahren nicht mehr so einfach weg. Irgendwie war es rührend, wie sie sich für meine Hilfe und alles, was ich für sie getan habe, bedankte. Dabei waren das doch nur ganz selbstverständliche Dinge, die eine Tochter nun mal tut. Nichts Besonderes für mich.

Ich muss wieder einmal lächeln über ihre Aufregung und Nervosität. „Das ist nun mal so, wenn man so alt ist. Ihr jungen Leute könnt das natürlich nicht verstehen." Junge Leute? Wer? ICH?

Aber klar, wie so oft im Leben, wird man bestimmte Macken erst nachvollziehen können, wenn man selbst in diesem Alter sein wird. Wieder einmal ermahne ich mich im Stillen zu mehr Verständnis und Geduld.

So nervig sie auf der einen Seite manchmal sein kann, so stolz macht es mich auch, dass sie niemals etwas von mir verlangen oder gar einfordern würde. Sie freut sich, wenn ich mich um sie kümmern kann, hat aber Verständnis, dass das die nächsten Wochen wohl weniger der Fall sein wird.

Noch heute erinnere ich mich an die Mutter meines ehemaligen Verlobten. Obwohl schon 30 Jahre vergangen sind, vergisst man manche Dinge wohl nie. Sein Vater verstarb, als er noch ein dreijähriger Knirps war. Wohl um das Söhnchen entsprechend verwöhnen zu können, hatte sich seine Mutter niemals wieder auf einen anderen Mann eingelassen. Natürlich wurde er dann später gehörig unter Druck gesetzt und es wurde ihm nicht nur einmal ein schlechtes Gewissen eingeredet. Über die Maßen verwöhnt zu werden, hat auch irgendwann mal seinen Preis.

So musste er zum Beispiel jeden Sonntag zum Appell anrücken. Genauso wurde das dann während unserer Beziehung natürlich von mir erwartet. Ein einziges Mal startete ich den Versuch, den wöchentlichen Besuch von Sonntag auf den Montag zu verlegen. Wollte ich doch auch gerne mal den Sonntag beim Baden mit Freunden genießen. Das Gejammer, dass es am Sonntag alleine so schrecklich einsam und öde war, hatte dann zur Folge, dass das Söhnchen an den kommenden Sonntagen wieder regelmäßig auf der Matte stand. Ohne mich allerdings. Ich hatte keine Lust mehr, mich in Pflichten drängen zu lassen, die mir meine eigene Mutter niemals auferlegt hätte.

Zudem ging mir das ganze Getue um ihren Liebling doch ziemlich auf die Nerven. Es war ihm beispielsweise keinesfalls zuzumuten, seine Orange selbst zu schälen. Die wurde von Muttern sorgfältig geschält. Die Orangenspalten wurden auf einem Teller im Kreis angerichtet und in der Mitte war etwas Streuzucker. Könnte ja sein, dass dem Bübchen die Orange ein bisschen zu sauer ist. Als ich das zum ersten Mal gesehen habe, blieb mir fast die Spucke weg.

Am Mittagstisch genügte der Satz „Hier fehlt ja das Salz", um sie schleunigst aufspringen zu lassen und dem Kind das Gewünschte zu holen. Mein Einwand, dass er doch wohl selbst Beine hat, um in die Küche zu gehen, wurde verständnislos ignoriert. Mama ist eben doch die Beste.

Nach sechs frustrierenden, eher langweiligen Jahren hatte ich dann endgültig die Schnauze voll und schaffte noch rechtzeitig den Absprung. Auf ein Muttersöhnchen hatte ich nun wirklich keinen Bock. Dann schon tausendmal lieber meinen Softmacho. Da ist immer was los.

Man muss einfach warten können, Verschiedenes ausprobieren, nicht zu viele Kompromisse eingehen. Irgendwann findet man den passenden Deckel. Wenn man erst überlegen muss, ob man jemanden liebt, dann tut man es auch nicht. Das habe ich nach einigen schmerzvollen Erfahrungen gelernt.

25. Mai 2014

Turbulente Wochen liegen hinter uns. Wir sind jetzt endgültig in unserer neuen „Heimat" angekommen. Obwohl wir viele freiwillige Helfer hatten, blieb natürlich noch eine ganze Menge für uns zu tun. Erst lebten wir einige Wochen in einem halb leeren Haus mit bereits gepackten Kisten, dann im neuen halb leeren Haus, in dem sich die meisten Einrichtungs- und sonstigen Gegenstände in der Garage stapelten.

Aber je mehr sich das neue Haus füllt und je wohnlicher es nach und nach wird, desto heimischer fühlen wir uns hier. Natürlich lernten die Nachbarn unseren Hund wesentlich schneller kennen als uns. Die wenigsten Häuser hier sind von Zäunen umgeben. Fast jedes Haus wird zusätzlich zu den Menschen von einem Hund bewohnt, die sich hier den ganzen Tag außerhalb der Häuser aufhalten können. Bella und der Nachbarshund Felix sind bereits gute Freunde geworden.

Weniger nett ist, dass sich Felix hin und wieder unseren Garten als Toilette auserkoren hat. Aber was tut man nicht alles für gute (vierbeinige) Freunde und zu was schließlich sind die „Hunde-Kack-Beutel" da. Also alles kein Problem. Wo ein Wille ist, ist auch immer ein Weg.

Die Nachbarn, die uns ausnahmslos super nett aufgenommen haben, erzählen uns, dass im Winter sogar die Rehe bis in unseren Garten kommen. Der Garten geht ins Feld und dann ohne Barriere in den Wald über. Sollen sie kommen, wir freuen uns darauf. Wobei der Sinn dieses Besuchs sicherlich nicht sein wird, den Wunsch eines

Freundes auf frischen Rehbraten zu erfüllen. Es scheint, als ob die Welt hier tatsächlich noch in Ordnung ist.

Auch wenn uns unsere Freunde oft damit necken, dass hinter dem Wald wohl die Welt zu Ende ist und wir aufpassen sollen, dass wir nicht runterfallen. Seit wir hier nach und nach die Gegend erkunden, kann ich noch viel besser verstehen, was Jahr für Jahr viele Menschen dazu veranlasst, ihren Urlaub in Bayern zu verbringen.

Über Besuch können wir uns nicht beklagen. Die Motorradfahrer unter unseren Freunden finden hier eine tolle abwechslungsreiche Strecke mit Hügeln und Kurven. Der Traum eines jeden Bikers.

Wenn auch so mancher bei seiner Ankunft erst mal die Frage stellt: „Ach du liebe Zeit, wo seid ihr denn jetzt gelandet?" Bei der Abreise ist jeder von der Gegend und unserem neuen Domizil ebenso begeistert wie wir.

Die Information unserer Anwältin, dass die Tussi wohl nicht auf einen Vergleichsvorschlag eingehen möchte und sich nicht mehr gemeldet hat, interessiert mich nur noch am Rande. Dass die Verjährungsfrist unseres Anspruchs auf den Pflichtanteil erst mit Ablauf des Jahres 2016 erlischt, erfreut und überrascht mich gleichermaßen.

Wie ich, so entscheidet sich auch meine Schwester, die Sache vorerst auf sich beruhen zu lassen. Wir fordern die Schlussrechnung an, die zu unserem beiderseitigen Erstaunen niedriger als erwartet ausfällt.

Jetzt freuen wir uns erst einmal darauf, dass wir im Mai den ersten Jahrestag unseres Kennenlernens feiern können. Lange hat's gedauert. Aber was lange dauert, wird bekanntlich endlich gut.

Wir haben jetzt genügend Zeit, um uns zu entspannen und dann vielleicht doch noch Klage einzureichen. Wenn sich die Dame sicher fühlt, nichts mehr von uns zu hören, dann werden wir sie überraschen.

Endgültig sind wir mit der Dame noch nicht fertig.

Nachwort

Verzeihen kann und will ich auch nicht. Akzeptiert habe ich, das ist wesentlich besser. Für mich. Mit der Vergangenheit habe ich Frieden geschlossen und bin ein glücklicher Mensch.

Schreiben entlastet, tatsächlich. Du schreibst dir den ganzen alten Müll von der Seele und packst ihn weg. Ein für alle Mal. Die Schatten der Vergangenheit werden weggefegt, wie unnützer Dreck, den keiner mehr braucht. Ich fühle mich befreit und blicke positiv in eine helle Zukunft.

Ich wurde und werde geliebt, habe einen tollen Ehemann, gute Freunde, auf die ich mich verlassen kann, und einen Job, der mir Spaß macht. Was bitte kann man sich mehr wünschen?

Nach immerhin 30 Jahren freue ich mich, endlich wieder Kontakt zu meiner Tante in Amerika zu haben. Wir skypen fast wöchentlich und lachen viel. Als ich ihr meinen Mann vorstelle, bemerkt sie in ihrem putzigen englisch angehauchten Bayerisch, dass ich auf den aber höllisch aufpassen muss. Das mache ich, keine Sorge.

Ich würde mir wünschen, dass Paare, die planen, Kinder zu bekommen, sich meine Worte zu Herzen nehmen und sich ihrer lebenslangen Verantwortung bewusst sind. Und ich meine wirklich LEBENSLANG. Egal, wie alt Kinder sind. Egal, ob die Verbindung ihrer Eltern ein Leben lang hält oder in die Brüche geht. Sie werden immer Mutter und Vater brauchen. Lassen Sie sie bitte niemals im Regen stehen.

Weder meine Schwester noch ich haben je darum gebeten, geboren zu werden. Und dieser Tatsache hätte sich unser Vater, verdammt noch mal, bewusst sein müssen. Allen Menschen, die gerade in einer schwierigen Phase ihres Lebens sind, wünsche ich, dass sie gestärkt daraus hervorgehen. Egal, wie tief das Loch auch ist, in das man gefallen ist, es gibt immer wieder einen Weg nach oben. Aufgeben gibt es nicht.

Geld und materielle Güter sind nicht das Wichtigste auf Erden. Denn wer nicht zufrieden ist mit dem, was er hat, der wird auch nie zufrieden sein mit dem, was er bekommt.

Das Glück versteckt sich nur in Ihnen selbst. Machen Sie sich auf den Weg, es zu finden.

Voraussetzung zum glücklich werden ist allerdings, die Vergangenheit aufzuarbeiten.

Denn eines habe ich inzwischen gelernt: Vergangenheit ist es erst, wenn es nicht mehr wehtut.